云梦出草记

舒飞廉 著

黄山书社

图书在版编目（CIP）数据

云梦出草记 / 舒飞廉著 . -- 合肥：黄山书社，2018.8
（慢活书系）
ISBN 978-7-5461-7675-8

Ⅰ . ①云… Ⅱ . ①舒… Ⅲ . ①短篇小说 – 小说集 – 中国 – 当代②散文集 – 中国 – 当代 Ⅳ . ① I247.7 ② I267

中国版本图书馆 CIP 数据核字（2018）第 186653 号

云梦出草记 **舒飞廉 著**

YUNMENG CHUCAO JI

出品人 王晓光
策　划 张月阳
责任编辑 张月阳 刘莉萍
插　图 有 鹿
装帧设计 私书坊 _ 刘 俊
责任印制 戚 帅 李 磊
出版发行 时代出版传媒股份有限公司（http://www.press-mart.com）
黄山书社（http://www.hspress.cn）
地址邮编 安徽省合肥市蜀山区翡翠路 1118 号出版传媒广场 7 层 230071
印　刷 安徽省联众印刷有限公司
版　次 2019 年 1 月第 1 版
印　次 2019 年 1 月第 1 次印刷
开　本 880mm × 1230mm 1/32
字　数 165 千字
印　张 7.5
书　号 ISBN 978-7-5461-7675-8
定　价 38.00 元

服务热线 0551-63533706
销售热线 0551-63533761
官方直营书店（http://hsssbook.taobao.com）

目录

糍粑

新年第一天，大雪初晴，北风不停。宝伟家门口，雪堆了一尺半。明清家屋瓦上也是。云英婶搽完蛤蜊油，去开鸡埘。十几只麻黄鸡呆头涨脑，不敢往雪地钻。起得更早的阳雀，黑背白腹，在雪粉覆盖的楝树上打滑，慌慌张张找得力处落手爪，站定，撅尾巴叫虎年的第一个哇呀。天空一片幽蓝，东边小学校之上的朝霞，被冻成了紫屁股。先是汉生老爹，接下来申如，宝伟也被他妈扯起来，祖孙三代人，穿新衣服，戴棉帽子，洗漱后第一件事，就是拿铁锹，将门前的积雪运到猪屋前面，垒成雪墙。刚下锹的时候，自然是冷得发抖，手脸都是木的，风像针一样往身体里钻，等到昨晚被鞭炮屑覆盖的冰冻地面显露出来，雪墙垒得跟宝伟差不多高，三个人才稍微有点汗。汉生老爹想的是去年养的好乖猪过不成年，糖坊剩的糟都没吃完，可怜。宝伟心里想，等我拜完年回来，就在这雪墙前面，堆个雪人，照着门神上秦叔宝的样子，送一把扫帚给他作锏。人变暖和，再去看天上，被冻住的紫霞也好像墨砚被磨开似的，渲染出滟滟的红光，映在宝伟家门前。新换上的春联是大红的，新贴上去的门神也是大红的，贴在门墙、窗下、猪栏的“出方见喜”“太公在此”“六畜兴旺”的说帖被回风吹得倒卷，也是大红的，猪肝色，像给琉璃世界搽胭脂打红记。

铲完雪，汉生老爹带着宝伟，提桶井水，去喂在村南牛棚里嚼稻草的牛。虽然是各扫门前雪，但是村里的人，也顺便将村巷一截截腊肠一般清理出来，串到一起，成为小小的迷宫。就像一个平常人涂粉墨上戏台唱大戏，大雪让村庄变得容光焕发，自己都不认得自己是谁。雪光将黑暗的牛棚映得发亮，稻草的酵味与牛屎的臭味混杂，二十几头牛站立在各自的围栏，看上去，像用定身法困在池塘中的草鱼。宝伟家的牛滋滋地喝着桶里温凉的井水，牛角上，还挑着昨天晚上汉生老爹来赏的纸钱。它知道这是新的一年吗？它知道它也长大了一岁吗？汉生老爹得意地讲：“你个畜生，我好心，你当驴肝肺，现在塘里盖盖子结凌冰，你一张嘴，拱得下去？就是我给你砸个窟窿，让你喝，水冷得像生铁，还不要烫坏你的胃？现时过虎年，你投胎做牛，要老实一点！”牛的胃那么娇嫩？为么事牛怕过虎年呢？饮完了牛，祖孙俩提着杉木桶往家里走。这时候，朝阳已经一块一块红靛般印到各家各户的门庭，拜年的人出门，见人就作揖：“恭喜！恭喜！汉生老爹，一年扎实一年！”嘴巴里哈出来团团热气。回到家，云英婶已将麻糖、花生、葵花籽、蚕豆、米糕、糖块、柿饼等小山一般堆在堂屋的八仙桌上，将一整条“红梅”烟拆开，烟卷都堆到油亮亮的葫芦瓢里。拜年的人进了门，申如给男人们敬烟，云英给小孩抓吃货——每一个小孩，口袋都被塞得咧开嘴，直冲云英摆手：“我不要，我不要！”看到宝伟回来，云英婶就催申如带宝伟到乡湾间拜年去：“邦胜、艾清、保明他们都来过了，你们一老一少，还坤在家里！今年不比往年，要赶早，湾上拜完了，你们还要到五胡家去！”

今年确实不比往年，往年初一，早上拜完年，大伙儿就各自兵对兵，将对将，公对公，婆对婆，搭成班子打麻将，抹“扯胡”，玩扑克，有的人还喜欢推牌九，做庄家，摇盅压宝，一直闹腾到深夜转钟。今年要去五胡家拜年，五胡家在哪里？五胡去年到罗陂村做人家上门女婿，罗陂村在哪里？往东走，过了金神庙，还要上下十几里坡。可就是到了天边，他也是未出五服的叔伯兄弟，按规矩，这年得去拜，哪怕雪如被盖住路，风如刀挂在前。完成了家门口拜年任务的男人们，戴着帆布手套，推着自行车，聚在塆中间的雪巷里，小一点的孩子，由父亲带着，大一点的，像宝伟、邦胜、艾清，则骑自己的车，差不多都是清一色的男孩子。小主人们将一心一意想跟着出门的狗，“黑”啊，“黄”啊，一脚踢到一边去。鸡飞狗跳。人数清点齐全，大家戴着毛线手套，将铃铛揿得一阵乱响，每人车龙头上挂一条红糖或麻糖，五胡的嫡亲哥哥二胡打头，车队出发！

往金神庙去的路向东，哪里有什么行人。初一的新年，其实很少有出村子去拜年的人，明天就不一样了，因为初二的规矩是去舅舅家拜年，娘亲有舅，谁没有外公外婆呢？所以初二每一条路上，都会有穿着新衣服的大人跟孩子。好在昨夜鞭炮声里，一边下大雪，还一边刮大风，路上雪积不住，多半被刮到了比路面低一些的麦田里。路被冻得硬邦邦，骑自行车，比平时要好走，只是不能太快，邦胜想往前面挤，结果刚出门就摔了一跤，好在地上有雪，身上棉衣也厚，屁股多拍几下，没事了。太阳已经升到小河堤上的沙树顶，阳光被北风吹得冰凉而稀薄。雪连着周围的村庄，魏家河、肖家河、梅家河、蔡家河，变得比平时要好看。路边的小麦深埋在雪里，杨树柳树本来就光秃秃，现在负雪而立，显得更加老朽不堪。小学校外的池塘，好像一口铁锅，盖着雪做的锅盖，雪下面，结了厚厚的冰。学校旁边铸铁厂的烟囱也戴了尖白高帽。小学校后面的沙树林里倒是没有积雪，雪都被枝条驮住了。操场上的雪，现在也不慌扫，如果这种天气里上课，肖毛老师连粉笔都拿不稳吧，孩子们也会瞎跺脚，将教室里弄得一股灰尘味。三九四九，冻掉屁股啊，何况又遇上头等的大雪！二胡抱怨他兄弟："你四十岁的人，做一个上门女婿也就算了，还要跑到山窝的湾里；在山窝啃石头也就算了，孩子们第一年登门拜年，就遇到风雪，你一辈子就做不了个抻头事！"申如在他后面笑话他："你莫咒五胡，腊月落雪下凌，还不是一样出门卖糖，你这是烦打不成麻将！"阳光泛红，千针万线，一伙人说说笑笑，横着风，骑二十多辆半新不旧的自行车向前走，棉衣是蓝的，自行车是黑的，在雪路上排成一条线，百脚蜈蚣似的。

上小澴河堤的时候，遇到了一点麻烦。坡上雪太厚，又太滑，男人们上去了，男孩们上不来，二胡申如他们只好先上去，将自己的自行车停好，然后重新下坡，帮孩子们扛自行车。一上小澴河堤，路就好走了，小澴河堤的沙石路，冰冻不住，河堤两边的沙树像两堵墙，枝干在堤面上空交织在一起，密不透风，大风驮大雪，也没能落进来。所以在小河堤上的五六里路，跟村里的雪巷不一样，就好像是在钻一个雪洞。大雪将深绿的沙树林层层裹住，但沙树林里面，却很干燥，好像扔进一把火，就会烧出一条火龙似的。夜雪将树林缝隙都塞住了，像肉塞住牙缝，北风哪里透得进来！因为能够避风，附近村庄的鸟都飞进来，藏身在沙树林内的枝干里，叫嚷得煮粥似的。由田野里跑来的野猫、野兔与黄鼠狼也不少，由堤上往下看，都可以看到野兔的身影一晃，眼睛像玻璃珠子一样一闪，它们还在树林底下的草叶间弹腿，弄得树叶簌簌作响——这些平时在田野里被人追狗撵的家伙，在密不透风的沙树林里，好像胆子变大了。平时去金神庙，走在堤上，都可以由枝叶间看到波光粼粼的小澴河，现在小澴河都看不到了，只能在鸟儿鸣叫稍稍停下来时，听到哗哗的流水声，好像小澴河在堤外说："看，我吃了一夜的雪，我没冻住，还在冰雪中流！"艾清说："我觉得好像走在猪肠子里面！"宝伟说："我还是觉得冷。"邦胜说："今晚上，我们也别打扑克了，不如来小澴河堤上照麻雀、下兔娃！"

骑到魏家河那段河堤，春上孩子们来这里灌过田鼠。在这样的大雪天里，在雪下曲折而黑暗的迷宫里，田鼠大王宝群与它的一个妻子八个孩子成百上千的松球，东倒西歪，枕藉在一起，正肉乎乎地睡懒觉。它们又不过年，就是过年，也不敢过这个可怕的虎年吧，虎是猫的大哥，就像二胡是五胡的大哥。大伙一抬眼，发现魏家河的瞎子，由雪洞里迎面走来。起得很早啊，魏瞎子！别的瞎子，走路都是捏着竹竿，敲一下路面，探头探脑向前走一步，魏瞎子不是这样，他手握着竹竿，划船似的往地上掼，将身体往前撑，因此走起来大步流星，比一般的人还快。所以华堂的老婆小兰说他可以去划旱莲船。大年初一，他一个瞎子不去乡塆给他问八字推姻缘的主顾拜年，跑到河堤上做雪游神？他给河堤、堤上的沙树、树间的鸟兽拜年？给正在沉睡的田鼠宝群一家拜年？他看不见朝阳中的雪景，可他听得到风呼呼刮过沙树林的松涛，也听得到阳光照在雪堆上细微炸裂的声音？二胡一手扶车龙头，一手合过来在自行车上作揖，喊："虎年，虎年，瞎子恭喜你发财！恭喜你有算不完的命、喝不完的酒、摸不完的媳妇！恭喜你又长了一岁，离做神仙又近一年！老虎的屁股摸不得，老娘们的屁股你摸得！"后面骑自行车的男人一块儿笑。魏瞎子侧耳听出是郑家河的一群骚男将，拄着竹竿给他们让路，半翻着石灰一样的白眼，一脸讪讪的笑。

一行人由梅家河下堤，由猪大肠一样的雪洞里钻出来，由梅家桥过小澴河。小澴河蜿蜒而下，河水清亮，慌慌张张向西南流，好像小澴河同学稍微歇歇，就会被冻住，被老师留堂一样。"伢们的，小心些，莫掉到河里去了。"二胡在前面喊。男人们将自行车推上桥面。下雪的时候，雪被风吹到河里，余雪糊住了桥石上的辙痕。梅家河的桥，大概就是两丈长、五尺宽，架在三个桥墩上。桥面铺着十几块半尺厚、一尺宽、三尺长的麻石长板，每一块麻石板的中间，已被往来的车轮磨出五六寸的石槽。往日常有狂里狂气的年轻人，骑自行车过河，也不下车，由河堤上冲坡下来，箭一般冲到桥面上，车胎被卡进石槽里，车不能动弹，人由车座上射出来，扑通掉进桥下的潭水里，被浮荷青萍糊一脸，被在桥边捶洗衣服的姑娘媳妇当笑话看。

过了桥，二胡说早上吃多了糖水煮鸡蛋，想屙尿。一说，大家都尿意上头。一行人将自行车架起来，走到小澴河岸边的一个小砖屋背面，对着堤坡的积雪哗哗小便，十几个男人，声势不小，车水似的，尿液里好像都有除夕之夜鞭炮的硝味。宝伟不太好意思，拉着邦胜与艾清离大人们多走了几步。堤脚回风，雪积得更深，已经没过了男孩们的膝盖。宝伟去摸小鸡鸡的时候,发现它冻得像米粒一样,跟两丸卵蛋一起,缩进下腹里，小肚子上一片空白，他心里一慌，好不容易扯出来让它干活，温热的液体滋滋溅到雪地里，在积雪上冲刷出一个酒盅大小的窝，微黄的冒热气。

撒完尿，二胡掏出烟发给大人们抽。二胡问黑皮："黑皮你学泥瓦匠的，晓不晓得修桥要装仪柄？"黑皮说："我在嘉鱼县做手艺，一到房屋上梁、盖预制板，东家老板就又是发烟，又是请酒，又是说好话，就怕我们搞鬼，做房子我会，但修桥装么事仪柄，不会！"二胡讲："这梅家河的桥修了几百年了，你听说过被水冲垮过没有？它的年份，没有立碑，但都写在这石槽里。石槽就像脸上的皱纹。说它刚修成的那几年，一发水就冲垮，梅家河的人找道士算，道士说要装仪柄。梅家河的人说装么事仪柄。道士说要埋一个八岁的男孩在桥墩下面，他的脑壳要是方的。梅家河的人都不信，说哪里有方脑壳的孩子？结果第二年发大水冲塌桥，又修，泥瓦匠抡着瓦刀，看到梅家桥坡上下来一个孩子，头上盖着个量谷的升子，可不就是方头方脑！泥瓦匠将小孩埋在桥墩下修起了桥，果然后面这几百年，桥从来就没被大水冲垮过。”孩子们在后面听到二胡扯故事，都不由得将手往脑袋上摸，看自己的头是方的，还是圆的。黑皮说：“二胡你又由牛胯里扯到马胯里，哪个泥瓦匠敢做这种事，人家爹妈饶得过他？”二胡说：“为么事饶不过，修桥是千秋万代的事，全村人都同意的。这是魏瞎子讲给我听的真事，教他们装仪柄的，是他往上十几辈的大师父。魏瞎子还讲，他遇到算不出来的命，晚上就摸到梅家河桥上来，站在桥中间，往北斗星的方向‘看’，一下子就会算出来。我看那个魏瞎子，他一早晨起来，就是到这里来拜桥的，你们看桥边他烧的纸！”桥边的积雪上，果然有一小堆新鲜纸灰，难得魏瞎子两眼一抹黑，寒风里划火柴点着纸片，一张接一张，雪地里摸着呼拉拉的火苗，不怕烫，将一捆黄裱纸烧得干干净净。槐如说：“这个瞎子果然是有心眼，附近塆里的人，哪个不从桥上走，他在桥上设一个仪柄，塞一张符，哪个的八字不晓得？我们刚才就应该屙尿在桥上，将他的鬼画符冲走！”

抽完烟，男人们推车上殷家大塆这边的堤坡，坡上长的是一片梨子树，多半也被雪糊得没头没脸。梨子树堤以下，就是殷家大塆。大人们说殷家大塆往东，才算是“岗上”，红土被雨水打湿，就会变成胶泥咬脚，殷家大塆往西，则是宝伟他们村那种河畈地，土都是肥沃的沙土，用汉生老爹的说法，是插一根锹把在田里，都会长出一棵杨树。殷家大塆再往东，就会是丘陵与低山，早上起来往东看，那些山包包，像蒸的面粑一样浮在雾气里，是看得见的。申如讲，罗陂村就在其中的一个山包里面，他们的山墙都是用石头砌的。

在此之前，殷家大塆是宝伟他们离开村去游荡的边界。夏天在小河里摸鱼，看到梨子树上被太阳晒着的梨子，梨子椭椭圆，绿皮上有褐斑，像母牛的奶子，又像肖毛老师的一张麻子脸。孩子们一看见，就觉得口渴得像烧火似的，这时候，小河的鱼就是往他们的裆里瞎撞，也顾不得了，一群光着屁股的家伙，就扒到堤上去爬树摘梨子。偏偏人家殷家大塆的孩子与狗，都认为梨子树是属于他们的——谁知道是哪年哪月，一个去金神庙赶集的家伙，买了由别处贩来的梨子，在堤上坐下来歇脚啃吃，将梨核随手一扔，就长成了这一片梨子树！所以宝伟邦胜艾清他们，可没少被殷家大塆的孩子们用土块砸到头上起包——他们的土块的确比河畈地来得结实，也没少被殷家大塆的狗咬腿肚子，土块与狗嘴，就像孙悟空的金箍棒画的退魔圈一样，为他们画出了他们的往东的界限。大年初一的大雪，加上八仙桌下的鱼刺与肉骨头，将那些可怕的狗，都留在家里了吧，因为没有人来偷梨子，殷家大塆的孩子们也可安心地待在家里过年。

殷家大塆村南的大路，离村子不远，国雄家在第一排，门前一排水杉树，隐隐的，都可看到他家门墙，红红的对联跟门神前面，已经开了牌场，一群人围成圈，呵着白白的水汽，在一张大桌子旁边“揭单双”。邦胜在后面推着自行车，喊“国雄”“国雄”，没想到，正在赌钱的国雄听到了，一看是郑家河的人，连忙拿起烟盒，跑过来发烟。几十步雪中路，跑得他气喘吁吁，满嘴白气。他一张国字脸，被风吹得通红，身上穿着新西服，领带是水红色的。“二胡叔、申如叔、槐如叔、黑皮哥、洋人哥，你们屋里坐，屋里坐！”他一边发烟一边说，蛮讲礼性咧。黑皮不接他的烟，一手扶着车龙头，另外一只手捏成拳头，径直砸在他的鼻梁上，国雄猝不及防，摔进路边积雪的麦田里，血由他的鼻子里涌出来，一支细箭冲在路上，桃枝一样，将雪地烫红一块，像用血写的一个感叹号。等到那边赌钱的人看到国雄倒在雪地里，拥过来看时，二胡他们早已骑上自行车，一行人投东狂奔。黑皮在前面讲：“我说过看到国雄一次，就打一次，不是他，云娥就不会死！”槐如说：“人家伸手不打笑脸人，你学了几天武，左一个鲤鱼打挺，右一个乌龙绞柱，将你家门口的楝树打得轰轰神，就拳头上可以跑马啦！”洋人在一边帮腔：“黑皮哥这一拳，还没用上力，他要是架好自行车，扎好马步，力由脚根生，气从丹田起，国雄的鼻子就塌了！”槐如滥好人一个，说洋人：“你这个洋腔洋调的洋货！”大家将自行车在雪地里骑得飞快，链条拉得呼呼响，好在后面殷家大塆的人也没有追，他们将国雄由雪窝里扯起来，擦干净鼻血，国雄瓮声瓮气地说算了算了，回到村里继续赌钱去讫。

由殷家大塆村南的大路分了叉，往北二三里路，是金神庙，向东走五六里，就是京广铁路线。大伙往东走。大路边的茅草，早被村里的孩子们在冬天烧掉，所以北风将雪吹得很薄，骑着车，特别地滑溜。车队之前，每过五六分钟，都会有一列火车，由南往北，或者是由北往南，喷着蒸汽轰隆隆地开过去。刷着绿漆的是客车，有窗户，窗户里面，坐着人。黑色的是货车，货车的节数要比客车多，四五十节，每一个孩子数出来的，都不一样，吵半天也定不下来。客车也好，货车也好，火车头都是一样的，红色的高大的火车头，像威风凛凛的尉迟恭似的，带动巨大铁轮，喷出来云山一样的蒸汽，好像能将铁路两边的积雪，都融化掉。但事实上，等它们隆重地开走后，落满雪的田野，在阳光下面，并没有变化。如果说，二三十辆自行车排在一起像蜈蚣，火车就是一条强龙。

离铁轨只有一百来米的时候，由北向南，开过的是一列货车。二三十个车厢用绿色的雨布盖着，雨布上堆着雪。另外二三十个车厢则是敞篷的，上面摆着大炮，炮身是墨绿的，也堆着雪。到铁轨跟前，又由南向北，顶风开过一列客车。因为离铁轨已经很近，火车头的蒸汽，都暖暖地喷到他们的身上、脸上、手上，有一点像糖坊里的蒸汽，只是糖坊里的蒸汽是甜香的，有酒味，火车的蒸汽里，夹杂的是黑煤与生铁的气味。紧紧地关住的玻璃窗后面，旅客们拉开干净的白色蕾丝边窗帘，这些可怜的大年初一还不能回家的城里人，正努力地睁大眼睛向外眺望着别人家乡的雪景，一张张脸白白的，没有冻疮，皮影戏似的，由二胡们的眼前闪过，很近，相隔不过几尺，也很远，好像中间有一道银河。没吃过猪，只看见猪跑！村里的人，除了金胜与建桥，谁坐过火车？有时候，孩子们在宝伟的带领下，会绕过殷家大塆，突破边界，到铁路边上，这对孩子们来讲，已经是令人兴奋的历险了。大伙沿着铁轨向南向北走很远，将由槐如那里偷来的大铁钉在铁轨上压成小刀，或者是埋头捡客车上的旅客随手扔下的烟盒——村里也因此有来自不同城市的花花绿绿的香烟盒子，被孩子们用来拍纸片玩。与小澴河堤相比，铁轨是一条不同的路，它通向外面的世界，它是冷的，它跟小澴河一样，雪冻它不住。

等客车过去，二胡与申如打头，朝铁轨的南北方向看，觉得没有火车过来，才招呼大家搬车过铁路，铁轨要高出路基和枕木有半尺，路基上没有积雪，孩子们搬自行车有一点吃力，二胡他们也不管。他们翻过铁路向东走，推着自行车走出一百来步，才听到背后轰隆轰隆，又一列火车开过来了。宝伟跟艾清打赌："你猜，客车还是货车？"艾清说是货车。他们回头看的时候，果然是一辆黑色的货车，拉着煤，慢慢地往北边花园镇的方向走。

二胡讲，翻过铁道，往罗陂村的路就走了一半。冬月二胡去送亲，哐哐哐打了一路的铜锣，认得路。铁道一过，几百米外，是一〇七国道，国道上没有雪，大伙儿顺着北风向南骑，雁阵似的，好像有一只大手在背后推，能让人飞快地骑行。细黑的沥青路，十来分钟，会过去一辆挤得爆满的黄色的小巴士，这些巴士，开得并不快，被二胡他们的自行车队拦住了，就在后面按喇叭，要他们让开路。大伙偏偏不让，在沥青路上你追我赶地比赛骑车。小巴士走走停停，下客上客，未必就比他们的车队快。宝伟觉得背上微微出汗，肚子却在咕咕叫，问申如还要多久才到五胡的新家。二胡说："你们肚子饿了对不对？"孩子们都点头。二胡说："那你们快些骑车，早一点去五胡家吃五婶娘给你们炸的糍粑！"一边回过头，跟申如讲："五胡这个伙计是狗子进茅厕——闻（文）进闻（文）出，又没个读书的命，又懒，但打得一手好糍粑！我妈在世的时候，就夸他打的糍粑最软，最糯，最好炸，往热油里一扔，立马就炸得像个气蛤蟆。我打的糍粑就不行，我妈说：‘二胡啊，你样样比五胡强，就是打糍粑不如五胡，他打的糍粑炸蛤蟆，会跳，你打的糍粑是炸瓦砾，打人。’你们看我妈那张嘴多厉害，我爹就是被她说死的。”二胡讲糍粑，让骑在他后面的孩子们听了，口水直流。申如却想到了另外的故事，他说：“魏家河的瞎子说，做亲就像打糍粑，他给五胡做媒，说五胡这个老光棍，一定要配一个老臼窝，老阳对老阴，才能称心如意，切莫老牛吃嫩草，痨死了人家黄花闺女。” 后头洋人闻弦歌而知雅意：“五胡兄弟这个年过得蛮好，白天在屋外头连浆带杵打糍粑，晚上在屋里头汤汤水水打糍粑。”黑皮说：“五胡哥还扯得一手好白糖，你看他在糖坊里跟我们一起做糖，他扯糖，刚挽上去的糖龙是焦黄焦黄的，他二更起来，扯到五更，最后还不是将人家扯得雪白雪白的！”二胡说：“强龙压得住地头蛇？杨宗保搞得赢穆桂英？就五胡那秀才模子，他还扯别人，多半是被别人扯了！”大人们放肆地笑，笑声将路边白杨树上的雪块都震掉了。孩子们中间，恐怕只有早就精通“荷花莲蓬藕”的下联的艾清能完全听明白——艾清考过大家，大家都摇头，艾清说出的第一个答案是：拳头巴掌手，大家都点头称妙，然后艾清就讲，还有一个也可以对上：鸡巴卵子毛！唉！

北风推背，向南骑行了四五里路的样子，路边出现了山岭。山岭上种青松，有老有少，青松翠绿的针叶，被积雪压盖着。

松涛隐隐的，像闷头闷脑的雷声。二胡下了自行车，领着大伙左拐，向东走上了一条山路，路边都是白雪覆盖的低山，越向前，山越高，渐渐地高过树，高过楼房，必须要抬起头，才能看到山顶，在东方的天边，最高的山与天空连成一条曲折的山线。山路曲折向上，积雪深厚，路下一条小溪，也快要被雪填住了，但溪水跟小濆河水一样，还在雪下流。这是平原上的孩子们第一次到山里来。大家都有一点发呆。宝伟心里想："昨晚上的雪，山里也在下，而且下得比河畈还大。这么多的山，这么多的雪，要是迷路了怎么办？好在进山的路，只有一条，我要是弄丢了，就沿着这条溪，沿着这条路往外走，遇到公路和铁路，我就可以走回家。"

山路渐渐变得陡直，好像被青松护持的天梯一样，路面上的积雪里，一个脚印都没有。推车上去，比上梅家河的小河堤，要难得多，二胡黑皮他们，也顾不得男孩们，由着孩子们翘着屁股，使出吃奶的劲推车。刚才由殷家大塆骑出来，都没有出汗，现在，每个人都累得黑汗水流，白白的蒸汽由头发梢上冒出来。他们将自行车推进一个由山崖上凿出来的石洞，躬着腰出了两三丈深的石洞，有一块平整的大石头凿成台子，石台边上，立着五棵松树，落满了雪。树下正好可以停下来十几辆自行车。由平台向外，眼前豁然开朗，好像他们站在世界的顶端，往下看，山溪在山涧的深雪里流，哗哗作响，山溪之外，山方的方，圆的圆，尖的尖，山川相连，青松负雪，大风满谷，老鹰贴在天边，焕然一个新的冰雪迷宫。宝伟问："这些山都是由哪里来的？"没想到艾清这也答得出来："这都是董天保变出来的啊，他娘七仙女给了他一把神米，准备让他吃了睡，睡了吃，吃一生的，个懒货，结果他一锅全煮了，煮成了一堆饭山！”保明不同意：“我奶奶说山是由秦始皇用鞭子抽出来的！”

大伙又架起自行车，男人们抽烟，孩子们小心翼翼地站在崖前撒尿，将尿柱抛进崖下的溪流里。北风收干了热汗，大伙冷得直打哆嗦，觉得特别地饿。二胡讲，这个石洞以外，从前是知县老爷管，石洞以内，从前都是属于土匪们管的，五胡是秀才遇到兵，将自己搞到土匪窝子里来了。二胡打锣送五胡进山的时候，送亲队就在这里停留过，放焰火，放鞭，吹嗽叭，打锣，将山都吵醒了。锣停下来，五胡穿着白衬衣，口袋上插着一支黑钢笔，就站在这块大石头上扶着松树捂着脸朝着来路呜呜哭，眼泪还绿豆似的，一串串往山路上滚。当时二胡心里想，哭什么哭，又不是绑你当土匪，是送你去接媳妇啊，人家是寡妇没错，年纪比你大，长得也欠奉，但好歹是个女人啊！五胡哭了半天，不哭了，抹干泪，悄悄往前探头探脑，二胡盯着他呢，扯着他的帆布皮带往后拽，眼看着姆妈在世时，给五胡缝的红短裤的松紧带露出来，像火苗一样烫二胡的手。二胡在他耳朵旁边低声讲：“兄弟，这不行。哪里都有地，有水，有田，哪里都有臼窝打糍粑。郑家河是个好臼窝，罗陂村花红柳绿也差不到哪里去。”小时候二胡带五胡，在村东小池塘里学游泳，眼看着五胡澎澎澎学会打鼓泅，可以松开摸着岸的手，结果呛了水，人往池塘中央沉，还不是被二胡光着屁股一把扯回来的。五胡抹眼泪，撑着松树往回退，松脂糊在手心，松皮糙手，树干散发出香气。五胡扎皮带，发烟给二胡抽，兄弟俩抽了两支红梅，招呼一行人继续敲锣打鼓往山里走。嘀嘀嗒，咚咚锵，哐当哐当，二胡只好捏紧拳头打锣，他扯五胡的时候，缠着黄绸子的榆木锣槌掉到了山崖下。

这锣槌现在怕是滚到哪个田鼠洞口，被啃得一头齿痕，长了一身木耳，埋在山雪里了。人都有想不开的时候，哪怕是小时候那么乖的会织毛衣纳鞋底的五胡，说的是人往高处走，不就是来山里倒插门做女婿，就是改了姓，由郑五胡变成罗五胡，你还是五胡，寻什么短见，那是娘们干的事啊，唉。走！二胡招呼大人与孩子们。出洞后，山路已折转向下，虽然说是下山路，黑皮他们也不敢骑上车，只能小心翼翼推车走。在曲折的下山路上，那一天，宝伟印象最深的，是看到了蝴蝶。雪路上忽然出现了成千上百只的黑蝴蝶，在阳光照耀的积雪上飞。大年初一，离春暖花开还远着呢，哪里飞来的蝴蝶呢？它们很快就要被冻死吧——或者，是宝伟自己记错了？二十年过去了，那一年正月初一，大雪初晴，骑自行车第一次进山的经历，在宝伟的记忆中已恍若梦境。比起哈尔滨铺天盖地的雪，那一年家乡的雪，还真算不上什么。他睡在工棚里，周末起来晚，迷迷糊糊地做梦。这群蝴蝶是由他的梦里飞出来的，也不一定。那一年蝴蝶围绕着他们的自行车队飞，好像要替这些平原上的客人引路。每一只蝴蝶的翅根上，都有着亮蓝的“眼睛”，翅膀上鳞鳞的蝶粉，像花朵一样散发出刺鼻的香气。它们飞舞在雪山中，如果是董天保的饭山的话，也会是这么雪白雪白的吧。如果真的有七仙女，有王母娘娘，为什么不将雪变成面粉、变成米往山河里撒……大人们与小孩都不太作声，连嘴巴没停过的二胡，都管住了嘴，推着自行车往前走。好在山溪又重新回到路边叮咚跌宕。五胡的新家快到了。

近午时分，太阳升到了瓦蓝的天空的偏南正中，映照着满山满谷的雪，天色比清早尤为清冷，北风凛冽，在阳光下吹着一个小山冲之间，被两尺半的积雪半埋着的小山村，村子的形态像团鱼壳子一般，圆圆的，不像郑家河，一排一排方方整整的瓦屋，八卦阵似的。一路陪伴他们的溪流由村外流过，溪边是整齐的覆雪的棋盘般的稻田，秋天晚稻收割一空，现在大概是轮作着翠绿小塔林一般的油菜。田地一直伸展到村前的池塘，池塘冰冻，村里的孩子穿着花花绿绿的新衣裳在冰上打溜。池塘后面，环绕着坏月形的村舍，村舍之上，是屏风一样林木密集的山岭。二胡讲，罗陂村后面的那个山，名字叫盘肠岭。盘肠岭中有一个山洞，叫仙人洞。过了盘肠岭，山路往北是大悟县，往东是黄陂县。二胡来送亲的时候，有人跟他讲，过去这里过红军，有一个小文书，落了单，肚子上被人打了一枪，肠子流出来，在那岭上的青松林，捧着肠子号了一晚上才死透，后来土匪们都将那山叫盘肠岭。二胡当时想，夏布帐子里打糍粑，总好过青松岭上盘肠子，哪里不是做一世人。你是条好汉，就得往下死捱着。哐哐哐，哐哐哐，他用拳头捶着铜锣向前走。糍粑不融合，多杵几下臼。猴子不上树，你多打几遍锣。

五胡腼腆地笑，一张脸被北风吹红，站在村口的一棵糊了一脸雪的老枫杨树下面，身边是村里孩子堆的雪人，就是拿着铜的秦叔宝的样子，五胡背后的屋檐下，垂垂累累扯着冰凌，好像老皇帝帽子檐垂下的冕。看到一行人推着自行车由村口鱼贯进来，五胡抖抖索索划火柴点缠在枫杨树腰的鞭炮，鞭炮在雪地上炸得热烈，人会躲，雪人不会躲，明显被炸开几个黑黑的豁口，好疼吧乖，好在你还没有血流出来，你的“心”，也还没安上去。万千响一停，五胡踏着硝烟上来撕开烟盒子发烟。五胡领着前来拜年的堂兄弟与侄儿们来到他的家，鞠躬的鞠躬，作揖的作揖，石垒草盖明三暗六的房屋，中间是堂屋，屋里有一股子淡淡的霉酱豆与松油烟混合的气味，神案的画子是毛主席，四周古壁画子，是几大张严凤英唱黄梅戏《天仙配》《女驸马》《牛郎织女》，再往上，还贴着去年冬天剪贴的“囍”字跟喜联，写的是：五谷丰登色如金，胡不归来鹊踏枝。对联上的字也写得周正，人家小山村里也有文化人。五胡婶的芳名叫金枝。大伙儿在由八张条凳围住的两张八仙桌上挤坐下来，五胡婶就端出了五六大青花瓷碗炸糍粑，堆成山似的，配五六小碟酽酽蔗糖水，请大伙儿蘸着蔗糖吃糍粑。

每一块糍粑果然都炸得“泡”，膨胀出好几倍，好像怒气冲冲的蛤蟆跳出池塘，筷子一戳，就会蹦走。二胡挥舞着筷子：“你们伢们得慢些吃，莫烫到了心！”糍粑确实又热又烫，“冰”牙齿，宝伟每咬一口，就觉得棉裤裆里被冻成米粒的小鸡鸡长出来了一点点，像吃桑叶的蚕，像拱芽的楝树子，卵蛋也一颗接一颗由小肚子里滑落下来。宝伟舒了一口气，一边咬着糍粑，一边看站在白白净净的五胡叔旁边，系着围裙，垂着手，有一点忸怩的五胡婶，不知道该将长了冻疮的手往哪里放。她头发用沾了菜油的梳子梳过，门牙有一点暴，脸和脖子被堂屋外的雪光映得焦黄焦黄，正是刚出锅的麦芽糖稀的颜色。五胡婶金枝驮毛毛的肚子已鼓出了怀。黑皮、洋人，原来你们讲的扯糖龙，真是这个意思啊！

2014 年 10 月 3 日
2015 年 9 月 20 日
2016 年 1 月 5 日
2016 年 1 月 18 日

行人

还在床上的时候，就听到阳雀扎堆在楝树上叫，接着是布谷鸟，在更远的麦地里，催命鬼一样，短一声长一声扯嗓子，宝伟心中黯然，由还在熟睡的春娥和家洛身边爬起身，只在衬裤外面套一条长裤，棉袄也不穿，就去看天气。由村头的池塘里生起的东南风迎面吹来，塘东新叶如簇的楝树顶上，阳雀们，的确是喊来了一个晴朗的好天气。霞光之盛，如火如荼，差不多占去了大半个天空。清凉的朝晖里，宝伟的父亲，申如爹，牵着牛，正往小河堤上走，在被油菜花围住的池塘边，遇到洗完菜上来的云英婶，宝伟的母亲，申如哼了一声，面容严峻，一边甩起鞭子来，将他当作小儿子养的黄牯，抽得莫名其妙，幸亏它已闻到了小河堤里新生的青草的腥味，也不去计较这好像中了邪一般的老家伙，甩甩头，继续闷声不响朝前走。

“你行李收拾好啦？”云英婶问蹲在门口发呆的宝伟。

“没有，等春娥起来再说，也没几样东西。”宝伟说。

“那你也别傻蹲着啊，趁你爸那头犟牛荡路回来，你赶紧去蔡家河坟地里，上完坟，回家吃完早饭，你就得拎着行李去赶火车了，村里，可只剩你一个青头后生。镇上往东北去的加班火车，也是最后一趟。”云英婶讲话又快又急，与慢吞吞的春娥，差不多截然相反。人家婆媳吵架，是针尖对麦芒，她俩吵起架来，是针尖对面团，春娥一定不是对手，好在云英婶是刀子嘴豆腐心的那种滥好人，她宠她的儿媳妇，就像她男将宠那头黄牯一样，让全村的人，都觉得太过分了。

云英婶进屋去，放下菜篮子，将铁锅由灶上揭下来，在门前压水井旁边，一边用铁铲用力铲着锅背面的黑灰，一边自言自语：“这年才过去几个日影，锅灰集得像鞋底似的，叫那老强徒刮一刮，偏不干，就知道天天窝着打麻将；叫小的，也不动，成天菩萨一样杵在家里。你要烧一锅水，它慢吞吞的像听春娥讲话似的，让人急得跳脚！”没承想那春娥却已经起床了，正蓬着头发像个筐，在一边灰坑前，举着牙刷刷牙，听婆婆黄瓜长茄子短，数落她的锅，又将鼓槌落到她身上，不由得带上满嘴的牙膏沫子笑起来。

宝伟披上黑呢子外套走出堂屋，正好看到春娥倾着身体，在朝阳里微笑的模样。他觉得她很好看，浓密的头发烫得卷卷的，黑亮亮的眼睛，脸上的红润，还没有消去，刚生了娃，身材却已经恢复了，个子不高，却很挺拔，比哈尔滨城里那些浓眉大眼高鼻梁的高个子东北女人，不知道强哪儿去了。想着，他的心里便是没来由地，像被针扎了好几下。

往北边蔡家河去的是村边一条小路，路边栽的油菜，已快高过人头。花田被小路剪开，像用两堵鲜花砌墙，垒成一条花巷。小路被青草裹住了，湿漉漉沾满夜露。从前小路上的草会被锄得很干净，路面也很平滑，宝伟还在上面骑过自行车，现在村里人手少，人也懒，农活做完了，都跑去打麻将，任由这荒草将路吃掉。青草的草腥气与油菜花的花腥气混合在一起，让人一闻，就知道清明节到了。蜜蜂成群结队游行，狗子阵，黄的，白的，黑的，钻入油菜地里更细的田埂间嬉闹。油菜黄，狗子忙。再过两个月，村里又会多出一堆跌跌撞撞的小狗子来，那时候，宝伟正站在哈尔滨城郊工地的跳板上刷墙呢。

何止是狗子忙，宝伟心里也狂跳。昨天他与春娥由镇上买鱼回来，在匡埠下了小巴士，也是经过这一条花巷。春娥急着要小便，分开油菜花枝，走进他们家的油菜地。宝伟也拎着在水袋里活蹦乱跳的给她发奶吃的鲫鱼，跟了进去。听着春娥尿尿，水柱刷刷地冲刷着浮土，宝伟觉得这油菜花好像变成火苗一样，将他燎着了。春娥未及站起来，就被宝伟抱着，横放到他脱下的外套上。

两个人忙着给家洛造妹妹，那一条鲫鱼却由袋子里挣了出来，在地上一张弓似的上蹦下跳，它没得心思去看那花丛里的男欢女爱的绮丽景象，只愿这油菜花海变作真正的湖海，能让它超生去讫。春娥在宝伟怀里红着脸说："鱼，鱼跑了。"宝伟已成了烂脚的菩萨，一门心思卖弄他的本事，哪里顾得上，一边跟春娥讲："鱼又没有脚，又没长翅，它跑哪里去！"

两人忙活完，拉扯上衣服，发现已将簸箕大小的一块菜地压平，就像秃头的中年男将掉去的一小窝头发。春娥埋怨说：

“你在外面看录像，学得一肚子痞，明天爸妈看到这里，不骂人才怪。”宝伟做鬼脸：“他们会骂狗，这是公狗与母狗闹出来的。”春娥不理他，低头去找鲫鱼，鲫鱼已蹦出了一丈远，扬着乌银似的尾巴，在那里喘气。春娥说：“这条鲫鱼被我们弄得这么可怜，还是将它放生吧。它还没有扳子。我奶水足，家洛根本就吃不完。”宝伟也同意，两人又回头，走到池塘边，将鲫鱼扔进池塘，那家伙翻着肚子在水面上横躺片刻，才猛然接受自己的好运气，沉到水底去。宝伟对春娥讲：“它可是看到了我们的丑样子，这一去，会讲给一池塘的鱼听。”春娥听到，连脖子都红掉了。

宝伟将这件事，由头到尾想了一遍，吹过他们身体的春风，在耳边呢喃的蜜蜂，哗啦哗啦跳高的鱼，那满头满脑的油菜花香、泥土的气味、春娥身体的香味，奇异地混杂在一起。他跑到东北去刷墙，一个人的夜里，不晓得，还要慢慢地回想多少遍——宝伟心里想，这件外套正好昨天没被妈妈洗掉，那温柔花乡的万般滋味，都沾染在上面呢，我可别忘了，待会儿将它捆到行李里。

“你小子哪里像是去上坟，分明像去做贼似的，夜游神一般，一脸贼兮兮的笑什么！”二胡叔的一声断喝，打碎了宝伟的春梦。这老家伙大清早爬起床，搬来水车，正在池塘边上，给秧底田上水。

“你老人家一个人，车得动水吗？要不我回家去，将我家里的水泵拿过来。”宝伟走到池塘边上，将另外一只木柄捡起来，套到水车另外一边的耳朵上，帮二胡车水，一时水车哗哗地飞快地响起，变得像龙太子似的，将那池塘中取水的地方，吸出一窝水漩。“按理说啊，你们这些年轻小伙，这一身的力气，一开春，除了用在婆娘的肚皮上，就要用在这水车上。现在都跑出去，做小生意的做小生意，做房子的做房子，将婆娘荒在家里，将这水车扔在堂屋里，我看这世道，乱七八糟。”二胡一个人闷头车了一早上的水，抽了半包“腊梅”烟，这时候来一个人陪他讲话，这嗓门当然也要像闲在堂屋里的老水车，一搬到田埂上，抖落灰，就哇啦哇啦地扯将开来。

二胡叔是车水的一把好手。宝伟还记得小时候看他车水的情形。那时不但冬天天气冷得要命，好像夏天里，也常常是干旱得厉害。男人们一到夏天，就抬着水车，到处救火一般，去服侍大田里焦渴难耐的禾苗。二胡站在由生产队的仓库里抬出来的，像龙灯一样高大昂扬的脚踏水车上，穿着一条蓝卡其的齐膝短裤，浑身上下，晒得像条紫泥鳅似的。由二胡而下，排着四五个男将，一身臭汗，一起踏水，一起唱歌。那歌有一些是蛮邪的，宝伟们听不懂，不远处打秧草的女人们却听得懂，也知道，是这汗邪了的二胡，故意领着一群骚黄牯，唱给她们听的。金凤领着她手下的女将，由稻田里抠起泥巴，发一声喝，劈头盖脸地扔过来，将那几条大泥鳅，真正地糊到一堆黑泥里面去。宝伟那时候又羞又窘，心里想，我要是长大了，变成二胡这个骚公牛的样子，还不如去死。

但是现在，宝伟他想上水车去撒一撒野，都不太现实了。村里未必找得出四五个精壮的，能上脚踏水车的年轻男人，自从打了机井后，车水这样的农活，基本已取消掉了，那个龙王似的脚踏水车，也不晓得被谁家的婆娘塞到灶里烧了饭。我现在，不过是能在春娥身上撒一撒野，她，就是我的小水车。宝伟的脑袋一绕，又不可救药地回到春娥的身上去了。他看到池塘里，新生出来的绿萍与青苔里，一群群蓖麻粒般的蝌蚪在嬉戏，有的不小心，就被水车的车头吸住，被翻转流动的木扇一节节带上来，流进沟渠。要是那只鲫鱼来得及讲的话，这些蝌蚪也会晓得昨天他们干的坏事吧，它们去了秧田里，过一两个月，变成青蛙，能说会道，稻花香里说丰年，那整个田野，也会知道。这样想着，宝伟又贼兮兮地笑。

那池塘像一只葫芦似的，卧在田野之中，不断地有鱼泼刺一声，跳出来显摆青白肚皮，将青苔拨开，露出来一块干净的水面。水车已掉了好几格木扇，就像二胡掉了不少牙的嘴巴。车了一会儿水，二胡主动将宝伟赶跑去上坟。他觉得宝伟心不在焉，一个人想心思，根本就不跟他讲话。他早上搬水车来的时候，还带了收音机。二胡去将收音机打开，收音机里飘出楚剧《贱三爷》。唱戏的家伙，也是水车一般漏风的破嗓子，风吹沙，雨打墙，沧桑苦涩。二胡在花丛里，秃着个头，一边听戏，一边车水。

越过池塘，往前走一里路，就是蔡家河的坟地。朝东，被朝阳照着，高高低低的坟，影子长长短短。这是村里最高的一块地，十几年前，吾乡洪水滔天，打破了南头魏家河的堤，水都漫过了宝伟家的门槛，宝伟在堂屋里抓到不少四处冲浪的鲫鱼，但是水却没有淹到坟地里。小时候宝伟怕来这里，爷爷让他牵着牛来吃坟地里的草，他都不敢，爷爷说：“下面睡着的，都是你的先人，保佑你都来不及，哪里会害你。去，没事。”宝伟还是不敢，除非爷爷领着他来。他觉得由坟地的草丛里跳出来的青蛙与蚱蜢，都与别的地方不一样，又冰又滑，好像由另外的暗黑世界钻出来，他不敢碰。什么时候，他就敢一个人，来到坟地里的呢？也许是四年前爷爷去世？他头上顶着麻布，被村里人举到棺材上坐着，由十几个男人，抬到坟地里来。冬天里，寒风怒号，往北，风迎面吹来，将头上的白布扯成一条直线，又灌进嗓子，将他吹得像一块铁。直到看见爷爷的棺材，被放进又深又窄的土坑里，被人们用锹扬土掩埋，他的眼泪才热热地由冰凉的身体里涌出来。第二年春天，他由肖港镇的高中回家，跟村里的男人们一伙儿去了东北，学粉刷。再过一年，跟春娥定亲，前年秋天由哈尔滨回来后，他有了钱，盖房子，结婚，生了家洛这个胖小子。

爷爷爱讲故事给宝伟听，月亮哥，割耳朵，梭罗树，做桅杆之类。宝伟最爱听的，是秦始皇赶山的故事。爷爷说，秦始皇让全国的男人去修长城，活太累，所以死了很多人，观音老母看到了，很可怜这些人，就趁他们晚上睡觉的时候，在每个人肩膀上搭了一条红线，所以男人们第二天修长城的时候，就浑身上下都是劲，结果被秦始皇发现，他将红线都没收了，让娘娘缠成一条鞭子。他用这一条鞭子去赶山，想将山由西向东，都赶到大海里去，有的山勤快，赶得快，有的山憨，赶得慢，结果大地就成了“六水三山一分田”现在的这个模样。宝伟做工的时候，爱琢磨这个故事，他想要是观音老母给他与伙伴们也发一条红线该多好啊。红线会被包工头们收走吗？他们要赶的不是山，而是房子，一幢一幢蘑菇一样长的房子。他又想起家乡金神庙以西的山岭，他在老家的平原上做农活的时候，抬头就看见东边数十里之外的那一架山，被秦始皇用鞭子由西天赶来的大别山。

用打火机点上纸钱，火苗一跳一跳，就将大清早父亲起来刻印的黄裱纸吞没了。火光与烟气，让人精神恍惚。宝伟发觉他已经想不起爷爷的长相了。爷爷年轻的时候，在贵州当兵，抗战胜利后，一心想要回到老家，挤在一辆柴油坦克里，由肖家河的庆华爹从云贵高原上开回来，大夏天，一个坦克里挤下三四个人，被油烟燎，就像一口做面酱的缸，每个人都热成了癞蛤蟆——一身痱子直爆。他跑回来的第二年，奶奶生了父亲。再过一些年，他因为当兵的事情，常受委屈，在乌漆麻黑的谷仓里一关就是一天，就在那个时候，奶奶去世了，都没来得及看见她的孙子宝伟。后来爷爷在油灯下，常向宝伟讲起贵州的山，牛粪一样，一盘一盘的，上面长满树，到处都是蛇。讲这些话的时候，他的棺材已经打好了，就放在他们的卧室里，爷爷与母亲吵架，会一个人爬进棺材生闷气，一两天不吃不喝——人终究是要回到黑暗里的，无论这春光如何盛大，油菜花开得多么好。宝伟起身想去捧一些土，将爷爷的坟再垒一下，却发现父亲已经先背着锹来过了，天蒙蒙亮，坟地上到处都是露水的时候，申如就来替他的父亲汉生老爹，垒好坟，拔去了宿草。

爷爷，要是真的像你讲的那样，人死了，只要活着不做太多的坏事，就可以变成神的话，你保佑春娥第二胎，生一个女儿吧，名字我都想好了，我要给她取名叫罗敷，课本上有一篇

《陌上桑》，里面的女子就叫这个名字，很甜，很白，就像拉扯得够久的麦芽糖似的。之后我也不要春娥再生孩子受苦了，我养一儿一女，就够了。爷爷，你的在天之灵要保佑他们，小家洛与小罗敷，他们一个已经在地上爬，一个还在往这个世界上来的路上。宝伟在心里默默地跟爷爷讲。那些黄裱纸，已经在宝伟与爷爷讲话的时候，烧成一堆黑灰。宝伟站起来往回走，拍掉膝盖上的泥巴，已经到了吃早饭的时候，再不回，母亲一定会大着嗓门在村口上喊。经过池塘的时候，他发现二胡已车完水，扛着水车走了，却没来得及将收音机捡回去。收音机还在油菜花丛里，放出楚剧，这一回已经由粗豪的《贱三爷》，唱到了憋屈的《蔡花女检过》，一个受尽公婆虐待的女人，在那里哭诉她受到的冤曲如同六月飞雪。宝伟将收音机捡起来，旋纽关了，放在外套的口袋里，加快脚步往回走。

早饭果然已经做好，摆在堂屋正中的八仙桌上。申如坐在左边，云英婶也张罗完了，与申如对坐在右边，宝伟与春娥打横坐在下面，上面，以前是汉生老爹坐，现在空着。云英婶做了六个菜，一个是韭菜煎豆腐，豆腐煎得两面黄透，一块一块叠在碧绿的韭菜里面。一个是腊肉炒白菜薹，肥胖而嫩绿的菜薹剥掉皮，被腊肉炼出的猪油弄得油汪汪的。一个是蒸腊鸡，云英婶总算是舍得将屋檐下挂着的腊阉鸡取下来了，它都逗弄出门外的阳雀好几升口水了。一个是蒜苗炒鸡蛋，清明时节，蒜苗里面，已经长出了芯子，所以能在淡绿的蒜杆里，吃到脆脆的蒜苗。一个是煮豆腐底子，躺在淡黄姜汤中的豆腐底子，差不多是过年以来，吃余下的最后几块吧。云英婶将它们留到清明节的早饭，是对年菜的告别，所以，第六道菜，是腊排骨炖的白萝卜汤，也就不足为奇了。

申如搬出了他的酒壶，那是宝伟的姐姐翠林年前送来的，二十斤的白塑料壶被灌得满满的，是六张冈村张春倌的作坊里自己吊出来的头道烧酒。经过年前年后申如与宝伟的共同努力，现在自然也是多乎哉，不多也。申如取出一次性的塑料杯子，给宝伟倒了二两酒，给自己也倒了二两，又想了想，加满到三两，这个已经是他酒量的极限了。

小家洛也被穿了起来，乖乖地坐在春娥身后的木枷上，戴着虎头帽，系着涎水巾，张着小嘴，像屋梁上的黄口家燕似的岔着嘴巴，由着春娥喂鸡蛋和豆腐底子给他吃。七八个月的小家伙，被妈妈充足的奶水养得又白又胖，像是由年画里爬出来的娃娃，一边用长出来的七八颗乳牙啃咬着奶奶做的菜，一边咿咿呀呀地学话儿。云英婶看孙子看得出神，都忘了举筷，说："明年正月金神庙'抬故事'，让他舅爷爷去说说，家洛可扮一个'八贤王'。这扮一回'故事'，就可平平安安到'过十岁'，十岁一过，家洛就是郑家河的人了。"春娥也愿意："就怕这小家伙临上场了胆子小，站在桌子上哭，狗肉上不了正席。"云英婶说："哭就哭，人家说扮'故事'的娃娃哭，春上雨水就好，你看今年清明都不下雨，就是那些娃娃充大人，哭不出来！"宝伟也盯着儿子看，眉头就慢慢地往上锁了。申如老爹自己抿了一口酒，又用一只筷子蘸了酒，虎着脸递给家洛，小家伙不假思索，张开嘴就去嘬筷子，自然是被烧酒弄得脸红脖子粗，一脸不耐烦的怪样子。春娥脸上还在笑，云英婶却是又嗔又怒："老强徒，杀千刀！人家嗓子多嫩样，像你杀猪刀都吞得下去一把！"申如说："我们家的后人，就是要扛一张嘴走四方，要能喝酒！"

肖港镇的火车是下午一点钟开，其实还早，宝伟知道申如很快就要由"一张嘴走四方"转向"庭前训子"的波段了，二胡的收音机还有一个开关，申如他老人家的嘴，可没有。宝伟不想听，将二两酒喝完，就着白菜薹扒了几口饭，就准备下席，一抬头，却发现门外二胡叔来了，二胡叔后面还跟着魏家河的瞎子，杵着一根五六尺长的青竹竿，一脸堆笑，站在门前的艳阳里。

"二胡、瞎子哥，稀客！吃饭没，家里过了清明没？加双筷子，来喝酒！"申如正嫌临出发的儿子舍不得媳妇、心思重，大大地败坏他的酒兴，一看到二胡与魏瞎子，眼睛都亮起来了，忙叫云英婶去添杯布盏，自己也下席，到门口去扯二胡与魏瞎子吃饭。这当然是乡下平常的客气意思，但这一回二胡与魏瞎子可不讲客气，由着申如扯到宝伟春娥一对小夫妻的对面坐下来。二胡坐下筷子就凤凰乱点头，将云英婶做的菜尝了个遍，一边夸老嫂子的菜做得好，将当年宝伟奶奶金枝婶的手艺都捡回来了，一边又抱怨没做鱼："老嫂子，清明做斋饭，也少不得鱼啊！这瞎子是轻易不上门的贵客，你别看他眼睛瞎，吃鱼可是一把好手，我们郑家河，没有一只猫能吃得赢他，他吃完鱼，鱼刺都原样摆着，要是少一根，我二胡就改名叫一胡！"一胡是二胡的哥，在武汉拾破烂，已经死了。云英婶就怪宝伟和春娥，说昨天让他们小夫妻到镇上去买鱼，忘了买不说，回来还特别得晚，说得宝伟和春娥脸都红赤了。

二胡一边嚼腊鸡骨头，一边对申如讲："申如哥，我不是来吃白饭的，我晓得宝伟今天要出门，特别领着魏瞎子来给他算算。他的卦很灵，这个不用说，今天他起的卦，还不收钱！"申如不信魏瞎子的卦，但云英婶信啊，她忙说："我都忘了这事，早该请他魏大伯过来算算的，但钱是要给的，不能白算，他魏大伯由魏家河走过来一趟，不容易，哪能白劳动他！"二胡指着瞎子的脸，说："也不算白劳动，你看他被蜂子咬了，想借春娥的奶水呢！"大伙吃惊地去看魏瞎子的脸，只见他眼白茫然的前额上，果然有一块铜钱大小的肿包，正在进行造山运动，一看就是着了那些采花小贼的道。

原来早上二胡车水，宝伟刚过去，魏瞎子就由魏家河的大路向北，来到郑家河，拐上往蔡家河的小路，应约去给蔡家河茬货的姑娘推八字，茬货的姑娘想说给梅家桥腊狗家的儿子，准备今年冬月办婚事，所以当务之急是将日子定下来。整个"汪寺公社"的路，蛛网一般，都存在魏瞎子的心中，他用竹竿一桥一路点了五六十年了，用汪家竹园的竹子做成的竹竿，都被他点劈了几多根。所以他不走往蔡家河的大路，偏偏要绕宝伟刚刚走过的油菜花小路，笃笃笃气定神闲地穿花海。他眼睛瞎，身材却很高，腰也挺得直，穿着他妈去世前给他做的藏青色棉布褂子，这一去，蔡家河的茬货还不是端鱼端肉来款待他。茬货的姑娘配腊狗的儿伢，八字不用推，就知道是绝配。他一边想，一边就听见前面收音机里放出来的《贱三爷》，郑家河的二胡在嗄着嗓子学唱，这水货，比他唱得差了不是一里路。魏瞎子说："二胡我听你这个嗓门，听你这个声量，就知道你华盖运还没到头，年轻的时候找不到姑娘，年老了也别指望找人家寡妇，一辈子打光棍，你望不到头！"二胡停下来，不车水了："我打光棍快活一辈子，死了由我宝伟侄子埋，他刚帮我车了一早上水。你呢，老瞎子，老光棍，死了就由野狗往你们魏家河的黑坟林里拖吧！"

"拖就拖！"魏瞎子点着竹竿，嘴上死犟，没承想，他老人家金口一开，报应立马就到，一条母狗由路边的油菜花田里钻出来，将他手中的"打狗棒"撞到地上，他自己也失去重心，趺趺倒倒，追随着母狗的一条忠实的公狗又由魏瞎子的胯下流星跳丸一般地窜过去，失去了竹竿的魏瞎子，顿时就像放了线的风筝，扑向了油菜花。"你先人的！"魏瞎子破口大骂，已经无法顾忌公狗母狗的先人也是狗了。他一早上的霉运还没到头——好几只蜜蜂正在他扑倒的油菜花枝上忙活呢，这么好的天气，这么好的花，养蜂子的人大清早就将他的蜂子都放出来赚钱了。被扑倒的蜂子中的一个，正好撞在魏瞎子的前额上，它可不管这是远近闻名、料事如神，"天地君亲师"位下的魏半仙，毫不客气撅着屁股，就将它的蜂针扎在魏瞎子脸上。"养蜂子的腊狗，你先人的！"魏瞎子的大骂，已经变成了号叫，一道闪电划过他的脑海，让他将蜜蜂的先人转化成了梅腊狗的先人，腊狗啊腊狗，你儿子想说人家蔡苕货的姑娘，可是你养的蜂子，已经得罪了其中最最关键的大人物魏瞎子了！

二胡忙扔下手柄，停了水车来救驾，将瞎子扯起来，将竹竿捡起交在他手里。魏瞎子扶住竹竿，一边扯棉布褂子，一边嚷：

“二胡我被蜂子锥了！”二胡说：“活该！让你到处乱摸人家姑娘媳妇的手！”魏瞎子说：“我好疼，不想去蔡家河给苕货的姑娘推八字了！二胡你湾里头有没有奶孩子的媳妇，你找她挤一点奶水在我额头上，她就是今天救我命的观音菩萨！”这个魏瞎子还蛮娇贵，平时二胡就是被葫芦蜂子锥了，都不会眨眼睛，就是长一个包，最多也是找一片蓖麻叶子沾点口水贴上去败败火算了。二胡想了想，说：“宝伟媳妇正在奶我侄孙子，我带你去找她！”说完，也不管秧底田里的水还没完全车满，就由池塘里扛起水车，领着魏瞎子往村里走。在村口，二胡回过头对魏瞎子讲：“你带签筒了吗？”魏瞎子说：“带了。”二胡说：“我带你去宝伟家吃饭，让他媳妇给你涂奶水，你给我嫂子抽个签，莫收钱，解签时就讲，今年他们家的男人不宜远行。宝伟那小子恋着媳妇，不想走。村里都走得没一个青年人，像什么样子！你给我把宝伟留下来！”魏瞎子不作声。二胡说：“你要是不干，就去蔡苕货家吃饭！”魏瞎子说：“解蜂子的毒，女人们将奶水直接滋上去，最有效。”二胡说：“滋就滋，魏瞎子我先跟你讲好，你要是敢碰一下春娥，我就用篾刀将你的手剁下来喂狗子！”对，二胡年轻的时候，学的是篾匠。

这是宝伟在蔡家河坟地上，举头看青山时，发生的事。花开两朵，各表一枝。后来二胡带瞎子去还水车误了工夫，宝伟倒是先回了家。现在大伙儿盯着魏瞎子额头上的红疙瘩看，心里都觉得又麻又痛又痒。云英婶说：“春娥，你快去房里，用碗挤一点奶出来。”村里捅马蜂窝被蜂子锥，由大人牵着上门来讨奶水的孩子，也来过好几波了，所以春娥是会家子，放下筷子，端一个干净碗，起身就朝她房里去。二胡放下酒杯说："他一个瞎子，用不着碗，直接滋到他额头上，像伢们那样，方便，见效快！"云英婶也觉得在理，叫春娥来牵着瞎子，去她与宝伟的卧房里面滋奶水。

二胡说："春娥的奶水养人，将家洛养得白白胖胖，玩意儿不是！申如你划得来，要是换成我，每天早上都会呵呵笑着醒过来。"云英婶说："他成天将一张脸撑得像驴似的，还笑！早上醒得早，听老鼠爬，听公鸡叫，听牛嚼草，折腾到天亮，不是扛着锹去西头谷田看水，就是背着锄头往蔡家河犯露，哪怕是冬天里，起了凌，下大雪，他也是天一亮就爬起来，好像被絮里有稻麦芒，他哪里是一个享福的人哟。"宝伟觉得母亲说得很对，父亲好像总是皱着眉头，到处都是操不完的心，母亲常说他生的是地主命——要不是政策硬，他迟早会节衣缩食，买田置地、请长工，重新做成地主的。申如干笑着喝酒，耳朵却在听厢房里的动静。

一会儿，魏瞎子自己点着竹竿由卧房里走出来，额头上挂着几条蚯蚓一般的奶渍，脸上泛着微微的红光，好像刚才春娥的"奶箭"，已彻底战败腊狗的蜂针，之前他是中了欧阳锋蛇毒的绿林豪客，现在，则焕发成为不怒而威的座头市盲侠。他坐上席，将鸭壳子般扁扁的签筒由他的棉褂里摸出来，签筒与插在里面的几十支签子，都跟用了好几辈人的竹床、竹席、筲箕一样，变成了油光水滑的紫色。魏瞎子右手一抖，签筒哗哗作响，好像人家说书用的快板似的——这是令十里八乡的女人们又惊惶又沉醉的声响，可与之相比较的，大概是在桌子上搓响麻将的声音吧。在麻将子哗哗的流水一般的声音里，当日赢钱的家伙与输钱的家伙一道，合伙打发走了流年——以前是四个人一组打“硬麻将”，现在人手不太够，所以改成“晃晃”，就是三个人，也没有关系，当然，一下子拥上很多人，那就轮流来。而在魏瞎子的签筒声里，天堂的门与地狱的门好像被推开了一条缝，她们稍微踮起脚尖，就可以看到未来。魏瞎子说：“来，劳驾诸位抽出一根签，我来给宝伟推一推‘行人’！”

云英婶推宝伟去抽签，宝伟不干，下席去捆行李，让春娥抽，春娥犹犹豫豫的，让申如抽——老强徒正虎着脸呢，她自己也不太敢，推了一圈子人，最后她将家洛由木枷里抱出来，让这小子面对着魏瞎子那不知道被远近几十里的村子里，多少代人的汗手摸过的“圣杯”。家洛将胖乎乎的小手伸到签支林里搅和了半天，果然斜斜地扯出一根。云英婶拿过来，一边夸家洛心肝宝贝乖，一边将签支小心翼翼递给正襟危坐的魏瞎子。魏瞎子由签头摸到签尾，签尾摸到签头，来回好几次，好像食指与拇指头上长着眼睛似的。“需！”过了好半天，他老人家金口玉言，总算是开了尊口，“利涉大川，往有功也！”云英婶盯着魏瞎子的脸看，他额头上的红包中了春娥的奶箭，已经由鲜红饱涨变得萎缩黯淡，就像晚上的丝瓜花似的，应该已经不疼了吧！魏瞎子的嘴巴很亮——大伙都说他是这辈子吃了太多的猪肉与猪油的缘故，“就是说，宝伟爬大山，蹚大水，逢山有洞，遇水有桥，他耐大劳，吃大苦，就能闷声发大财回来过年！”

申如咕嘟喝了一口酒，云英婶也有一点高兴。春娥说不上好，也说不上不好，抱着家洛去看宝伟，宝伟已经收拾好行李，记起二胡的收音机，掏出来还给二胡。二胡酒足饭饱，扯着魏瞎子离席告辞："申如哥云英嫂你们慢吃，宝伟这一去，会低着头，将哈尔滨的钱都捡回来的，你们也莫担心了！"

二胡将魏瞎子送到早上车水的那条小路，握着瞎子的竹竿，狠狠地对他讲："你这不听话的瞎子，我恨不得将你推到油菜花里，再捉条菜花蛇爬进裤管咬你的卵蛋，你瞎算！你晓不晓得宝伟他们的工程队，去年摔瘫了柳树林的张建国！"魏瞎子不作声，脸像午后的天气一样，变得阴阴的。二胡又说："一定是春娥不让你摸她的奶子，你就变卦翻脸了，你才是蜇人的野蜂子，你以后要小心老子在你走的路上挖坑，坑里堆牛屎，我二胡什么做不出来！"二胡撂着狠话，眼睛却有一点湿，想到眼前是一个瞎子，他举着手，偷偷地将眼角沁出来的泪点抹掉了。魏瞎子不理他，举起竹竿往油菜花巷里走，四月天，孩儿面，田野上阳光尽掩，漠漠层云，细雨纷飞如同牛毛。魏瞎子又撑出了他的黑布伞。"利涉大川，往有功也。"当年师傅跟他讲，"需卦"行人有利，可是，卦辞上又有："需，云上乎天，君子以饮食宴乐。"师傅说："你摸摸看，'需'这个字，就是天上下雨，一个人在雨里打伞的样子，天落雨，人在家里喝酒最安逸，莫出门。所以这个卦，一会儿劝人出门，一会儿劝人在家，我也搞不懂，你顺着人家的心意讲吧，大鱼大肉都在这里头。"世上的事，怎么想是一回事，怎么做，又是一回事吧，师傅，魏瞎子心里释然了，他已经不烦梅腊狗了，准备搬动他的油嘴，将蔡茗货的姑娘蔡翠娥，说给梅腊狗的儿子梅国庆，只是梅腊狗没管好他的蜂子，这彩礼恐怕就不好打折了。

春雨潇潇中，绿皮的火车开出了肖港火车站。宝伟和站台上穿着带着便帽的大红呢子外套的春娥挥手告别，将行李举到硬卧车厢的行李架上，也不同前后车厢里附近村镇里的熟人熟脸讲话，一个人爬上中铺，将外套脱下来，枕在头下，侧睡着，去看火车掠过的山野。车发肖港站，不久就进入了大别山的崇山峻岭里，一个山洞接着一个山洞，车厢里忽明忽暗。这就是清早，他烧纸时看到的东边的山岳。宝伟又想起爷爷讲的那个秦始皇赶山的故事，他其实不需要观音的红线，春娥就是他的红线，就像那个万喜良，孟姜女就是他的红线啊。春娥跟他讲，滋完奶后，魏瞎子一边抹着奶水，一边问，是想让宝伟留在家里，还是想让宝伟出门？春娥说，你劝宝伟出去，他本来就心思慈、心肠软。宝伟不怪春娥，他知道她的好。春娥说，家洛与罗敷，以后都要搬到城里去，住你盖起来的房子，我们不该每天坐在一起看电视打麻将。她说得对。“等八月种下二季稻，家洛又断了奶，我就坐火车到哈尔滨来看你，说不定，罗敷这丫头会在哈尔滨投胎，小时候我蛮喜欢听一个广播剧，叫《夜幕下的哈尔滨》。”刚才，春娥就在站台上，将嘴巴凑在他的耳朵边上悄悄说这些话。她温热的气息，将他的脸跟耳垂都弄得热烘烘的，她嘴巴里，有一种鲫鱼与牙膏混合在一起的淡淡的味道，青草似的。

宝伟就是闻着外套上他家蔡家河田里的气味与他老婆春娥的气味，掉到他出发的梦里去的。

2014 年 8 月 20 日

田鼠家

天上下着蒙蒙细雨。吃过早饭，宝伟领着邦胜、艾清等几个人悄悄出了村子，沿着村西的小路，绕过剃头匠紫清老婆的坟林，往田野中走。大黑狗“黑”寸步不离地跟在后面，激动得嘴里直呜咽。牛毛般的雨水毫无声息地落在小路两边的麦地里，落在男孩们的黑头发上。男孩们的头发，都是紫清用推子推出来的，一律的鬓角短、顶上长，像一条舌头裹在沥青中打滚。麦子已有半人高，乍出锋芒，麦穗乳牙似的排出来，青绿的结节里，含着泡泡白浆。男孩们猫着腰，捏紧双拳，就像那些在麦田里支棱着黑胡椒眼睛，闪电般跑来跑去的田鼠。

穿过一大块麦地，隔着葫芦般的池塘，肖家坝村在对面，一排排的红砖房，顶着黑瓦，跟郑家河大同小异。村里煮早饭的炊烟还未消散，蒸咸鱼腌鸭蛋，腊肉炒白菜薹，墙瓦间滚动着陈年菜油的气味，与泥浆、林木、草垛、粪便的气息混杂在一起，发酵出特别的村味。每个人有每个人的脾气。每个村塆有每个村塆的味道。大人们的牌场刚刚布置起来，摩拳擦掌准备大干一场，争当今日赢家，个个讲话中气十足，麻将砖在八仙桌上搓得哗啦响。村巷里，一只麻黄鸡领着新孵出来的小鸡娃，不怕苦，啄去年积在檐下的楝树籽。一头老黑猪领着两头半大的白猪哼哼叽叽到处拱嘴，不怕脏，浑身涂满泥浆壳子。在麻黄鸡与老黑猪的头顶上，桃树与梨树正在开花，红的火，白的雪，云霞蒸腾。宝伟伏在田埂后面，公鸡一般，一节节抻长脖梗看。

不一会儿，肖四海就出来了。几个男孩背着钓鱼竿，肖四海走在最前头，蓝卡其外套的袖子卷到手肘。他们在池塘边停下来，先由肖四海挑位子，在一棵蓬蓬返青的大柳树下，那地方是个鱼窝子。几天前肖四海和宝伟还是好朋友，恨不得共一条裤子穿，肖四海用池塘请客，请宝伟在他最爱的位子钓鱼，也是在大柳树下的洗菜埠头上。早上八九点钟，喜头鱼排着队，到那里找钓钩上的红蚯蚓吃，多得像麻雀阵。宝伟盯着肖四海，看他由墨水瓶里仔细地倒出红蚯蚓，啪的一声，用手拍直，刺破腔肠，由尾到头，穿到鱼钩上，蚯蚓垂死挣扎，汁液濡濡，兀自心有不甘地盘曲身体。肖四海一挺腰杆，手腕一抖，鱼竿飕地向斜上方画出一条弧线，鱼线带着鱼漂和鱼钩绷得直直地飞到了池塘中央。肖四海笔直地像英雄钢笔，站在柳树下，皱起眉头看湖面。肖四海钓鱼的样子又麻利又漂亮，难怪肖家坝的男孩听他的话，就像红铁遇到匡埠铁匠的锤子，宝伟遇到他汪梁岗的舅舅平子，一个字，服。可是肖四海不但偷走了他的手枪，这个流氓，他还那样下流地讲他的同桌翠红，说他看到

朝阳映照的池塘，池塘里有水蛇游动，阳光像一根根金箭，青草池塘之外，是沾满晨露的田园。

——《田鼠家》

翠红的胸脯鼓出来，坟垄似的，今年就会有人让魏瞎子到她家提亲。好几次放学，宝伟和翠红一起绕肖家坝的小路回家，都看见肖四海远远地站在他家的压水井旁边，躲在桃树与枫杨后面张望。

池塘四周填满草，青苔刚生出来，细细的，皱皱的，微微发红，荷叶是立起来的小簪子，水马齿苋开始牵藤拖蔓。池塘里的水清亮得像黄鼠狼的眼睛，细雨麻麻痒痒地落下，造出千百万瞬息即逝的虚圆。几点被朱靛染红的蒜杆鱼标漂在水面，池塘里的各色杂鱼游荡，在水下好奇地啃食着鱼饵，扯着上头的鱼标。宝伟看得到鱼标的跳动。他与肖四海一样，都可以由鱼标的动静里，判断出前来“打闹台”的鱼儿的种类。“肉鼓纽”，一种长得很像褂子布纽扣的小鱼，嘴巴小，它们会叼拖着蚯蚓，将鱼标扯得浮浮沉沉，像二胡叔拉二胡似的。喜头鱼则是张口将鱼钩吞下去，然后向上一送，鱼标就会慢慢倾斜，最后平躺在水面上，这个叫“送钩”，吃完酒席，再作个揖，很客气，很讲礼，难怪它们长得像鲤鱼。黑鱼、乌龟与“黄牯鱼”，则是蛮忙的样子，张口吞下蚯蚓就走，你们搞双抢啊？将鱼标往深水里死命拖。总之鱼的种类不同，模样不同，大小不同，嘴巴宽窄不同，性格也不同。肖四海说：“就像我们班的同学！”他说得对，初一的同学，由附近不同的村子来，姓名不一样，长相不一样，性格也不一样，男生有各种坏与痞，女生则有好看有不好看，有的一开口就脸红，有的已经可以端一个砧板与菜刀去骂街。肖四海一连钓起五六条鱼，多半是一拃长的喜头鱼。再过一两个星期，就是清明节，清明节以后，喜头鱼就要

“扳子”。这时候钓到的喜头鱼，“迟”开肚皮，里面一腔子，用菜油炕熟，吃是好吃，但吃了鱼子写字手会抖不说，也觉得鱼蛮可怜心酸的——人家在结满凌冰的池塘里，熬过一个冬天，一场雪接着一场雪，北风有时候将池塘吹成一整块冰，它们瞪着眼睛，藏在冰块下面的泥水窝里，不就是为了能够在春暖花开的时候，跳出水面，将身体弯成弓，将一肚子的鱼子“扳”出来，孵出细眉细眼的小鱼，去跟墨墨点点找妈妈的客蟆裔们做朋友么？那些“半糙子”的黑鱼，去年长了一年，好容易由沟渠的虾网与池塘的抄网里幸存下来，春冰一破，就忙着捉对交配，好生出一窝黑鱼仔去游春。黑鱼们虽然长得像张飞李逵，孟良焦赞，又凶又恶，但就当父亲母亲而论，它们多么称职！

宝伟看得脖子都僵住了，埋下头，鼻头正好碰在潮潮的泥土上，一股浓浓的蚯蚓腐臭味扑入鼻孔。只要是喜欢钓鱼的人，都会喜欢这样肥沃又松软，能够长蚯蚓的泥土，红蚯蚓，绿蚯蚓，到底是你们将土变肥，还是土将你们长肥的呢？宝伟抬起头，好像担心他的鼻尖在里面再埋一会儿，就会长长似的。宝伟把手插到地上，将泥土抟起来，做成了一个结实的泥团，就像腊月里父母捏出的糯米团。他示意跟在他身后的邦胜和艾清也这样做。男孩们将捏好的泥团紧紧握在手心。宝伟做了一个手势，就像电影里，排长要求大家扔手榴弹的那种。要是他的枪还在的话，他一定是挥着枪的。一时间，男孩们一下子由田埂后面直起腰，手里的泥团在雨幕中画出道道弧线，向面前的池塘丢过去。只听扑通通一阵乱响，水面上顿时溅起阵阵水花，将雨花搅乱不说，此刻欣欣然由水底奔向钓钩的鱼儿，也是仓皇一片，无心上钩，尾巴一摆，转头躲向塘泥与水草，躲开这天崩地裂，由郑家河的十八路反王投出的巨石阵。

肖四海显然是被“天兵天将”们吓了一跳，他的身体摇晃了两下，举着鱼竿，一头栽向池塘。宝伟他们站在田埂上，叉着腰看肖四海在柳树下的湖面上胡乱打水，像婆娘们跳塘一样，觉得开心极了。十几下之后，肖四海拍水的动作慢下来，身体也渐渐向池塘中央滑去。他不会水。宝伟猛地想了起来，肖四海跟他讲过，一到暑假，他父母就将他用麻绳系在堂屋大桌子的腿上，盯着他家里的十来只母鸡一个一个跳上鸡埘下蛋，不让他出门去玩水，他们家，可就肖四海这么一个独苗儿子。几个跟着肖四海来钓鱼的男孩慌慌张张地往村巷中跑去报信，池塘那边，一时一个人都没有了。

“扑通！”春水冰凉刺骨，远没有到可以下池塘游泳的时候，感觉是肥白黄黑的泥鳅掉到了母亲的针线笸里。宝伟抓着肖四海的外套，将他从池塘里扯起来，像拎一个七八斤重的团鱼。肖家坝的人，一个冬天都在打牌，懒得连塘泥都不挑，塘底的黑泥深到骸膝包，将别个龙王家的屋顶和窗子糊得一塌糊涂。好在老柳树的根一直伸到塘底，被宝伟碰到了，他一手拎肖四海，一手抓着粘满螺丝的柳树根，就这么像《射雕英雄传》里掉到海底的傻子郭靖一样，一步步走到岸上来，总算没有被泥洞里的龟丞相蚌娘娘带去龙宫做人家的小女婿。两个人全身的衣裳都在往下滴水，又沾满了细青苔。邦胜抱着肖四海的头，艾清顶着他的腰，将肖四海往干岸上拖。人离了水，真像死狗子一样沉。而这时候，宝伟带出来的活蹦乱跳的黑狗，正站在池塘对面的麦田埂子上狂叫，“黑”这一叫，肖家坝的狗子们不服，可都跟着嚷了起来，狗一叫，公鸡们也不甘落后，喔喔喔弄得风雨如晦，一时间，肖家坝就好像进了强徒，又似杨令公领着七个儿郎大战金沙滩，遂活脱脱由麻将的桃花源，变成一个鸡犬不宁的乱世。

宝伟蹲在地上看，肖四海还好，他趴在干坡上，闭着眼睛，艰难地将肚子里的水一点一点地吐出来。宝伟鄙夷地盯着他：“你这个样子，还叫四海，你就凭这个去纵横四海？你还周润发呢！打鼓泅都不会，你是娘们？老子明天让班上的人都叫你肖黄牯，不，是肖黄沙！你将手枪还给老子，你不配有那把枪！”肖四海冷得发抖，嗓子咕咕响，像一只在雨中淋湿，哆哆嗦嗦站在瓦脊上练习腹语的鸽子。

“快走快走，肖家坝的人出来了！”艾清望风，贼，竖起了他的耳朵，他是地藏王菩萨的地听托胎吧？邦胜胆子小，拔脚向对岸跑，他上辈子，是在南边畈里做野兔子的？宝伟只好站起身，领着男孩们绕过池塘往回跑，后面肖家坝扔下钓竿的孩子们已经由麻将桌上搬来了救兵，就像小妖们回洞拉来了黄风怪牛魔王，救兵中的女人们去围着肖四海心肝宝贝地叫，另外一队男将，则举着扁担和大锄，来追郑家河的“强徒”们。这时候，恐怕只有请狐仙来念一个咒语，将麦地里的青穗，都持在手里，变成箭射向肖家坝，才能挡住他们的男将女将，艾清一边跑，一边想。

雨还在细密地下，织成一张牢笼天地的网，网罗着眼前的草木与生灵，将它们的气味与魂魄混合在一起，散发出毛毯般厚重的蛋腥味。将任何一根草，一棵树，一只动物，一个人，由这张网里拔出来，它们都会死，这股蛋腥味就会发生变化。田埂上面的土皮已经被雨水润透，烂缨子似的，很容易被踩散。男孩们摔了好几跤，“黑”也是一脚一滑苦恼万分地跟着，还要时不时掉头吓唬肖家坝打头阵的黄狗白狗之类的老朋友：昨天它们还一起钻油菜地玩儿，各为其主啊，兄弟们体谅这个，我喜欢的花花狗狗也莫生气，做一条好狗首先要忠贞不渝。更麻烦的，是紫清老婆的坟，还要不要绕？紫清的老婆叫素珍，王家树林的姑娘，嫁过来，第一胎生了小兰，第二胎难产，肖家婆婆接生了一晚上，没接下来，抬到肖家独屋看医生，打了针，又抬到肖港镇的卫生院，素珍和肚子里的孩子都死了。因为是死在外面，所以不能往蔡家河的祖坟里埋，紫清将剃刀拿出来朝大家比划都没有用。去年她跟孩子的坟还是新的，今年就长满了抱娘蒿，坟边上，还有一棵半人高的小构树，“抱娘蒿，结根牢，解不散，如漆胶。君不见昨朝儿卖客船上，儿抱娘哭手箍牢……”

不能绕！宝伟当机立断，领着他的少林寺小棍僧们，笔直地沿着田埂往前冲。素珍的坟头上，抱娘蒿下，密密麻麻地长满了荠菜，马上就要开花抽薹，没有人会来挖这里的荠菜，小构树也对生出来十几片嫩绿的叶子，乌鸦飞过田，就可以在它上面落脚。前年孩子们举过的花圈，纸花都烂了，只剩下几根竹竿插在坟前，立马是清明，紫清就该带着小兰来给素珍和弟弟立碑了！

心里发慌，呼吸也变得更快，除了宝伟，男孩们都扭着头，快步走过素珍的坟。谁不怕死人呢？虽然素珍活着的时候很善，但那个孩子，从来没有到世界上来过，没跟大家一起玩过，长什么样大伙都不知道，他是好是坏，谁又知道？他投好了胎，却来不及到这世上好好要要，该多恨人，怨气多重！娘俩的坟，好像一只大蜘蛛似的，蹲在田野的中央，吐出一张看不见的网，男孩们一头撞进这个网里，像一群盘丝洞里的猪八戒，被恐慌的丝线纠缠，向后扯着头发与衣领，直到由田埂转到往魏家河结实的夯土路，男孩们才脱兔一样，穿着绿黄的回力鞋，闯开娘儿俩的结界，腾云驾雾一样飞奔起来。风吹卷了他们的舌头发型，头发被热汗粘在额头上。他们就像一支支飞在麦地上的箭。那边肖家坝的婆娘们发现肖四海只是呛了几口水，激发火气，流了一摊鼻血，并没有大碍，摘一片嫩蓖麻叶，贴在鼻头上就好了。肖四海又讲，其实是宝伟将他由池塘里拉了起来，恩归恩，仇归仇，人家已经是救命恩人，要不是宝伟，他肖四海已经被直挺挺地湿淋淋地搬到堂屋的草席上去了。肖家坝军才算是鸣金收兵，将他们斗志昂扬的黄狗白狗花花狗，黄狗白狗花花狗身后骂祖宗的大将喽罗都收勒归营。

宝伟跑在最后，回头去看，宽广翠绿的麦海里，已没有人追上来。男孩们按照小诸葛艾清的计划，由魏家河村北边的土路，顺着雁翎似的长坡，跑到了小澴河堤上。跑上小澴河堤，是自南往北一马平川的沙石路，他们会跑得像郭靖的汗血宝马似的，欧阳锋与黄药师手拉手来追都没用。肖家坝的扁担锄头队却不来比赛，又没趣，又没种。

男孩们跑出了一身汗，头发被雨滴与汗水打湿，冒出蒙蒙的白汽。他们坐在堤边上，如一个一个排在电线上的紫燕似的。这是这片田野里最高的地方。向东可以眺望平原尽头的大别山群峰，群峰像天兵天将们堆出的草垛，也在冒着白汽。山下的肖港镇，镇边两根铁轨在春雨里闪光。河堤的西边，就是他们刚刚奔跑过的田野，麦田与油菜田交错，黄一片，绿一片，魏家河、肖家坝、何砦、郑家河、蔡家河、梅家河、匡埠村，这些细雨中的村子夹在大澴河堤与小澴河堤之间，长成黄海与绿海中或大或小的岛，村里的树，也已经在发芽，条条红砖黑瓦上，是一团一团蓬蓬的灰绿。

小澴河堤面，是被青草镶边的干净好路，路两边往下的堤坡，密密麻麻地栽着沙树，是麻雀、灰喜鹊、猫头鹰、黄鹂、白头翁、咕咕咕鸟、野鸽子、秧鸡、乌鸦、野兔、松鼠、黄鼠狼和刺猬的家，是赤练蛇、蜥蜴、打屁虫、蝉、金龟子、毛毛虫、天牛、葫芦蜂、山蚂蚁、虎斑蜘蛛还有无数叫不出名字的昆虫的家，它们钻进沙树林之后，有翅膀的在树上做窝，没翅膀的在树下打洞，连大黑狗都想不出办法去跟它们交朋友——沙树丛生的叶刺，会将树林弄成谁也攻不进去的天门阵。堤下与田野相接的地方，则是一串一串的坟，新旧不一，往往过不了几多天，就会新添一座，好像在语文课本里，又多出了一堆生词。坟上的新土堆得高高的，远远比素珍的坟讲究，人家坟堆顶上的土块切得像唐僧的帽子，方方正正，像家兵老师在黑板上写的粉笔字。坟四周插上花圈，上面的金箔与纸花还都是崭新的。只是在魏家河与梅家河村上下河堤的长坡周边，沙树与坟堆才会断出一个缺口，露出长草的堤面，好像女人们戴的乌银镯子，圆环之中，留出一道小小的缝。

一群发呆的男孩，被身后叮叮的铃铛声惊醒得回过神来。宝伟掉头去看，只见河堤上，由北边的堤林里，骑出来一头浑身漆黑的骡子，骡子身上的毛发被细雨濡湿，丝丝缕缕发亮，瞪着大眼踢踢踏踏向前走。骑在骡背上的人，身材瘦长，身上的雨衣显得宽宽绰绰的，被风吹得鼓成包。宝伟认得是镇上的邮递员，四十多岁的中年男人，一个缩在雨衣里的瘦猴子，沉着核桃脸，不爱说话，好几次去邮政所的柜台买杂志看，都看到过他将信与电报往深绿的帆布袋子里装，现在，两个鼓鼓囊囊的袋子，就挂在骡子鼓鼓的屁股的两边。有时候，中午时分，他会骑着骡子到村里来，他跟魏家河的瞎子交朋友，和他一起喝谷酒、嘣鱼刺。魏瞎子讲，我叫魏树堂，他叫赵华堂，魏国与赵国好，魏延跟赵云的关系也不错，我们两个堂就更不用说了。他的邮递员朋友，政府给他发自行车都不要，说要送给我，我一个瞎子骑自行车？他就爱骑这个骡子。骡子就是他老婆，白天骑在一块，晚上睡在一块，谁都不借。华堂是更爱他的骡子，还是我？你们自己去问！我自己……也起过几次课，但我不会告诉你……赵华堂现在去往谁家里送信，送电报？风由北向南吹，推着他的背，路面平整如镜，黑骡听着鸟叫，吹着冷雨，不紧不慢地走在沙石路上，方圆二十里，这是它最爱的天气，最爱走的一段路。邮递员直直骑在骡背上，由弓着背坐在堤边的男孩们身后过去，男孩们回过头，盯着他跟他的黑骡看，他也没有侧过裹在黑色雨衣里的长驴核桃脸看他们一眼。“黑”欠起身，想去追，犹豫了一下，停住了。

“我以后要是能做一个邮递员就好了！”等一人一骡消失在南边的堤林，邦胜对宝伟讲。

“你除非投胎做他的儿子，这不可能，魏瞎子说他没接媳妇，还是童子鸡。”宝伟说。

“对！让你妈给他做媳妇，你重新投胎。只是你生到镇上，就跟我们做不成朋友了。”艾清说。

“他的雨衣也是黑的！”邦胜讲。

“他可以去《射雕英雄传》里扮侠客。”宝伟说。

“骡子的玩意儿又黑又大！”邦胜讲。

“大也是白大的，骡子没得用。”宝伟说。

“让你爹去当兵也可以，夭如叔叔去当兵，开汽车，生下宝玉就成了城里人。”邦胜说。

“莫扯淡，我们来灌老鼠！”艾清站起来。这是去年艾清发明的游戏，整整一个寒假，他们都在提着塑料水桶，在土埂上灌田鼠——将周围所有的田鼠洞都找出来，只留下一个洞口，其余的用土块堵实，然后去池塘里打水，倒进唯一的洞口里，灌下去四五桶水，田鼠就会慌慌张张地一身泥水由洞口钻出来，手里捏着土块的男孩们一拥而上，将它砸在一个小土堆下面——人家好好地坐拥着秋天偷运到的稻谷、麦子、高粱、玉米跟松子，在地下乌漆麻黑的洞穴里过冬，优哉游哉的日子，忽然间就被这群万恶的小兔崽子毁掉了。大人们倒是很同意这个游戏，宝伟的爷爷汉生老爹说：“一只老鼠半月粮，打得好！”

“没水桶怎么办？要不去喊魏家河的魏中伟来？”邦胜问。魏中伟是魏瞎子的二侄子，是魏家河的孩子头，邦胜的同桌，去年夏天有一天早上，抹开眼睛上学，穿他哥哥的旧衬衣，垂下来，遮住了膝盖，就忘了穿短裤到教室来，直到去厕所尿尿才发现光着黑屁股！中伟吹牛说小澴河平原上田鼠的总大王，就挖洞住在他们村边的河堤上，一个大田鼠将洞一直挖到了梅家桥，它在它的迷宫里娶的老婆，比我们班的女生还多！上个月，刚开学，魏中伟神经兮兮地约宝伟、肖四海来堤上，将棉裤扯下来，让他们看他过年长出来的毛毛，将两粒卵蛋由核桃变成了毛桃。肖四海嘴一撇，说老子已长了寸把深，都可以藏几只麻雀了。那个时候，宝伟刚把手枪造出来，他照着过年时，由城里回来拜年的堂弟宝玉的枪造出来的，枪柄用铁丝扭好，枪头却是用自行车的单节链条串起来，打起火炮纸来啪啪响，就是没有火炮纸，用火柴头子与鞭炮里的火药也可以。为了收集十来节链条，宝伟发动村里的孩子，偷偷翻各自家里的工具柜。“这把枪离真枪，只差一步，就像过了梅家桥，就是金神庙！”肖四海迷上枪，不比毛毛了，提上裤子找宝伟借枪。宝伟心多软啊，借了，结果开学两个星期，肖四海说枪弄丢了，要宝伟跟中伟去他家里，听他四海当着毛主席的画子赌咒。丢！哪里再去找那么多的自行车链条啊，也找不到宝玉的枪模子了。或者枪是被魏中伟藏起来了，他跟他的瞎子伯伯一样，有时候也是鬼里鬼气的。当日就他们三个人知道这回事。

“别叫魏中伟个黑屁股，用鞋子！”艾清有办法。

男孩们将回力鞋脱下来，又脱下布袜子塞进口袋，打赤脚下到河堤下面的小澴河边。小澴河无声无息由肖港镇流下来，穿过铁路桥、公路桥、汪家桥、梅家桥、官家桥，流到他们面前。好几个家伙口渴了，先捧河水喝。河水要比池塘里的水暖和，去年腊月一场雪下整天，雪堆都要将堤内的河滩埋起来，小澴河都没有结成冰，依旧无声无息往西南流。十来只鞋子盛下的水，并不比一只水桶少。可是小澴河堤到底不比田埂，田鼠们在上面修出来的洞穴，果然像一个超级迷宫似的。他们双手举着鞋子，由小澴河堤上上下下几十趟，也没有灌出一只田鼠来。唯一的胜利，是有一只胖田鼠由不远处隐密的堤洞里，探了一下头脸，等宝伟跑过去的时候，赶紧又将头缩回去，消失在它的迷宫里。逃走之前，它的眼神，正好跟孩子们对上了。它的个头有一般田鼠的两三倍，皮毛是深棕色的，油亮油亮，它的两撇胡子还是干的，黑野豌豆般的鼠目里有狡黠，有勇敢，还有嘲讽？河堤上的田鼠之王，宝堂，它在荒野中，在黑暗与混沌里，辛辛苦苦修下这四通八达的洞府，信心满满地守在它的城堡门口，就是期待着孩子们来攻打的这一天吧！

“它好得意，领着一窝田鼠，在下面堤脚摆天门阵！”宝伟说。

“它吃得油光水滑，长得就像魏瞎子似的，就是它的眼睛亮亮的，魏瞎子的眼睛一坐席就睁开，是白白的。”邦胜说。

“田鼠不像猫和狗，猫狗都乱搞，一只公田鼠长大了，钻出洞，遇到一只母田鼠，就再也不会挪窝，不会打脱离，它们在一起，一心一意到处找吃的，打洞，生小田鼠，一窝就生七八个。”艾清说。

“那魏瞎子都还不如一只公田鼠，他还是一个童子鸡！”邦胜说。

“邮递员也是童子鸡！”艾清说。

“我想做一只田鼠。”宝伟说。

“只要你不怕蛇，不怕猫头鹰，不怕我们拎着水桶灌，又认得出老鼠药，撑得开老鼠夹子，被夹住尾巴时，也有种自己含泡泪咬得断！”艾清说。

“我不怕。”宝伟一边说，一边走到那个公田鼠躲进去的洞口，单腿跪在草丛里，额头贴在草皮上，用一只眼睛拼命往洞里看。洞里一片黑暗，什么都看不见，也许在向下不到一尺的地方，鼠洞就向左或向右，向着斜上方拐了弯。田鼠们不会点灯，它们摸着黑吃东西，巡视洞府，公田鼠与母田鼠也是摸着黑配种，生一窝汗津津肉奶奶的小田鼠，母田鼠喂奶，公田鼠趁着堤面上没有人、猫头鹰飞远，才会悄悄溜出洞，去远眺小澴河，鉴别天气，寻找食物，补充它们家的仓库。

这样出神的时候，宝伟觉得有一只马虾，伸出它的小钳子，将自己的眉骨夹住了，痒痒麻麻的，并不疼，自己的身体也在缩小，毛由皮肤里钻出来，胡须由两颊钻出来，痒痒麻麻。身体足够小之后，他全身挤进鼠洞，沿着鼠洞往下坠，满鼻子都是蚯蚓吞吐过的泥土的气味。洞越来越深，越变越宽，黑暗也变淡，变得透明发亮，宝伟七转八折地往下掉，在一处拐弯的地方，他立住身体，一只漂亮的母田鼠，趴在一个小房间里，房间中央嵌着一面崭新的玻璃小圆镜，背面衬的塑料皮，绿得像翡翠似的。母田鼠聚精会神地半立在镜子前面，听到他的动静，也没有回头。他继续往前，慢慢舒展身子向前爬，洞底变平，一定是来到了小澴河的河床底下。他急急忙忙想去一个房间，也不知道自己为什么执意往那里去，洞在河底四通八达，像一个迷宫，但他却很熟悉，就像郑家河的村巷似的。四周又深又安静，如果竖起耳朵，就会听到河流流过河床的声音。难怪男孩们没有办法将这个洞灌满河水。原来到小澴河的对面，除了过梅家桥，还可以走这条田鼠洞。如果宝堂再往地底挖洞，会挖穿阴曹地府吗？会在洞里，遇到紫清的老婆素珍吗？他们的儿子一定已经长大了吧，还有金枝奶奶，在宝伟出生前就得病去世的奶奶。宝伟想到这里，有一点怕，但也就是扯霍的工夫，怕就没有了。继续向前，地洞上升，好像过了河，变陡，继续向上盘旋，终于到了鼠洞的尽头——隐藏在一蓬苍耳草中的出口，宝伟由洞口探出头，远远看到河对岸，十几个男孩子站在堤坡上，一个男孩子趴在地上，那是我……

宝伟掉转头往回走，潜回到河床以下的深洞里，他发现鼠洞两边，排列着数不清的房间，每一个房间都有木箱大小，比较起他变小的身体来，显得尤为空旷。他只是由各处房门口朝里张望，就看见了爷爷汉生老爹已好久都找不到的旱烟袋，他收藏的当年金枝奶奶绣给申如和木兰戴过的涎兜，他们的地契，他的士兵证与八字庚帖——当年他在广西桂林打完日本人，偷偷藏在隔壁垮肖金成开的坦克里，一路穿山过洞，闷出一身痱子，八十一天偷跑回家跟金枝成亲，怀里就藏着这两张纸，还有他从前爱听的公社喇叭——公社是根藤，社员是藤上的瓜，瓜就像这个小喇叭，后来买了收音机，就随手扔到抽屉。一起被田鼠们搬来的，有《毛泽东选集》的第五卷，里面还夹着好几张金枝奶奶描的鞋样！他穿小的凉鞋，纪念章，装乳牙的凡士林小铁盒，用刀削出来的难看之极的木头手枪，皮筋断掉的弹弓，玻璃球，香烟盒子，肖医生扔到他家里的注射器，宝玉送给他的小人书，翠红篦头发断了十几根木齿之后扔掉的篦子，她的发卡，野鸡毛做的毽子，她捡的牙膏片，她宝贝一样藏起来的贺卡，她的奖状，写作业的本子，他妈妈云英婶的老银簪子，青白色旧手帕，纳鞋底的红铜顶针，给申如纳了一半的碎花鞋垫，她找了多少回！他父亲申如的旧泥刀、不锈钢扳手，一只梅花起子，缠电线的黑胶布，查节气按时打农药的黄历本子，他的一号电池，抽了一半的游泳烟，多少次他都疑心被汉生老爹弄走，不敢说，只好埋怨宝伟将它们弄丢了！原来，它们没有丢，都被田鼠宝堂收集起来，一个房间一个房间堆在这里，将宝伟家的气味与河底泥土的潮气混合在一起，好闻得让人想哭。这世界上的东西，一旦长出来，生出来，造出来，怎么会丢呢？哪怕它离开了我们，将我们抛弃，也会悄悄地将自己藏好在某个地方，收敛它们熟悉的气味，熟悉的光泽，熟悉的形态，等待在黑暗里重逢。

宝伟再向回走，又有十几个房间，分别塞满了芝麻、小麦、大麦、玉米棒、黄豆、绿豆、蚕豆、谷、土豆、高粱、红薯、白萝卜、红萝卜、胡萝卜、干豆角、干蘑菇、干茄子、干白菜，裂开嘴的棉花桃，棉絮又长又白，用来铺床的麦草和稻草，还是簇簇新，还有一个房间，赫然摆着一只弯弯扭扭的老南瓜，宝堂哥你是怎么做到的——将一只南瓜搬到鼠洞里来，就像一个人将一尊石头菩萨请到庙里去，这不科学！难道是你摘个小南瓜拖进洞，它自己接着还会长大？洞外的小澴河平原，被大水淹，被蝗虫吃，遇到干旱，年成很不好，我们就得挨饿，上一辈人还要去花园口讨饭，宝堂你倒好，深挖洞，广积粮，藏在洞里怡然自得，生儿育女——你也一定会酿谷酒、做臭豆腐、晒面酱吧！冬天的时候，会去与附近的田鼠伙计，一道开糖坊熬饴糖吗？让宝伟觉得惊奇的，还有一个鸡蛋房，这些鸡蛋，都是它悄悄去附近村里，用鼠尾巴一下下赶来的吧。一个鸭蛋房，一定是那些在池塘边扭着屁股散步的母麻鸭子，憋不住将蛋下到了草丛里，被宝堂捡回来。还有一个松子房，秋天的时候，它领着一家人在河堤上的松林爬树，与那些松鼠一道，一棵树一棵树地精挑细选，得到了满满当当一屋子肥大的松子……

宝伟想要找到的房间，在河床之下，河流的正中央，众多的器具与食物房之间，空荡荡，乌漆麻黑。但宝伟的眼睛，已经完全适应了黑暗，他兴奋地跳过门槛，去看那把立在房间里的巨大的手枪。九节自行车链条做的枪头，六毫米的铁丝扭成的柄，就像一匹黑鬃马站在疆场上，浑身闪耀着铁器的寒光。他当然认得这把枪，已经有一个多月不见踪影，原来它在这里，如果上次洋人杀猪，听保明的话，将枪放到猪血桶里浸一宿，它受了血咒，就不会这么神里神气地到处跑吧……为什么一定要用九节链条？他问宝玉，正月初三，阳光照在他们家的门廊上，堂兄弟俩一起晒太阳，宝伟穿着藏青棉袄子，宝玉穿着深黑皮袄子。宝玉说不知道，门前的柳树正在发芽，他想的是汉生大爹教他的九九歌：五九六九，沿河看柳。八节真不行？八多吉利！宝玉还是摇头，他只好偷偷地又去申如的自行车上下了一截链条。枪是弄好了，结果第二天申如去金神庙赶集，蹬自行车上坡时，将链条绷断了。唉！宝伟下意识地想去扣扳机，却发现他的手已经变成爪子，像麻雀的手爪一样嫩红纤细，前端的指甲变得又尖又锐，他使出浑身的力气，去扣由粗壮的铁丝扭成的扳机。“轰”！没想到，顶针前面，还嵌着一粒火药，龙宫的深处，响起巨大的回声，弥漫出硝烟的气味。他有一点不知所措，一张火药纸上，有二十四粒火药，这是最后一粒，什么时候，能再弄到一张火药纸呢？“宝堂！宝堂！你又在玩你的枪，快去挑几粒松子，喂那些崽子，乖乖们醒了，伢们的，莫哭吵！”鼠洞里，回荡起母田鼠的说话声，就是那只在镜子前面张望的母老鼠，她已经将头伸到门口，对着外面喊，声线缠绕在曲折的鼠洞里，等等，它的嗓音，有一点沙，又像放了一点红糖，是像宝伟的妈妈云英婶，还是像翠红呢？我不能答应，我的名字叫宝伟。如果我答应的话，我就会被她留在这个鼠洞里。宝伟咬紧牙关，生怕一个“哎”字，由唇齿间冲口而出，像火炮纸一样，被链条槽中的发条击响。可是，云英婶也好，翠红也好，她们叫他，他怎么能够不答应？他生下地，襁褓中，摇床上，天生就是她们的应声虫啊……

他到底是田鼠宝堂，还是郑家河的孩子头宝伟？如果再不站起身，离开洞口的话，他可能就会变成一只公田鼠，消失在曲曲折折的鼠洞里。宝伟觉得眼前模糊起来，好像有一个巨大的吸铁石，由一个更大的收音机的喇叭上拆下，藏在鼠洞最深的地方，在扯着他的三魂六魄，他必须跟这个吸铁石赌命，就像将五分的硬币由磁铁块上抠下来。宝伟将扣在眉骨上的小钳子扯掉，好不容易扳出来，像一条喜头鱼由鱼钩上扳下来，鱼唇流着血，和身滚下坡沿，又惊又喜，鱼鳞里惊出几层腥汗，重回到池塘。可怜的孩子，今天晚上他就会发烧，身体滚烫，明天清早，他课也上不成了，云英婶一摸他的额头，会吓得一跳，慌忙给宝伟冲红糖鸡蛋花，领着申如来小澴河堤上喊魂。“宝伟！东南西北黑了回来哟！宝伟！哪里吓到哪里回来哟！”云英婶在前面喊，申如鸡啄米似的在后头应：“回来了！回来了！”这样宝伟不小心掉进田鼠洞里条条岔道的一些魂魄，明天会被爸妈喊出来聚拢，烟子一样缠着绕着，跟着回家。魂喊回来了，退烧还要靠肖家独屋的肖医生。砰砰敲小玻璃瓶，趴凳子上打屁股针，躺在卫生所的床上打吊针，好几天都不能上课，不能吃东西。打针回来，云英婶问宝伟想吃什么？宝伟想了想，说要吃鸡蛋炒洋葱。云英婶说：“好，小祖宗，我给你打三个鸡蛋。”

——很多年之后，宝伟在哈尔滨粉墙，在工棚里天天吃杀猪菜：大白菜猪肉炖粉条。他一边刷墙，一边想起母亲那一碗鸡蛋炒洋葱的味道，三个土鸡蛋，好香，小洋葱熏得人流眼泪，混合在一起的特别的香味很难让人忘记。这股香味又像一把钥匙，打开了记忆之门，他又想起那只母田鼠美妙的嗓音，“又在玩你的枪，快去挑几粒松子，喂那些崽子，乖乖们醒了，伢们的，莫哭哕！”莫哭哕，莫哭哕，一边将温柔的手伸进他乱七八糟的头发。其实哪里像翠红，也不像云英婶，那是春娥在说话，不紧不慢，轻柔地呢喃，甜美如红糖，又有一点沙哑，好像一只伤风的黄鹂。想明白这个，宝伟高兴起来，觉得当日的杀猪菜比平时好吃一百倍，刷起墙来，又平又快，好像在冰场里遛冰，世界是一张弓，我是一支林中箭。晚上他特别出门，在下面底楼的华联超市里，买了一小罐长白山松子，准备给家洛跟罗敷吃。家洛五六岁，小乳牙已啃得动松子了，罗敷还没隔奶，怕只得春娥嚼碎了喂她。想明白这件事，当然是重要的，就像找到当年宝玉教他做的枪。然而乐极生悲，他又差点遇到麻烦。是在买长白山松子的第二天，宝伟跟肖四海一起刷墙，站在同一块跳板上，跳板没扎好，四海抽烟，脚下一滑，扯着宝伟，像麻袋里倒出的两颗土豆，由五楼往下掉。宝伟左手抓住了脚手架，将两个人挂在三楼片刻，脱手时，肖四海右脚又踏着二楼的空调，卸掉力，滚进一楼正在营业的华联超市，由打开的窗口荡到人家超市的货架上，两人保住了性命，爬起来，居然还毫发无损。好在撞翻的是方便面的货架，而不是对面的一排白酒与葡萄酒。正在电视上看韩剧的超市女老板吴妍妍吓得尖叫，趴在她旁边的银狐贝贝也狂吠不止。吴妍妍定下神，发现两个男人从天而降，棉衣上斑斑石灰渍，紧搂着躺在一堆康师傅与统一方便面碗里，一时又好气，又好笑。她认得这俩农民工，湖北银（人）嘛，看到他俩蜘蛛侠般有惊无险过了一劫，也替他们庆幸不已。宝伟惊魂未定拉着四海向外走，走出超市，才发现右手心里捏着一面绿皮圆镜，一定是他掉进超市时，胡乱抓住的，他又回头去找吴妍妍付了账，五块五毛钱。吴妍妍递白骄子烟给他们抽，感谢他们保住了那一批茅台、五粮液、梦之蓝、红星二锅头、扳倒驴。肖四海一边抽烟，一边还去捏吴妍妍的屁股，吴妍妍不恼。当晚他的老同学、姐夫哥肖四海也不知去了哪里荡，找吴妍妍那东北娘们，吃哈尔滨小红肠，喝扳倒驴？肖四海说要约她去看个电影，名字叫《我不是潘金莲》，你莫急，回去我也带翠红看的。宝伟不理他，心里想，翠红比不上潘金莲，却胜得过李翠莲，要是让她知道，够你小子喝一壶的。宝伟自己在宿舍一个人握着镜子，将窗外路灯的光，映到天花板上，将上面的条缝想成由黑龙江到长江的山山水水，过黄河，过淮河，太行山，大别山，想成春娥的乳房与腰，像梨子，像葫芦，白玉般莹莹发光，闹得很晚才睡着。他准备下个月过年回家的时候，将小镜子送给春娥做三十三岁的生日礼物。唉，要不是三楼的脚手架——多谢小包工头艾清老板，还有那个借上力的空调——多谢天天在电视上做空调广告的那个长得像吴妍妍的女人，春娥怕就得不到那面小镜子了。而肖四海，唉，肖四海后来就不会跟吴妍妍好上被人家老公领着人追三四条街了。这件事，跟二十年前，他掉进田鼠洞的事情一样，他都没讲给春娥听过，掉进田鼠洞，是忘记了，也说不出个真假，掉下五楼，他不敢讲，怕春娥担心挂肠，过完年，在被子里躲着抽抽哭，又不让他到东北来做粉刷。

醒来啊，宝伟哥！离开你曲折的龙宫，收起你时光的魔镜。这是三十年前的乡下，你带着一群孩子跑到小濮河堤灌田鼠，中了田鼠宝堂的迷魂计。跪着的腿屈了麻筋，木了，艾清在左，邦胜在右，各自拉住宝伟的手。艾清用手蘸了口水，替他抹右眼上的眉骨，口水臭。眉骨上有两道细细的红印子，但没出血。艾清说你睡着了吧，这是老鼠咬的。邦胜不信，说老鼠没这么大胆量，看到人来，早跑了。宝伟摇摇晃晃站起来，对两人说：“它还真有这么大的胆子，这只田鼠，它就是魏中伟讲的总大王，它的名字叫宝堂。它就是在田鼠国中的我。我是一只田鼠精。”艾清立即表示，他是一只猫头鹰精，管小澴河上下的田鼠，他不想做“地听”，这是“黑”的理想，他也不想做狐狸精，他是个男的！邦胜想了半天，觉得他应该做一只野兔精，这样就会跑得更快一些。肖四海？肖四海是不会打鼓泅的牛魔王吧，就把翠红说给他做罗刹女好了！

将近中午，雨下得更密了，男孩们光着脚，外套也快被雨水浸湿。邦胜听到宝伟的牙齿在格格顿顿打架，回过头来说：“你的麻烦大了，你的外套都是湿的，这样回去吃中饭，你爸爸肯定会揍你的。”艾清说：“算啦，放河堤里的田鼠宝堂一马，下次我们一人带一只桶来，不信天下就有灌不满的洞。我们到牛棚里烤火，我带了火柴。”艾清带头，半脱裤子，对着鼠洞尿尿。男孩子的一泡泡热尿咕咕灌进洞口。宝伟在最后，他一边尿，一边觉得自己的鼻子里，充满了火药跟尿臊混合在一起的怪味。

男孩们赤脚穿着冰冷的湿鞋子，由河堤上下来，折转道路，往村子的南边走，到生产队里做牛棚的几间小房子里去。快到牛棚门口，只见一个小姑娘慌慌张张走出来，正是翠红。她由宝伟的身边走过去，盯着他看了一眼，宝伟心里格登一响，想她眼尖嘴快，肯定是发现他弄湿了衣服，又要教训他这个“悖时砍脑壳的”，翠红却是一低头，走了。快到中午时，她要到菜园里掐黑白菜下手擀面。她到牛棚里做什么，也是解手？一行人走进牛棚。村里的十几头水牛和黄牛，大大小小，都被雨天阻拦在牛栏里，无聊地嚼稻草。这些放牛的男孩子进来，要是平时，阳光明亮的清晨，它们都会激动得在牛栏里打圈圈，但是这一天，它们早就由亮瓦与门口，看到了细密的雨幕——

在下雨的天气里，青草的气味，跟天晴的时候太阳蒸腾出的气味，也是不一样的啊！汉生老爹讲过，沾了雨水的草，牛是吃不得的，吃多了，会烂穿肠子。男孩们懂，黄牛与水牛也懂，所以，它们懒得欢迎这些在不合时宜的中午跑进来的小主人。

男孩们顾不上安慰他们的牛，忙着去扯堆在墙边草堆上的稻草。“这里有血！”邦胜叫了起来。果然墙根下干燥的浮土上，积有一小汪新鲜的血。“翠红怎么啦？”邦胜问宝伟。宝伟吼他：“快去烧火！”男孩们怔怔地站了半天，这才远远地离开草堆，靠山墙生起火。稻草干爽，好烧，火苗忽拉拉舔着夯土墙往上飘，牛舌似的舔着火堆，令冷寂的牛棚变得温热。宝伟将衣服脱下来，挂在一根分叉的枯树枝上，架在火头的旁边烤。艾清他们则拎着他们的鞋子烤。“黑”也打湿了皮毛，毫不客气地挤到前面横躺下来。鞋子烤出的臭味、牛粪的臭味与狗子的毛臭混合在一起，好像在烧寡鸡蛋，倒也并不难闻。宝伟蜷起身子坐下，双手捂着麦针一样钻出毛发的下身，火光在他光溜溜的屁股和脊背上跳动。一时男孩们都不说话，只听见外面雨细细沙沙地下得更密，好像邦胜家蚕房里养得白白胖胖的蚕，在吃簸箕里的桑叶。细雨落在黑瓦上，落在庄稼和树木的叶片上，令村子里的生灵，发芽的发芽，发儿的发儿，汉生老爹昨天还讲，春雨贵如油，意思是开春后的雨水比菜籽油还金贵，去金神庙也好，肖港镇也好，孝感市也好，就是坐卖菜的火车上汉口，都是买不回的。

2016 年 11 月 19 日

翠鸟

八月十八宝伟“过十岁”，这是云英跟申如结婚后，家里办的头等大事。大清早，申如在鸡鸣声里，爬起来在大门口放了万字头的鞭炮，做出告示，然后用肥皂洗干净手脸，在堂屋的神柜前面点亮香烛，烧纸，用云英炕的白豆腐、煎的红鲤鱼、煮的猪头肉加上一壶谷酒供“脑壳”。倒完夜壶的汉生老爹站在一边看，宝伟爬起床去茅房回来，也被他父亲申如扯去磕了几个头。黄裱纸燃着的草味、鞭炮炸开的硝味、酒肉的荤香——这些混合到一起，就会将白发童颜的“脑壳”们由冥冥中召唤出来，用“隐身术”坐在八仙桌上一边摇头晃脑喝酒吃菜，一边听申如的唠叨吧。太阳刚升到艾清家杨树的树梢，亲戚们就陆陆续续地挑着担，挽着筐，穿着花花绿绿的新衣服来了，担与筐里装着猪肉、鸡蛋、面条、馓子，用白布蒙好，白布上铺着苍绿的柏树枝。他平子舅舅，翠英舅妈，国军表弟，国云表妹一家；他木兰姑妈，建国姑夫，云娥表姐，小平表弟一家；

他凤英姨妈，云志姨伯，阳阳表弟一家；连金神庙李家的姑婆都牵着一个十一二岁的翠莲表姐来了，姑婆是汉生老爹的妹妹，来得少，翠莲是在集上长大的姑娘，她“过十岁”的时候，宝伟也跟云英婶一起去赶过礼。翠莲穿着连衣裙，裙子果然就是荷叶一般的翠绿色，撇着嘴，一副不爱理人的样子，其实金神庙又不是城，又不是镇，她一个小丫头，哪来这么大的架子啊！

十来个亲戚，再加上二十多个村里未出五服的叔伯兄弟，吃饭的时候，坐上四张八仙桌，挤满了堂屋。为了准备这顿接客的中饭，云英婶昨天就派申如去金神庙，割肉称鱼，买黄花、苕粉、木耳、莲藕、香菇、海带、生姜，回来后又挑了四五只家养的鸡杀了，自已动“炸锅”，炸豆腐、炸藕夹、炸茄夹、炸圆子、滑鱼、炒肉，今天又请来翠红妈、川英婶她们帮忙，总算是十几道汤和菜，整整齐齐地端了出来。上红烧肉的时候，申如又去门外放一挂千字头的鞭炮，放完鞭炮，走进堂屋谢客。平子舅舅是客人代表，在外甥“过十岁”的酒席上，当之无愧地坐在第一席的第一位。申如说：“他舅爷对不住啊，让你花钞了，菜做得不好，喝酒，喝酒！”花钞是送了礼金的意思，平子已经被谷酒弄得红光满面，站起来作揖：“申如哥莫讲客气，菜很好，酒也很好！”建国姑夫与云志姨伯也跟着起来讲礼。红烧肉很快就会被大人小孩的筷子阵消灭一空，接下来上了萝卜烧肉和猪肝汤，就可揭开热气腾腾的饭甑盛饭。大家酒足饭饱，坐在堂屋与外面的椅子上喝茶的喝茶，抽烟的抽烟，夸白的夸白。这时候，云英婶的心也放下了一大半，跟翠红妈、川英婶她们一起用大脚盆刷碗洗碟，接下来的事情，就是动员大家打麻将。

中秋之后的天气凉飕飕的，西风由保明家门口吹过来，将宝伟家门口的楝树与杨树叶子吹得翻白背。大伙儿将四张八仙桌由堂屋里扛出来，放在树荫里，用瓦砾垫脚塞平。将平子舅舅、建国姑夫、云志姨伯凑成一桌，申如上桌去陪，四个男将酒都上了头，赤红着脸，嘴上叼着烟，将麻将子搓得山响。女客们由李家姑婆、翠英舅妈、木兰姑妈、凤英姨妈组成一摊，其他两桌，则由隔壁邻墙的叔伯婶娘们自己搭班子。一时间，宝伟家的门前，就变成了麻将场。云英婶与一帮没排上号的妇女在一边看，按照云英婶的看法，是看麻将比打麻将更有意思，就像在金神庙看戏，唱戏的人好累，看戏的人都高兴。她坐在平子的后面，看自己的弟弟打牌。平子手气不错，一圈下地，就有一个“清一色”上手，再一圈，又有一个“七对”，弄得申如等三个男人都皱起了眉头。云英婶这一桌盼着平子多赢，另外一桌，则是盼着李家姑婆能由三员女将的围剿中杀出一条血路，她这种想法可不现实，翠英、木兰、凤英都是各处山寨里来的女强盗啊，一点都不怕这女廉颇。她哥哥汉生老爹在后面替她瞄着，也没有用。几圈下来，李家姑婆就全无斗志，慌慌张张地说：“我被这三个恶婆娘弄得‘跳伞’了，我要回金神庙，我家的猪还没喂呢！”“跳伞”是村里刚发明的话，意思是将身上的钱输得精光，只好由桌子上落荒而逃。

好在八月日影已短，下午两三点钟开的麻将桌，到四五点钟，太阳就有了下山的架势，将坠不坠地挂在保明家的榆树上，斜斜地照满郑家河全村。宝伟家门前靠西的猪屋下面，种了一棵桂花树，已经有碗口粗细，前几天开了一树花，黄昏甫到，桂花的香气更酽了，打麻将的人，都被西风吹来的桂花香弄得神清气爽，男人们的酒也由此醒过来。平子舅舅说：“大伯，哥、姐，日头不早了，我们得回家了。”领头的客人讲礼呢，其他的人也跟着停下来，准备回家去。申如嘴拙，哪里会留客，云英婶可不干，将弟弟重新按在凳子上：“你这个舅舅，还有姑婆、姑妈、姨妈们轻易不来，明天又是星期天，孩子们都不上学，今天莫回去！前几天我就将床铺都清好了，趁着天气好，大洗大晒，被子卧单，干净，垫絮下的稻草，也是新的！我这就和川英去做晚饭，吃了饭，大家继续打牌。平子你赢了钱，一百多块啊！你好意思走？”姐姐的一番话，义正词严，平子舅舅只好委屈地坐下来，在夕阳光与桂花香里，继续出牌。主场稳定，其他三场的麻将却是该散掉了，村里的人，不能再坐下来等云英婶家的晚饭了，理好钱，男人们还可去看看田水，女人们则该去菜园里掐菜做饭了。翠英、木兰、凤英几个，去各自的男人后面站着看牌，李家姑婆跟汉生老爹，总算是能逃离输钱的噩梦，在一边讲讲闲话了。

不久，孩子们也荡路回来了。大人们打牌的时候，宝伟领着他的一批表兄弟、表姐妹，还有村里的一帮孩子，一会儿去东边小学校的煤核操场边上，用木头拍子拍乒乓球，一会儿去西边肖家坝的池塘里摘莲蓬，一会儿去南头邦胜家的枣树上打枣子，一会儿又去北头保军家的梧桐树上吃桐子，总之是巴不得将村里所有的好东西，都献宝似的，拿出来给国军表弟、国云表妹、云娥表姐、小平表弟、阳阳表弟、翠莲表姐这六个孩子玩才好。人家翠莲表姐，穿着荷盖一样的连衣裙，干净漂亮的一个集上孩子，板着脸，撇着嘴，仙女似的跟在这群乡下孩子后头。打乒乓球的时候，她说连拍子都买不起，球都是破的；摘莲蓬的时候，她又怪宝伟将荷叶弄破了——其实荷叶过几天都会枯萎掉的啊；打枣子，她又嫌邦胜家的枣子不甜，像啃木头；轮到吃桐子，她都不相信桐子可以吃，宝伟只好将桐子剥开，将核里的白乳挤出来，翠莲表姐用小指头沾了一点，放到嘴巴里尝过了，才放心地跟着一群孩子，嚼起桐子来。

天擦黑，宝伟乖乖地领着虾兵蟹将回来吃饭，大人们在打最后一圈麻将，李家姑婆与汉生老爹坐在桂花树下的椅子上讲话。李家姑婆一把将宝伟扯过来搂在怀里："乖乖，你今天挨打了没有啊？"一语惊醒梦中人，孩子们围过来，将宝伟由李家姑婆的怀里抢出来，又是凿栗暴，又是拍屁股，邦胜还要学《少林寺》里的秃鹰，飞起来踢一脚。宝伟也只好捂着脑袋，将自己当成一只乌龟，由着这些家伙过手瘾。翠莲前两年过十岁，可没有人敢碰她，人家想到她那一张刀子嘴，又好哭，大概也不太敢出手。她顾不上荷叶裙子，使劲推着艾清与邦胜，老母鸡护鸡崽似的拦在宝伟身前，不让他们伸拳动腿"打香赢"。汉生老爹在一边嚷："打够了打够了，伢们的莫弄假成真！"那边平子舅舅推倒胡掉的一把牌，扭过头说："还要打还要打，越打越有火！"说得身后围观的女人都笑了起来，平子说："你们莫笑，我过十岁时，鼻子都被隔壁的伙计打得流血，我都没吭气。男人一生，要挨两次打，一个是过十岁，一个是接媳妇的头一天，去女方家里打折返。"小伙伴们停住手脚，李家姑婆又重新将宝伟搂到怀里："乖乖，过十岁，挨了打，越打越肯长，泡桐树似的，再过几年，姑婆就来看你接媳妇！"

"昼短苦夜长，何不秉烛游！"云英婶不知道这句诗，但她未必没有这样的情怀。热了一些中午待客没用完的菜，招呼大家简单地吃了晚饭，保明家西头的晚霞由红变紫，由紫变黑，黑暗里一颗星星接着一颗星星跳出来。申如他们将借来的三张八仙桌还回去，将自己家的八仙桌搬到堂屋里，将屋子的四角，都点上煤油罩灯，四盏灯，将堂屋照得亮堂堂的，中堂上的毛主席的画像，看得很清楚。四个男人喝了一点酒，抽了一阵烟，去外面猪屋里的茅房小便回来，继续大作战，他们的女人继续围观——"不到转钟，你们面前堆的钱都是纸，连冥钞都不如！"李家姑婆出平子后面走过去，大声说。经历了白天"跳伞"的惨痛教训，她谢绝了那几个恶婆娘的挑战，提着椅子，继续去门外桂花树下面，跟她的哥哥汉生老爹讲闲话。

十八的月亮自然是没得十五的圆，升起来也有点晚，藏在桂花树梢上，好像一张天生旺夫的扁阔女人脸。汉生老爹自己拿把蒲扇，又递了一把给李家姑婆摇。其实早出了伏，除了白天饭苍蝇还在盯着鱼肉飞来飞去，蚊子多半都下河畈了。可是手摇了一个夏天的蒲扇，一下子怎么改得过来？

"我的棺材和棉布，云周都准备好了，棺材是用杉木板子做的，蛮厚。"李家姑婆说。

"我的棺材，也跟申如讲了，明年一开春，就请木工。棉布还缺几尺，云英忙，她说去金神庙买算了。"汉生老爹讲。

"孝布和睡棺材的衣裳，还是得自己做合规矩，长袍大袖，哄亡人过世，怎么能去金神庙买呢？云英这个婆娘百么样都好，就是不爱织布。金枝嫂子织得一手好棉布，要是她还在，你这些衣服早治全了。你也别操心，我冬上给你织，一年多织几尺，三五年就够了。”李家姑婆说。

“好，就是你多耐一点烦。”汉生老爹讲。

“这光阴易得，我觉得提着提篓，来给宝伟过满月，好像还是昨日。宝伟乖，好生，接生的肖大婆将他接出来，剪了脐带，还没打屁股，他就哇地哭出来了，肖大婆还夸他：‘接了这么多儿，这是最还债的一个！’”李家姑婆说。

“是易得。他小学念书常考第一名，比申如会读。老师们也欢喜他，前几天北头的金房老师还专门送了两斤煤油，给他晚上点灯做作业。”汉生老爹讲。

“金枝嫂子都走了二十年了吧！”李家姑婆说。

“哪有！她是‘四清’那年八九月死的，白天还在地里扯棉梗，晚上回来就开始倒气，脖子后面，长了一串疱，穿头了！”汉生老爹讲。

“可怜宝伟连他奶奶都没看到，多伶俐的一个人。”李家姑婆说，“将翠莲说给宝伟吧，等到冬月间，让魏家河的瞎子算算他们的八字，合得来，就叫媒人到金神庙送节礼。”

汉生老爹用烟杆抽着旱烟，一口气将烟锅里红红的烟灰吹老远：“好，你嫁到金神庙，金神庙再将翠莲嫁回来，有借有还，也是应该的。”

李家姑婆说：“我看翠莲还蛮护宝伟的，你看宝伟刚才挨打，她都扑到他身上去了。女大三，抱金砖，好！”说得老兄妹都笑了起来。

那边孩子们还在月光之下做夜游神。月亮摆脱了杨树、榆树、楝树的羁绊，升到了村子的正中央，将树影曲曲绕绕地照到地面，将村巷照得像一个琉璃世界。宝伟将表兄妹们与邦胜、艾清他们混在一起，分成两堆，每一边都有四五个人，玩“闯麻城”的游戏。对方手牵手，围成一个圆圈。这边的孩子们排成队。做“城池”的孩子们一起唱：“天上满天星，地下闯麻城，麻城闯不开，独要某某来。”被点中的这个某某，就去闯人家用手牵起来的城墙，如果将人家的手撞松掉，就赢了，可以带一个“俘虏”回来。没有松，这队孩子就会唱：“天上满天星，地下闯麻城，麻城闯不破，是个孬家伙。”并把这个家伙留下来做“俘虏”。轮到宝伟他们一方围成圈的时候，翠莲跟宝伟拉着手，他们的手紧紧地扣在一起，她的手心里都汗津津的。轮到宝伟他们去攻城，对方的邦胜总是带头唱：“麻城闯不开，独要翠莲来！”弄得翠莲又气又急，她爱惜着她的裙子呢！她对邦胜讲：“你再叫我，我就用牙齿咬的！”邦胜看着她白白的小虎牙，倒真有一点怕了，这时候多半是由宝伟代翠莲出战，盯着那边国云表妹与云娥表姐手牵手的地方，一鼓作气，就将人家的天门大阵，冲了个稀里哗啦。

李家姑婆听到孩子们唱“闯麻城”，问汉生老爹：“我活了一辈子，也不晓得这个麻城到底在哪里。”汉生老爹想想说：“一九五六年修水利，我去过东边的麻城县。也有人讲，真正的麻城在更远的江西省的山里。也有老一辈讲，这个麻城，是在天上。”一边说，就见云英嫲由堂屋里出来，风风火火地找孩子们去了。

也不知道宝伟将军赢了几阵，邦胜将军又赢了几阵，这时候真正的穆桂英——云英婶来了，她对着宝伟喝道："小短寿的，都几昝了，还不回家睡！"孩子们就在她的狮子吼里，一哄而散了。村里的孩子各回各家，宝伟家来的新客，则由云英婶带着，回到家里，一个一个洗澡，安排睡场。云英婶用睡柜、晒棉花的箔子、门板、新稻草，一共铺出了三个卧铺，所以国军、国云他们，还有一会儿麻将散场后的一些大人，都要被安排到川英婶、翠红妈她们家里去借宿。宝伟的床很宽，安排的是他跟李家姑婆、翠莲一起睡。李家姑婆与翠莲睡在一头，宝伟自己枕着长长的荞麦枕头，睡在另外一头，靠近着堂屋的板壁。入睡之前，宝伟还可以由板壁的缝隙里，看到正在打麻将的人们，平子舅舅、建国姑夫、云志姨夫，父亲申如背靠着板壁。围观的女人们都去洗睡了。只剩下这四个男人，抽着烟，喝着茶，稍显冷清地打着牌——他们大概要打到转钟，鸡叫，才会去睡吧。平子舅舅的脸已经沉下去了，建国姑夫与云志姨夫则是一脸的笑，看样子，在他们的"麻城"游戏里，新的赢家出现了。他还看见，早上用"隐身术"坐在八仙桌上摇头晃脑喝酒的"脑壳"们又出来了，蹑手蹑脚看他们打麻将，一个额头上长着瘤子的"脑壳"，还走到板壁边，瘤子顶在板壁上，笑眯着眼睛由壁缝里朝宝伟看。宝伟有时候能看见他们，他讲给汉生爷爷听。爷爷说，小孩子还有天眼，等过了十岁，就会闭。他还说他的父亲，额头上，就有一个瘤子，像长了一只角，活着的时候，村里的人都叫他麒麟老爹，他们看皮影戏，都知道《封神榜》

里的闻太师骑的麒麟只长一个角。等到明天，我过了十岁，这些“脑壳”再也不会让我看到了吧，他们的“隐身术”也会对我发生作用。麒麟老爹是来跟我告别的。宝伟这样想着的时候，自己也在九岁的最后一天里，在李家姑婆扯棉花一般的鼾声里睡着了。

第二天早上，依然是晴朗的天气，宝伟第一个爬起床，大人们都还在睡。他穿好衣服，去茅房里尿完尿，一个人坐在门口压水井的井沿上，看着椿树跟猪屋之间的蜘蛛网发呆，那是由一个糖鸡屎般大小的蜘蛛昨天晚上织起来的，沾着露水，好几只昨天在大鱼大肉中得意了一整天的饭苍蝇被粘在上面。翠莲也醒了，穿着昨天的裙子，蓬着头发，走过来，也不作声，扶着宝伟的肩膀，手热热的。

“我带你去看翠鸟！”宝伟说。

翠莲同意了。两个孩子穿过艾清、邦胜家的门口，穿过家度家坡下的沙树林，往村东的池塘走。沙树林里的鸟儿吵嚷成一片，杉树林外的齐腰深的蒿草林，到处都是露水，翠莲穿着凉鞋，提着裙子，小心翼翼地跟在宝伟后面，宝伟打赤脚，好在他对这些地方，熟得跟自己的手掌似的，也不怕瓷片与荆棘扎到脚，倒是常回头来提醒翠莲。

蒿草林外，是笔直的土岸，有一二米高。土岸往下，是被水马齿苋镶住的池塘。池塘东边是小学校，小学校东边是长满沙树的小河堤，朝阳还埋在小河堤的堤林之下，启明星亮亮的，月亮白白的，朝霞像画一样挂着。这个翠鸟洞是暑假里宝伟钓鱼的时候发现的，他坐在岸上，盯着水面上的浮标，一转头，

“它肚子是黄的，背是绿的，长得真好看，像做梦！”翠鸟沿着一条直线，轻俊敏捷，飞落到对岸的稻田里。

——《翠鸟》

就发现身边向池塘伸出去的杨树枝上，站着一只翠鸟，微缩着头，举着尖尖的嘴，瞪起黑豆一般的眼睛，也在看浮标的动静。翠鸟飞出去捕鱼的时候，他跑到杨树附近，抓住枝干往坡岸上看，发现翠鸟洞，就凿在离坡顶一尺不到的地方。邦胜和艾清都看到过这只翠鸟，说它长得好看，羽毛像染了靛似的。但宝伟没有将翠鸟的洞告诉他们。这两个家伙，将村里屋檐下的麻雀窝都掏光了，弄得麻雀只好学着阳雀，在树上做窝。

宝伟小心翼翼地趴在岸上，左手握着杨树枝，小心地将头往池塘的方向探。翠莲想了想，也跟着宝伟趴下来。两个孩子将头伸出土坡，正好看到被朝阳照亮的土岸，在他们身下一尺左右的坡面，没有长草，露出一个菜碗大小的洞口，又圆又光滑，直直地伸向坡内，洞里的情形，由他们的角度，自然是看不见，但是金色的阳光，正好瀑布一般流泻到土洞之中，将它弄得有一点像太上老君的八卦炉似的。宝伟让翠莲将手伸进去，翠莲不敢。宝伟将手慢慢伸到土洞里。洞中的翠鸟被搅醒，由宝伟的手指间慌乱地冲出来，将一点肢体的温热留在宝伟的指肚上，慌不择路地向着朝阳飞走了。

“它肚子是黄的，背是绿的，长得真好看，像做梦！”翠莲盯着翠鸟沿着一条直线，轻俊敏捷，飞落到对岸的稻田里。宝伟犹不甘心，由洞里摸出两枚翠鸟蛋，麻麻点点，暖暖地摊在手心上，与麻雀蛋很像，大小也差不多。

“宝伟你快放回去，弄破了，会得癞痢！”弄破燕子的蛋，才会得癞痢吧，可是，艾清戳了那么多燕子窠，一头黄毛也长得像稻谷一样好好的。宝伟听翠莲的话，乖乖地将两枚翠鸟蛋又小心翼翼地放回土洞里，翠鸟受到一番惊吓，念及这两枚蛋，也会重新回来吧。

“你喜欢钓鱼吗？你看塘里的鱼都醒了，在下面游，冒一个小水泡的是‘黄股子’，两个水泡的是喜头鱼，冒三四个大水泡的是鲤鱼，冒一串细水泡的，不是黑鱼就是乌龟。”两个孩子肩并肩趴着，看朝阳映照的池塘，池塘里有水蛇游动，阳光像一根根金箭，青草池塘之外，是沾满晨露的田园。

“宝伟你昨天晚上睡觉不老实，你抓我的脚。”

宝伟听了，脸有一点发红。他迷迷糊糊地记得，麒麟老爹转过身后，他摸到翠莲的赤脚，又光滑，又结实，翠莲往后挪了两下，就不动了。昨天晚上，宝伟是听着隔壁的麻将声、对面李家姑婆的鼾声，像握着一个红薯一样，握着翠莲的脚睡着的。

2014 年 9 月 13 日

蜻盏

七月半，蚊虫下河畈。说的是在屋子里吹着喇叭叮人的蚊子变少。你去茅厕里，你站在黑水牯老黄的身边，再也听不到令人胆寒的嗡嗡蚊雷，但是林园与田野中的飞蚊却变多了，一团一团浮现在晨光与暮色里，飞旋着前进，好像宝伟与艾清他们，兄弟伙儿好到不得了时，义气激荡在胸怀，不得不吊着膀子，勾肩搭背，一起乱哄哄挤在大路上走才对。到后来，蚊阵会竖立起来，绞成一个一个“蚊柱”，像被旋凼风刮起来似的飘浮在田野上。这时候，就是你一头撞到蚊柱里，蚊子也会沉迷在它们的小宇宙里捉腿鼓翼，上上下下交换着自己的位置，无暇来咬你。

现在七月半都过了，烧了纸，放了纸船，打发了各处的淹死鬼、吊死鬼、喝药死的鬼、被火车撞死的鬼。七月尾子上，下午五六点钟的太阳光，又热又亮，灶火一般炙烫，但已饶人不少，不比七月初双抢那十数天了。那时候赤脚蹬在大路正中滚烫的浮灰里，用平板车拖着小山一样的稻草头子往前走，阳光照在背上，打铁似的，草帽下面，青皮头上的汗流成沟，辣辣流进眼睛里，好像要将眼睛腌成泡菜，魏家河的树堂瞎子就是这样瞎的吧！两只鼻孔呼出的空气，也是火热的，那个吴承恩写《西游记》，想出红孩儿，可能就是他盯着双抢时拖板车的孩子们得出来的灵感？宝伟和艾清坐在保明家的斜坡上，看着稻场，稻场上正在晒棉花，用三四十张箔子摊着，搁在木桩间的铁丝上。晒棉花好看，一行又一行，就像晒天上的鳞云。公鸡领着母鸡，母鸡领着小鸡，成群结队地在箔子下的阴凉地散步，棉花里面藏下的红蛉虫，会由箔子缝里掉到地上，任由鸡群啄食。比诸糙口的稻谷，泥腥的蚯蚓，粉红鲜嫩的红蛉虫可能是鸡群一年中最好的美食，就像过年吃的年糕。就凭这一点，钻进棉桃里睡觉的红蛉虫也算不上害虫啊！宝伟和艾清在等天黑下来。等黄昏来到，蚊虫铺天盖地下河畈，引出蜻蜓的大军，会师在稻场之上。宝伟的爷爷，汉生老爹讲过盐水女神化成飞虫挽留禀君大王的故事，这些飞虫，多半就是蚊虫吧，它们纠缠在黄昏的田野上，是不让禀君哥哥划船到桃花源里去吗？就像美丽的女儿国国王，穿着好看的裙子，拦路不让唐僧哥哥去西天取经？蜻蜓会是禀君哥哥们变的吗？只有杀掉或吃掉他们的女人，将蚊子吞进嘴里，他们的世界才能够向前？太阳才会落下去，明天早上又由东边肖家河小溳河堤边的沙树上升起来？

艾清跟宝伟讲，这样妙不可言的初秋，其实要归功于这些亿亿亿亿亿亿亿计的小虫。每天蜘蛛们听到鸡叫就起床，由房瓦与屋角的孔缝里爬出来织网，布下八卦阵，坐等的就是瀑布般醒来迎接朝阳的飞虫，蚊虫们将蜘蛛网弄得像锅底一样，将自己作为粮食献给满腹经纶的蜘蛛。接下来赴宴的是那些“盐鼠佬”，语文书上将它们叫作蝙蝠，由人家堂屋的梁柱中间冲出来，一堆张飞李逵焦赞孟良似的，吱吱呀呀在蚊阵里上下翻飞，那样子，就像战斗机在乌云里翻滚，我们的早饭是一粒一粒的白米，它们这些爱偷盐吃的家伙，就是吞进一颗又一颗的蚊子饭吧！再接下来是蜻蜓，太阳一将翅膀上的露水晒干，它们就会由各处的草叶与细枝上起飞，汇合成蜻蜓阵，来围剿飞蚊。如果说蜘蛛像坦克，盐鼠佬像战斗机，蜻蜓就像一架架起飞的直升机，只是它们无声无息，不会发出盐鼠佬那样嗜嗜的呼叫，去惊吓那些兀自嗡嗡不休沉醉于组团的蚊虫，也不会像蜘蛛坦克那样又狠又准，布出居心叵测的陷阱。蜻蜓们正大光明地捕食蚊子，彬彬有礼，好像这些蚊子，由湖泽池沼里密密麻麻地生长出来，就是为了送给它们吃，来供养它们闲庭信步的飞翔似的。其他的飞鸟、甲虫、蚂蚁，来分享蚊子盛宴的，也不在少数。虽然有人说港里的蚊子，大到九个就能炒一盘菜，但村里有人炒过蝗虫，炒过蚕蛹，炸过蝉猴子，还真没有谁去将蚊子弄成菜的。七月，人们由水稻田里收割回来水稻，他们又有清香的新米吃，他们不吃蚊子。倒是蚊子，要吃人的血，逼迫着人烧艾草，点蚊香，挂帐子。蚊虫也会去咬猪和牛，猪和牛没有帐子，它们能指望的，是自己的尾巴，一个夏天，它们在睡觉的时候，都得摇着尾巴，没有谁比仔猪大白跟水牯大黄，更热切盼望着七月半早点来到的吧！

这一场蚊子的盛宴其实是朝朝暮暮的流水席，它的热闹，在早饭前后，盐鼠佬们冲出来时达到第一个顶峰，等阳光变得强烈之后，蚊虫会回到草叶与水面，直到太阳下山，黄昏来临，炊烟由各家各户的屋顶上升起的时候，蚊虫出来，宴会又重新开始。蚊虫当饭，夜露当酒，黄金一般的初秋，暮色里，万物加入狂欢。跟偶尔露一下脸的蝙蝠与蜘蛛不同，蜻蜓好勤快，就像坚持坐席到散场讲礼性的舅舅们，它们几乎会用一整天的时间来巡航。纤细的豆娘，褐色的钥匙蜻蜓，鬼头鬼脑的蓝蜻蜓，火苗一般的红蜻蜓，这些家伙多半是一些独行侠，它们飞行的领域，是在黄蜻蜓抱团的稻场之外，池塘边的草树，是它们待得最多的地方，歇够了，就往池塘里飞，肚子都快贴上被南风吹起粼粼细浪的水面了。这些独行侠各自也有一块自己活动的领地吧！除非是到了交配的时候，才会找到同类，确定了一样的颜色、一样的模样、一样的气味，然后一个出头，一个出尾，将尾巴搭在胸腹上，麻花似的，古怪地扎在一起，联合巡视它们合并起来的两块小王国，在王国中的稻穗、荷梗、柳枝与草尖上亲爱。

将这些外乡人一般的蜻蜓加起来，数量也不会比黄蜻蜓多，所以宝伟觉得，就像鸟中的麻雀，树中的枫杨，田地里的白菜，班上姓郑与姓舒的同学，只有黄蜻蜓才是村子里真正的蜻蜓，是跟他们一起生，一起长出来的！黄蜻蜓王国的中心，就是他们眼下巡视的稻场。它们由早到晚，在它们的朝堂与操场上风云变幻，造它们自己的银河系，在这个银河系里，如果蚊虫团是星尘一般的暗物质的话，那么蜻蜓就是一颗一颗飞旋的恒星？会有一只黄蜻蜓，身长超过它的伙伴，智慧也超过它的伙伴，是千百只蜻蜓听命的黄蜻蜓之王吗？在这个村庄里，会有蚊王、蝇王、孩子王、蚯蚓王吗？会有熊蜂之王、知了王、蚯蚓之王、蝴蝶之王、金龟子之王、天牛之王吗？宝伟不知道黄蜻蜓在书本上的名字叫黄蜻，也不知道它还有一个叫龙纹鼎蜻的更加帅气的名字，黄蜻有金属光泽的头部，它的直腹与翅膀交错形成了“河图”的形状，是这个“河图”让那个有文化的取名字的家伙得到了灵感吗？宝伟也不知道——将来的生物书上会告诉他，龙纹鼎蜻又叫薄翅蜻蜓，它们以远距离的迁移而得名——初夏的时候，它们由赤道附近的东南亚飞来，初秋，它们还会飞回热带的林地里。它们作为自由而高明的飞行家，有着生物界奇迹一般的翅翼与复眼，令它们去追逐温暖的春夏，何况这份自由，是它们用长达好几年在水里做水虿的危难的童年换来的，更何况，这样阳光下的飞行、欢爱与繁衍，也只是几周的时间，是它们生命的暮年。所以，宝伟还不知道，这一个黄昏，出现在稻场上的蜻蜓，未必就是昨天黄昏出现的那一群。如果站到月亮上往下看，就会发现，蜻蜓们五月乘着南风，十月乘着北风，流浪在温带与热带的江河、湖海、平原与山岭中。它们短促的生命并不能支持长途的旅行，所以实际上是一场接力——它们垂下尾巴，好像插秧似的，一下下将卵点播在水面，生成水虿，经过十余次的脱胎换骨，爬出江湖，得以羽化，陆续由各地加入它们往返的大军。“它”是短暂的，“它们”却是长久、不停息的，循环如风。

根据宝伟的家乡话，大伙将它们统统叫作“蜻盏”，它们的屁股，的确是长得火苗似的，像灯芯一样微微上翘。蜻蠢漫天飞舞，追捕飞蚊，它们的猎杀轻盈而优雅，让人觉得好像是能干的男人和女人，在稻田里翘着屁股割稻子似的，凉风由舒家塆吹来，浑身舒泰，奖励着倒伏的稻浪，也奖励着挥汗如雨的种田人。飞累了，一批蜻蠢会密密麻麻地到稻场一边的芝麻垛、棉梗垛上“歇会”，等着另外一批蜻蠢前来轮休——是蜻蠢之王来安排这一切吗？就像艾清的父亲，郑家河的生产队长明堂。宝伟从来没有观察出来，哪一只蜻蠢是了不起的飞行大队长，是稻场上空的王，好像所有的黄蜻蠢，它们一出现，都是一拃宽，一拃长，像一片榆叶与另外一片榆叶，一只楝果与另外一只楝果，一只蚱蜢跟另外一只蚱蜢，理论上讲，有不同，但实际上，并无区别。但黄蜻蠢，却比钥匙蜻蠢短，比红蜻蠢要长，也许就像狗一样，牛一样，它们到底能长多长，都是早已经规定好的吧！

捉到一只黄蜻蠢，有两种办法。第一种，是早上起来的时候，用铁丝弯一个小圈，插到竹篙子上，绑紧，去屋檐下树杈间舀蜘蛛网，在扰乱了十来只蜘蛛的阵图之后，铁圈上就会糊上黏黏的蛛丝，举着它到稻场上纷飞的蜻蠢中间挥舞，就像李元霸的大铁锤一样所向披靡，如果蜻蠢能吃的话，早上给正在灶屋里忙碌的云英婶弄一盘菜都没有问题。可是宝伟他们并不喜欢这种霸道的捉蜻蠢的办法，就像将发动机拖过去，将塘里的水抽干了，将鱼虾都捡到笆篓里一样，快是快，又有什么意思！第二种，就是自己用手去捉。蜻蠢们歇会在芝麻与棉花杆上面，细细的手爪攀着枝条，翅膀与尾巴都平整地摊开，这时候，伸着右手，将拇指与食指张开，留出半寸左右的小缝，蹑手蹑脚地由蜻盏的正后方走过去，屏住呼吸，努力装成若无其事的样子，运气恰恰好的时候，你可以捏住蜻盏的尾巴。蜻蜓尾巴的形模有一点像刚炸出锅的油条。沉浸在冥想里的家伙，被手钳住，会大吃一惊，猛然将头与身体反屈过来，将手爪瓜藤似的搭到虎口上，好在它们对付蚊子的一张利嘴，用来咬人却是麻麻痒痒，完全不在行，不然，还不是会像龙虾与螃蟹，还有团鱼与乌龟，咬住肉就绝不松口！

但蜻盏也是很“顽”的，它那颗绿豆芽一般的脑袋，多半被闪耀着金属光泽的复眼覆盖着，一点点风吹草动，光影变幻，都可让它们由“歇会”的模式调整到起飞的模式——除了孩子们的手指头，它们还要提防来回散步的鸡群的尖喙，亢龙有悔，哪怕是休息下来，它们的每一个细胞，也都充满着警惕。当然，以“顽”来排队的话，短小的红蜻蜓排第一，几乎没有人能够用手捉到红蜻蜓，褐色的钥匙蜻蜓又长又大，也最好捉，惜乎它们数量太少。黄蜻盏排在中间，如果运气好，如果摸到窍门——宝伟艾清你们长大后，会明白，追女孩子们，或远或近，或难或易，差不多也是这样的。

蜻盏有“顽”，人也有啊！让八十岁的老爹爹老婆婆捉蜻盏，汉生老爹？荣婆婆？恐怕会像让他们穿针一样为难吧。就是这一群泥猴子一样被晒得黧黑的孩子们，一起去捉蜻蜓，也能分出个高低。有的家伙劳碌一天，翘着屁股，在稻场边上嗅来嗅去，一只蜻盏的屁股都摸不到；有的家伙，抓蜻蜓就像后羿用箭射太阳似的，一捏一个准，比如说翠红，她就对宝伟讲，她的蚊帐里从来都没有蚊子，因为每天她都关好几只蜻蜓进去。宝伟可不信她的话，关在蚊帐里的蜻蜓才没有心思捉蚊子，第二天早上起来看，它们多半都枯死在草席上，就像黄叶子由树上掉下来。

宝伟捉蜻蜓比不上翠红，他可不介意这个，除了捉蜻蜓，插秧、割麦子、跳绳、跳房子、抓石子，这些翠红都比他做得好，人家翠红姐过七夕，在丝瓜藤子下面拜过七姐的。何况，现在宝伟已经跟艾清商量出了一个办法，能够让他在与翠红的捉蜻蝨比赛中稳赢不输！艾清问宝伟，天快黑的时候，稻场上的蜻蜓吃饱了蚊子，并没有落在它们“歇会”的地方过夜，它们飞到哪里去了呢？宝伟摇摇脑袋，脑袋里好像有什么东西被点亮了，是啊，一到晚上，鸟儿都会飞回东边的沙林树里，它们在那里做窠，蚂蚁们会钻进地下的巢穴，鸡鸭回到埘里，我们躺到床上，蜻蜓呢？它们白天在稻场上飞舞，太阳落山就消失不见，它们不会在群星下飞，它们也会有自己的家。“它们都飞进了我家的园子里！”艾清肯定地说，“蜻蝨一排排地落在荨麻与艾蒿上面，落在柳树的枝条上，就像金龟子在榆树上开会一样！”

但是谁敢到艾清家的园子里去呢？艾清的父亲明堂长得又高又壮，一双大脚在巷子里踩得咚咚响，两只手蒲扇似的，一张马脸晒得像个关公，整天阴沉着，好像又被曹操活生生地将他跟大哥刘皇叔分开似的。他将长满了枫杨、苦楝、沙树、椿树、枣树、桑树、榆树与刺槐的园子四周都砌上了红砖墙，艾清的妈妈小兰，看到小孩子钻进园子里摘枣子、桑椹、榆钱与槐花，就会跳着脚骂，他们家还养了一条狗，喜欢下口的大黄狗，公的，去年冬天，由园子里冲出来，将宝伟的棉裤都扯花了。孩子们对村子里的每一块砖、每一块瓦、每一棵树、每一个草垛、每一头猪牛，它们的纹路、气味、脾气，都了如指掌，但艾清家的园子，却是一片草木缠绕的禁地——“里面有鬼！”宝伟跟邦胜他们讲，“我好几次晚上起夜，就看见白影子在巷子里一晃，钻进了艾清家的园子！”果然是疑心生暗鬼啊！明堂家的园子后面，就是穿村而过的大路，谁家有人生病吃药，用罐子熬药，会将药渣倒在路面，谁家的孩子吵夜，自然也是将天皇皇地皇皇的说帖，贴在由园子里伸出来的枣树枝上。我们村的鬼，由蔡家河坟堆回来，藏在这个园子里，别人村的鬼路过，由小澴河去大澴河看运沙船、去沙滩上拔热水瓶一样大小的白萝卜，也会在园子里歇歇脚吧！星月将草木的影子掩映成鬼影，而鬼的气味，就是太阳蒸腾出来艾草与甲虫的气息，混合出来的土腥味？不怕鬼的公狗母狗们进去乱窜，留下的梅花脚印，里面夹杂着鬼的脚印？除了鬼，说不定还会有蛇，那么多麻雀、青蛙与癞蛤蟆出没在园子里，养出几条又粗又肥的蛇不在话下，艾清承认尿尿的时候，在茅厕边看到过蛇蜕下的皮，两三尺长，但分不清楚到底是菜花蛇，还是赤练蛇弃下的旧宅。后来，你就是让明堂拆去墙，小兰不跳脚，黄狗不咬胯子，孩子们也断然不会去他们家的园子捉迷藏了。

“今天晚上我带你们去！你跟翠红约好！”坐在稻场旁边的坡地上，艾清对宝伟讲，谁让他们是好得不得了的，走路都要吊膀子的好朋友呢。“遇到鬼怎么办？你家后面一园子的鬼，七月半才过去几天！”宝伟胆子也就比喜头鱼的胆大一点点。艾清说：“园子里没有鬼，我家的茅厕就在里面，晚上我打开后门去尿尿，从来没见到穿白衣服的鬼，穿黑衣服的也没有。”宝伟又问：“蛇呢？”艾清说菜花蛇赤练蛇咬不死人的，翠红会捉菜花蛇。侦察完蜻蜓，看完村里的女人们来收完棉花，扯完闲话之后，宝伟与艾清就各自回家去吃饭。

这天晚上，晚霞由西边田畈的上空散了，炊烟由郑家河村的树梢上散了，村巷里到处是煮瓠子、烧冬瓜的香气。吃完晚饭，孩子们出来消食，去月亮下面玩。宝伟由爷爷汉生老爹那里借手电筒。汉生老爹说：“我刚装的两个电池，你莫瞎用。”将开关一揿，果然雪亮雪亮的，将跟到宝伟屁股后头的黑狗差一点顶到地上。宝伟本来要将“黑”关在家里，想到鬼与蛇，便同意它跟着，说不定这个家伙对付它们会有一套呢，它长得那么黑，又是一泡扭来扭去的狗血，会镇不住路过的恶鬼？又去找到翠红，翠红还有几页暑假作业没做，正在灯下做题目，架不住宝伟的游说，说明堂家园子里的蜻蜓像过阴兵似的多，蜻蜓王说不定就抱着他们家的榆树枝在睡觉，将它捉住送给向阳老师做标本——向阳老师是翠红的语文老师。翠红同意了。宝伟问翠红会捉菜花蛇，赤练蛇敢不敢捉？翠红犹豫了一下，去屋角找到一把锄白菜秧子用的小锄头提着。两人去找艾清的时候，夜已经定下来，巷子里“闯麻城”捉迷藏的孩子们已经回家去睡了。艾清说：“我给黄狗吃了浸米酒糟的粑粑，它醉得像一只肥泥鳅，路都走不直，躺在狗窝里不愿出来。我爸爸和妈妈睡得早，你看他们的灯都熄了。”宝伟才敢拧开手电筒，由艾清带路，轻手轻脚地推开明堂家后园的木头门，第一护法翠红走在宝伟前面，拄着小锄头防蛇，第二护法“黑”跟在后边，甩着尾巴吓鬼——幸亏艾清的黄狗吃醉睡了，它与“黑”，虽然一个是公狗，一个是母狗，春夏的时候，“黑”会跳到“黄”的背上，彼此连到一块儿，由村南跑到村北，用棍子都打不脱，春夏一过，小狗生一窝，立马将彼此的恩情忘得精光，“黄”与“黑”为抢骨头、米饭，甚至是孩子们的“粑粑”打成一团，要是它们咬起来，一定会将明堂与小兰弄得由床上跳起来的。

蛐蛐听见有人来，将它们响亮的夜歌含在嗓子里，小个子的土蛤蟆是赶紧扑通扑通往草丛里跳，癞蛤蟆爬得慢，个憨货，被人踩到也不吭一声。园中的麻雀和阳雀们在它们的巢里，睡得像一块块石头似的。猫头鹰醒着，可是谁知道它们藏在哪一根树枝上参禅呢？借星月的微光，只能模模糊糊地辨别出哪一棵是楝树，哪一棵是杨树，哪一棵是枣树，因为楝果与枣子都已经结好，光泽幽暗，枫杨的吊鸭子翼果，像皇帝的帽子上垂下来的一行行流苏，模样是一眼就可以认出来的。艾蒿已经到了枯黄的时节，不像盛夏里，涨满了苦艾的气味，好像能织成一个气味的网，让虫子们敬而远之。夜露下落，将草叶弄得湿漉漉的凉，宝伟、艾清、翠红，都是打赤脚穿凉鞋，被贴地的夜风吹得凉飕飕的。

让他们停下脚步的，是一串女人隐隐约约的哭声，由背后的树丛里传过来，像由池塘的深水里浮起来的水泡。女的？吊死鬼？宝伟拔腿就想跑，艾清将他拉住了，低声说：“那是我妈在哭。”

小兰做姑娘的时候，跟着一个叫白莲花的人学过黄梅戏，划旱莲船。她娘家在大濮河西边，所以艾清正月初二去跟家家爹爹和婆婆拜年，都要坐船过河。由大年初一至正月十五，划旱莲船的人会一个村一个村地拜年，由一个涂脂抹粉打扮成媒婆的人扶着旱莲船，一个扎着头巾的男人在后面抄着船桨，做出划船的样子，而扮成旦角的女人站在旱莲船里唱曲子，唱完曲子，人家会放鞭炮，这时候，媒婆、旦角与划桨的男人会飞快地跑动起来，像扎起翅膀俯冲的母鸡似的。这样划完了旱船，人家才会给米、给烟、给麻糖，或者是掏出钱来给赏。按道理，唱曲子的女人，要么就是划桨的男人的老婆，要么就是黄花姑娘家，以后要嫁给划桨小伙子的。偏偏给小兰划桨的那个小伙子有一年在坐渡船的时候，遇上旋凶风，翻船淹死在了大濮河里。所以小兰只好由魏瞎子说合，出阁到了我们村，旱莲船是划不成了，忙时干农活，闲时做针线，服侍明堂，生艾清，做媳妇。只是附近有人家搭台唱戏，小兰都会去看。明堂就为这个打她，说："小兰讲她前世是林妹妹，林妹妹个鬼！她的贾宝玉淹死在大河里，我这个园子一园子鬼，也不是大观园！我就是要将她打醒，不然她像个抱鸡母似的，老觉得自己屁股下面有一窝蛋，不醒抱！"春天的时候，很多母鸡都会掉进这样温暖的泥淖里，觉得自己好像带着一群毛绒绒的小鸡，做梦般地成天咯咯叫，怀着一腔的慈爱散步，不愿意跳到鸡窝里好生下蛋，这时候，村里的人要么就是往它屁股后面绑一面红纸小旗，让它满村惊恐地跑，要么就将它丢到池塘里，这时候池塘里的水还是冰冷的，像针窠一样扎手，被冷水一浸，母鸡湿头搭脑地划水上来，就醒了抱，径直去从事长肉下蛋的生涯了。

原来打醒抱都是在晚上……撞到了艾清爸妈的秘密，艾清自己倒不以为然，宝伟有点不好意思。翠红胆子大，一个人穿过草树，去艾清家屋顶下的后墙找墙缝看。月亮光由屋顶的亮瓦与朝南的窗子射进来，将小兰卧房里的情形，映照得幽暗而清晰。村子里懒女人不少，卧房里收拾得一塌糊涂，床上荞麦绣花枕头、喜鹊登枝的卧单、红梅花开的绸面被子缠成一团不说，床边帘子里的围桶，都有一股子婆娘的馊味，床前的窗下，塞满了衣柜、睡柜和各种装谷子、麦子、黄豆的大缸小瓮，进去几个人，屁都打不开。小兰将她的卧房拾掇得清清爽爽，挂着蚊帐的雕花床坐北朝南，帘子拦住的围桶在房间的西边，透出一股楝花的苦香。床前是榻板，榻板之前，朝东摆着红漆的沿桌，沿桌上有镜子、煤油罩灯、拜匣，沿桌下面，摆着几双鞋子，沿桌旁边，是一只漆成红色的衣柜。衣柜之外，是一片空地，月亮光由屋顶的亮瓦上照进来，在地面积成长条形的一小摊光，由南边的窗子照进来，积成方方的一大摊光。小兰跪在榻板上，曲着肘，双手抠着榻板。她头发又黑又厚，洗头发的时候，解散编成辫子，能一直拖到腿上，白天会挽起来簪着。现在她的头发被明堂捏扯在右手。明堂站着，左手扶着雕花床的床椇。两个人连在一起，雕花床在摇晃，明堂在喘气，一身汗，小兰抖抖索索在哭。翠红不动声色地由墙缝里看，这条墙缝，再过三四个月，就会透进北风，吹进帐子里。手大脚大的明堂就会提着一个泥桶到处找，将所有的墙缝都糊起来。屋里的景象，有一点像划旱莲船呢，就是少一个滑头滑脑的媒婆站在窗前的月光地里摇摆，可是附近的村子里，说媒的人是魏家河的瞎子啊，让他瞎着个眼睛，一脸促狭的笑，杵在这里侧耳听吗？莲船中的女人，本来也应该兴高采烈地，哭什么哭？

这边宝伟已揿亮汉生老爹的宝贝手电筒，白白的光柱，直直打到身边的灌木上。宝伟跟艾清一起低头去仔细察看。艾清没说错。他们看到，白天在稻场上自由自在地飞舞的黄蜻蠡，晚上都来到了他家的后园里，一只一只用手爪抱着树枝，一对对，一排排，密密麻麻地排列在枝条上，翅膀上结着露水。它们沉浸在自己的梦里。宝伟去捏它们的尾巴，蜻蠡都不会像平时那样，迅疾地弹动起来，头回勾到手指上，而是像由树上摘枣子，轻轻用力，就可将它们捏到手上。艾清说："它们就像死了。就像没有出土的蝉猴子。就像封在茧里的蚕虫。"宝伟将手电筒的光圈由眼前移开，形成光柱在艾清家后园的树丛里晃动，他们惊讶地发现，每一棵大树，每一棵灌木的枝条上，都落满了蜻蠡，好像千百万的梦，被杂树野草收集在一起。想由千百万做梦的蜻蠡中间，找出长长大大的蜻蜓之王，就如同由太平洋里捞起一架飞机，那是不可能的。

2016 年 7 月 23 日

装樱船

“保明保明，那才是北斗星，正好七颗，弯得像扯棉梗的铁钩子。”黑暗中，邦胜的白牙一闪一闪，圆胖的长满了雀斑的脸看不清。

保明斜着身子，靠在村口枫杨沟壑纵横的树干上，抬头往上看，银河横亘在头顶，自西南河边郑流向东北匡家埠，瓜瓢一般的月亮漂泊在舒家塆粼粼黑瓦上，星星密密麻麻，又深又远，银河里一个旋涡接着一个旋涡，看得人眼睛酸胀发疼。一根“游泳”的烟头，红光在他脸前寸余远的地方，亮瓦虫般，一闪一闪。他不想跟邦胜讲话，一个一天到晚喋喋不休的家伙真是令人讨厌，但他就是你的朋友，在村里，人家看到邦胜，会问：“保明呢，保明在哪儿？”哪怕是家里人，喊保明回家吃饭，也会去问邦胜：“我家保明又到哪里荡路去了？”听起来，邦胜是跟着他在玩，事事听他的，但实际上，到底是树听藤子的，还是藤子将树缠弯了腰，谁知道呢！一想到这点，保明就隐隐对自己不满意。

“赵永生中了枪，何翠姑用担架抬他，爬台阶，这个女将好狠，髁膝骨都磨烂出血了，这个歌是李谷一唱的，亮堂！”邦胜说。临时的电影场离他们一里路远，在肖家坝村西头的水稻田里。收了早稻的田，马上就要拉来水牛犁开地，重新灌满水种二季稻，之前的一两周，却被进伏的大太阳晒干，裂得像乌龟壳子，三四寸长的早稻桩还在沿镰刀割口向上长，一簇簇扎脚板。换黑胶卷的时候，场上一片喧哗，小孩哭，老人骂，青年男女打闹，小贩叫卖一角钱的瓜子，站在这棵树下面，都能清晰地听到。当然，也可以由银幕的反面，远远地，模模糊糊地看电影。第二个，也是最后一个片子，5，4，3，2，1，放映机上已经换好胶卷了。《小花》，老片子，几个月前，还是在肖港镇的电影院里放头道的时候，保明和邦胜就去看过，邦胜说何翠姑好看，像牡丹。保明却觉得赵小花更美，像玫瑰。程小琳臭美，比起她俩，就是一朵棉花。肖红霞？一朵南瓜花！其实他们哪里看过牡丹和玫瑰，要等到十多年后，保明才分别在哈尔滨的红豆花店里看到玫瑰花，在武汉的东湖牡丹园里看到牡丹花，才明白城里的花，乡下的花，都是濡着露水，还未开足时好看。

“如果我死掉了，我要埋在路边，这里也行，晚上可以看着天上的星斗，白天，这棵树可以替我遮着阴，下雨了，也能挡住雨。”保明说。

“我也埋在这里，和你做朋友。你成了牛头，我就去阎王那里做马面，这附近的人，命都在我俩手心里捏着，阎王要他三更死，我们就扯着铁链子去箍他，不让他拖到天光。听到头趟鸡叫，他已经眼泪汪汪站在奈何桥上，将几十年活出来的鸡一脚鸭一脚的事都忘得精光。”邦胜赶忙说。

保明在心里冷笑了一下，说：“你妈都让人和肖家坝的肖红霞说亲去了，到时候，你还不得和肖红霞一起埋在蔡家河的坟林里，一起闭着眼睛听蔡家河的鸡公叫。”

邦胜闭上嘴，沉默了半天，说：“我是比不过你，我可不愿为一个娘们去拼命。世界上娘们多了，我凭什么一定要和肖红霞那个蠢婆娘待在一块？她小学都读了八年，留了三次级，肖家坝的姑娘，她最胖，有人讲她一次可吃一碗红烧肉。”

“肖家坝长得最好的姑娘是肖翠娥！”保明掐灭掉烟头，转过头向着电影场的方向眺望，一脸邦胜艳慕不已的冷峭的样子，仿佛整个世界都不在他的眼眶里，北斗七星就安在他头顶似的。他这样子，都可以去电影里扮侠客的啊，佐罗，霍元甲，觉远，如果他愿意剃光头的话。高悬在人群头顶上的银幕，影影绰绰布满山岭与村庄的影子，子弹嗖嗖响，赵永生带着解放军攻进县城了！妹妹找哥泪花流，不见哥哥心忧愁。赵小花不知道哥哥在哪里，一条街一条巷去找，走迷宫，怔怔地站在城市的废墟里，像清早刚睡醒的模样，邦胜知道啊，真是恨不得跑到电影里，帮小花指个路！“我的乖！看到她掉眼泪，我心都要碎了，唉！”邦胜叹气。

“将刀拿出来。”保明低声说。

邦胜转过头，小心翼翼地将刀子由帆布包里抽出来，一柄屠夫剔骨的尖刀，磨得雪亮。保明接过来的时候，寒光在空气中一闪，好像往夏天的夜里，印入了一道白霜。

“这是我爸爸用得最顺手的一把，上个月弄丢的时候，他心疼得要死，好几天都没喝谷酒。出门前我磨过，快。”邦胜说。

“总不过是一把刀，能杀人就够了。”保明心里也是高兴的，但他嘴上却是淡淡的。

“程小琳会吓坏的。”

“我管不了她，她自找的。”

“刚开学时我确实看到她走进陈高的宿舍里，她坐在陈高的椅子上，点着台灯，直着腰，在桌子上假模假样写作业，一会儿找不到橡皮，一会儿又说钢笔没墨水。好不容易绵条下来，陈高站在椅背后面，伸手摸她的奶。你知道为了挡北风，陈高的窗子还是我俩替他砌的，左下边有一块砖是活动的，能够抽出来。”

“右手摸，就剁右手；左手摸，就剁左手！”

“我昨天确实看见陈高和她由中学里走出来，一人捏着一把三节电池的手电，到小澴河堤上的杉树林子里照麻雀。麻雀晚上在窝里，又呆又乖，软软暖暖地称手，一摸一个准。前几天月亮还没出来，天黑着呢，手电筒的两道光在河滩上缠着追来追去，河滩上种的白萝卜，比开水瓶还大。他们真会玩！”

“我恨不得连这个婆娘也杀掉。”

“不行，你说你只给陈高来两下子的。”

“我知道。”保明将刀递还给邦胜，自己由怀里掏出棉梗钩子。

“你不用杀猪刀？”

“还是棉梗钩子好使！”

“用棉梗钩子，就像《少林寺》里秃鹰用铲子，能攻其不意！”

“一会儿你先不要帮我。如果陈高将我打死了，你就用杀猪刀给我报仇。”

“陈高不是你对手！”

保明说：“他找四平学过武的，会军体拳。”每天早上学生早读时，陈高一个人在学校池塘边的草地上练武。一排杉树又粗又壮，喜鹊绕着它们飞，叫得比读书的学生们还有劲。保明与邦胜站在池塘对面的田埂上，假装钓鱼，偷偷看。“黑虎掏心”，陈高用拳头将草地边的楝树冲打得乱晃，楝树子雨点一样往地上掉；“乌龙绞柱”，陈高躺在地下，可以靠双腿剪刀一般地旋转站起来；“鲤鱼打挺”，陈高躺在地上，腰上用力，双腿兔子踢老鹰似的，一送弹跳起来。保明回去偷偷练好了“黑虎掏心”和“鲤鱼打挺”，“乌龙绞柱”不会。邦胜“鲤鱼打挺”都不会，他用手将门口碗口粗的泡桐拍得啪啪作响，掉下几朵泡桐花，臭得冲鼻。邦胜说如果能每天打一百下，再过十年，就可以一拳将泡桐打成两段。十年！麻子哥，泡桐都长到水桶粗了，不，跟肖红霞的腰一样粗了！肖红霞正怀着你的第四个惜春丫头！

邦胜说：“陈高会‘乌龙绞柱’也没用，你都能抱着稻场上的石磙走一个圈。”

保明不理邦胜，低头用左手抚弄着棉梗钩子。他家里一共有六把，扯棉梗的时候，父母与四个兄弟姐妹一起上阵，一人一把，一个星期下地，钩子就会被棉梗磨得锃亮。他这把是新的，前年由初中辍学，冬月匡埠的铁匠来塆上打铁，父亲让老匡给他用生铁打了一套农具，镰刀锄头都有。保明说：“生铁会锈！”老匡抽着父亲敬的“游泳”烟说：“有汗，就不锈。见了血，就飞快。”父亲讲，扯棉梗的时候，要腰上用力，力气通过脚往下走，再粗的棉梗也会被钩子扯着往上走。秋天，棉花根长深入了，地也变板结了，棉梗不好扯，一天下来，一手的血泡，腰也像断了一样。对，一会儿就应该将陈高的大胯当棉梗，钩子吃进肉，腰上用力，气从胆边生，力由脚下起……保明一出神，食指被钩子的尖头划开了，他立起食指放到眼前看，已经有血珠渗出来了。好在是左手的手指，不会碍事，不管它。邦胜却很热心，替他将手指头含在嘴里，止住了血。

后来保明在哈尔滨的工地上刷墙，跟当地人争沙子，他们行蛮供黑龙江里捞上来的沙，贵，不划算。沙霸领着混混追打，保明挥舞的，还不是这把棉梗钩子？外地人哪里是地头蛇的对手，保明在医院里躺了好多天，头上手上打石膏缠绷带，好无聊，一个人去医院外的红豆花店给自己买花——其实他是喜欢看那个由湖南常德来的卖花的女人，薄嘴唇，尖尖的下巴，头发遮住半边脸，眼睛龙眼核似的。有一天保明盯着床头柜上粉色的康乃馨，想起邦胜，想起这个他帮他含着手指止血的晚上，是的，邦胜也在哈尔滨，那天晚上他们不怕死，一个用棉梗钩子，一个用杀猪刀，街头杀到街尾，街尾杀到街头，滴着血往前走，纵横四海上刀山，他们也没打赢，保明住院，邦胜则被打死装进了骨灰盒子。后来卖花的女人拿着花来看保明。保明说，他的确还在打光棍，只是已经答应邦胜，准备回老家和肖红霞搭伙过，替他养四个女孩儿：元春，迎春，探春，惜春。

是血，不是汗，将土地变成我们自己的。死了，埋了，也可以将土地变成我们自己的。哒哒哒，哒哒哒，哒哒哒，银幕上终于吹响冲锋号，在桐柏山的密林里，到处是人民子弟兵。解放军发动总攻，中间不停地有人死掉，小花与翠姑湿淋淋地站在湖水里搭人桥，子弹像梭子鱼飞快地在水中游，接下来翠姑就会被子弹咬到，半生半死，血咕嘟咕嘟地将湖水都染红。

保明深深地吸气，好像要将星斗的光吸到丹田，丹田在脐下三寸，他知道的。

“绒花到底是么事花？李谷一又唱歌了，出字幕了，电影放完了！”邦胜说。

这时候电影散场了。就像搬家的蚂蚁，回埘的鸡鸭，像夜游神，人群沿着田埂向周围的村子走，肩上扛着高脚板凳，无精打采就像踩着棉花，小孩多半已经睡着，一动不动趴在父母怀里。邦胜喜欢看电影散场的样子，有一点像年过完了，放光鞭炮与烟花，熄了香烛，歇了锣鼓，村里的龙灯家伙也被收起来，年轻人心满意足，心也就空了。心一空，就要去找事做。

“他们肯定是走在最后面，这样好的月亮，他们说不定还要坐在棉花地里再聊一会儿，棉花长得高，谁都看不见，说不定，他们还要亲嘴。唉，赵永生都不敢亲何翠姑和赵小花，也是，主要是他搞不清楚，哪个是他干妹子，哪个是他亲妹子，瞎搞不得！”邦胜说。

保明狠狠地瞪了他一眼，不作声。

“你说陈高比得上我吗？”保明问道。

“比不上。”邦胜说。这是他的心里话。附近几个村的小伙子，没有比得上保明的，保明壮得像牛牯不说，还义气得很，不像赵永生长得白，笋桩，婆婆妈妈的。

“但他是老师，会在黑板上写字，他戴眼镜，还会吹口琴，唱歌，还会打军体拳。”

“他不晓得荷花莲蓬藕，对了拳头巴掌手，还能对鸡巴卵子毛！”

“可是程小琳迷他那一套，娘们都喜欢小白脸，吃商品粮。”

“这不能怪你，要怪程小琳没有眼光。她是个虚荣的女人，她想到肖港镇上去过不种田的日子，陈高答应给她开一个理发店，墙上贴香港明星的画子，她就照着那些画子给人家剪头发。”

“我不会放过陈高的。”

“你再仔细想一想，现在还来得及。”

“不用再想了！”

“那你答应过我的，只用棉梗钩子戳他的屁股，让他一个暑假都只能趴在宿舍的床上由程小琳糊溏鸡屎膏药，像赵永生那样养伤，再也不能去河边杉树林里照麻雀！”

也就是十来分钟的工夫，田野上的人群散得了无踪影，余下两根木杆支棱着幕布空悬。这块幕布讲过多少活色生香的故事，《少林寺》《武林志》《神秘的大佛》《地雷战》《芙蓉镇》，去过多少乡塆，舒家塆匡家埠蒋家台子魏家河梅家河，看起来还是蛮干净。稻茬的谷气、棉花的甜香、枫杨的苦涩与土壤蒸腾的肥腴混合在一起，还要加上收敛翅膀的蜻蜓、飞蚊、豆娘、灰蝶细细的鳞粉，隐密的甲虫们古怪的气色，遥远河塘里的鱼腥，每一个夏天的晚上，不同的时辰，田野的气味闻起来，都会有所不同吧。一轮弯弯的白月亮照着的世界，现在终于由电光声色中安静下来，竖起耳朵，几乎能听得见露水滴落在宽阔的棉花叶上的声音，听到棉蛉虫轻轻地咬动着棉桃的声音。棉花开花变少，多半已经结成棉桃。棉桃嫩绿的时候，是可以掰开来吃的，像后来保明在一户装修人家，尝过的女主人递给的一颗山竹似的。棉桃长到碧绿，变硬了，就不能吃，再过半个月，最性急的棉桃就会爆出雪白的棉花，星星点点的，全村老少顶着毒日头，兜着包袱捡棉花的季节就到了。

那对青年男女，陈高与程小琳，果然落到了后面。女的将头倚靠在小伙子的肩头上。前面村口有一棵枫杨，又粗又壮，他们手拉手，恐怕都围不起来，像一把在月光里撑开的巨伞，翼形的翅果垂垂累累，子孙绵绵。“我们在树下坐一会儿吧。”小伙子看着姑娘的眼睛。姑娘脸圆圆的，眼睛像龙眼核似的，黑得真好看。

“不行，回家太晚了，狗会叫，我妈醒了，又会吵我的。”

“要不去棉花地里坐一小会儿，你喜欢闻棉花的香味。”

“不，我怕棉花里的蜜蜂蜇到鼻子。”

“哪有蜜蜂，晚上它们都回巢去了。”

“我还怕瓢虫爬进衣领子。”

小伙子只好闷声不响地接着向前走，走进枫杨树的阴影。这时候，姑娘看到，树下的棉田里，两道银白色的光闪现，好像西边天空里扯露水霍一般。

“什么鬼东西呀，好怕人！”

“没什么，田里的瓷瓦砾在反光。”

“过几天就是七月半了。”

“没事，要是遇到鬼，我就一脚踢花他的脸。”

“好吧，我答应你，就坐一小会儿……”

小伙子心满意得地搂着心上人的肩膀往前走，穿过村前的土路。半个多月没下雨，土路被晒出来一层浮灰，他们穿着塑料凉鞋的脚踏上去，觉得温热温热的。男人是白衬衣，女人是黄的连衣裙。他们的身影很快就化入棉田之上融融泄泄的月色里。

唉！

保明由棉林里爬起来，将棉梗钩子扔到地上，让邦胜将杀猪刀重新包起来。保明捂着脸，坐在棉花地边的田埂上，半天不说话。

“我刚才该推你一把的，人一紧张，就会发蒙，忘了本该做什么。”邦胜说。

“我的确是爬不起来，好像一只团鱼，被人家用脚踩住了壳子。我是不是遇到鬼了，鬼上身？鬼压床？鬼打墙？”保明又觉得这样解释，邦胜不会相信，可是，他为什么要给这个麻子兄弟解释呢？他刚才的确是爬不动，就像被压在五行山下的孙猴子。

“你的确应该给陈高的屁股来一下子。你用棉梗钩子钩住他的屁股，一扯，他就会像娘们一样捂着伤口瘫在地上，看他还怎么乌龙绞柱，怎么鲤鱼打挺。程小琳这个婆娘就会在一边尖叫，就像被挨了一棍子的白鹅。”白白地守了一晚上，说好的觉远斗秃鹰呢？霍元甲痛打大力士呢？邦胜并不甘心。

“钩掉他的卵子才好呢！”保明用钩子划着田埂上的马鞭草。

“是不是魏家河的瞎子画的咒，还没有散干净？”邦胜说。

邦胜的爸爸外号叫洋人，上个月在这里杀过猪。保明家的黑皮老母猪，到殷家塆找公猪配种，回头过梅家桥的时候，在桥面的青石槽子里将脚别住，扑通掉进小澴河。下丝网的，弄鱼鹰的，去金神庙赶集的，河边放牛的，一群人七手八脚下了水，捞起来时，母猪后腿断了。打个夹板多麻烦，干脆将它杀了。夏天里猪肉金贵，母猪肉也顾不上嫌弃，裹米粉，拌腐乳，灶膛里多放几个柴火把子。村里的男人将它绑在枫杨上，洋人将刀都插进了它的脖子，它还是将拇指粗的麻绳扭散了，带着杀猪刀，喷着血沫子，一瘸一拐冲进棉田。棉田尽头，是密密麻麻种满杉树的小澴河堤。这头母猪叫惠惠，养了七八年，是生了一百多个猪崽的“聚宝盆”，保明奶奶说太造业，莫杀，莫杀。保明的爸爸国庆不同意，一心要请洋人来一刀将它送进六道轮回。

四五个男人分头钻入棉田找了好久，也没逮到惠惠，它驮着洋人心爱的杀猪刀，消失在了棉花田里。保明奶奶说它这么半生半死，会变成妖怪，跑到小澴河里做猪婆龙，招呼它生的一百多个猪崽做跟班，这些猪崽多半过年的时候，都已经当年猪杀了。洋人与国庆，你们两个以后搭船要念佛，走水路要小心。国庆无所谓，准备明年开春，再捉一个母猪娃回来喂，还取名叫惠惠。

洋人却有一点怕，他的杀猪刀，还在人家母猪脖子上呢！他叫魏家河的瞎子魏林堂过来。林堂杀了一只公鸡，用鸡血在树干上画符，又烧了几个五丁五甲的纸马，一包黄裱纸，让洋人作了揖，才放他回家。瞎子自己拎着母鸡回家烧水烫毛开膛炖汤不提。第二天保明跟邦胜钻进棉花地，准备用钓鱼钩穿了棉蛉虫钓肖家坝钻棉田的鸡，来解被魏瞎子勾起的馋虫。

邦胜又担心钓上来肖红霞家的鸡，被他未来的岳母骂。他岳母是肖家坝端着砧板剁菜刀骂街的头名状元，她在肖家坝骂谁偷了菜园里的南瓜，郑家河的婆娘们，都会竖起耳朵取经。而那偷瓜贼，已经全世界在找后悔药，去抢救沦陷在污言秽语中的显考显妣们。世上的事，就是明知山有虎，偏向虎山行，偏向虎山行，一定遇到虎，问君什么虎，一只母老虎。肖家坝的公鸡领着母鸡挨挨蹭蹭走入保明邦胜埋伏的棉花地，刚刚入巷，母老虎肖红霞就出现了。她正提着水桶给菜园里的萝卜菜浇水，大半桶水就淋在她乖乖的小女婿与日后做陪亲的好伴郎身上。“你们两个没长进的强徒！下次我用一桶粪泼你们！”这样一想，被水泼一身，还真是好运气。保明跟邦胜落荒而逃，邦胜在后，又被田埂上的马鞭草绊了一个跟头，他趴在地上，抬头就看见洋人的杀猪刀，像条死白鱼，平平躺在棉垄间，刀尖上的血已经干枯了，一片暗红色。邦胜将杀猪刀送给了保明。

保明在哈尔滨做粉刷有七八年了，刷了多少墙？折成银幕，会有几万块吧？折成宾馆的白床单，会塞满由东北回湖北的火车吧？谁知道呢？接着是去武汉拖板车，去靠上码头的船上搬货，一天几身臭汗，将换来的钱打到肖红霞的卡上。他住在汉江边的平房里，推开后门就是汉江。平房掩映在一排白杨树下，白杨树又粗又长，树干纹路密集，疤眼团团，树冠落满乌鸦。程小琳也在武汉混日影，有时候会洒花露水来找他，三五个星期来一回，没得准，就是成公知琼会弦超的节奏。有一年中秋她跑来，带鸭蛋黄月饼给他吃，要他陪她去看电影。电影票好贵，电影的名字叫《寻龙诀》。他认出来，里面的一个女人就是何翠姑，老了，长得真叫人难过。看完电影回宿舍，他睡程小琳。程小琳说你跟你那个肥婆娘离婚，保明不吭声。程小琳说那个瓦窑，我还能给你生儿子，保明不吭气。好在四个姑娘长得像邦胜，聪明，念高中的念高中，上大学的上大学，是牡丹跟玫瑰，不是南瓜花丝瓜花，对得起她们的名字元迎探惜。名字是邦胜取的，他初中时读《红楼梦》，下学后，上册被肖红霞盖了腌鸭蛋的坛子，下册盖了腌洋芋的坛子。等到保明跟肖红霞结婚，将两册《红楼梦》合起来，硬着头皮读了一遍，就像打着手电走夜路，一脚高，一脚低，才明白当日为么事同学们都将程小琳叫"林妹妹"。肖红霞结的两次婚，第一回他去做伴郎，没淋到水，也没淋到粪，被肖家坝的女人抹了一脸锅灰，那个肖翠娥最起劲，像个做炭圆的。第二回，他是新郎了，像由银行取出来的一百块钱一样崭板，肖红霞却是旧的，也不开心，莫说提桶水，她哭，恨不得往她自己脸上抹锅灰。

睡到深更半夜起来，保明推开后门，去汉江边撒尿，鼻子里是他跟程小琳混合在一起的骚味。脚下露水答答，荒草离离，头顶上的天，被城市的灯光照着，星星点点，混混沌沌。风吹白杨，声音回环悲戚，偶尔有乌鸦由梦中惊醒，哇呀两声，也很凄凉。好在他已经不怕了，世上纵有鬼神，也没空撩他。纵有神佛，也无心保佑他。穿着裤衩浑身清凉，一身肌肉吹着西南风，他小时候学武，参军后又接着练，丹田鼓鼓的，力气用不完。他摸黑坐在江边抽一根“蓝楼”过瘾，再回床上继续睡。他将烟头往江里扔的时候，发现波光里，忽然哗啦跳起来一只江豚，黑亮亮的，总有一百来斤，跳起来一米多高，身子弓着，头脸盆大，看他一眼，“嗷嗷”叫两声，又扑通落到江水里。惠惠？小时候他提着猪食去喂惠惠跟它的孩子们，惠惠听到打开猪栏的声音，就会嗷嗷叫着，将头霸住猪槽，猪娃们左骖右骖，七星拱卫北斗似的，围着妈妈。他将热热的猪食往它头上淋，它也不恼。他忽然想起奶奶讲的母猪惠惠变猪婆龙的事，这时候，奶奶已经死了二十年，她跳进村边的池塘里，将自己淹死了。或者是奶奶？奶奶做了一辈子的接生婆，积下的阳寿其实是花不完的，她也能变成猪婆龙。他抽完“蓝楼”去睡觉，程小琳汗津津的，腻腻地哼一声，他没跟她讲看到江豚的事。因为一讲江豚，就会讲到惠惠，讲到枫杨，讲到那个看《小花》的晚上，讲到邦胜，讲到他们的棉梗钩子跟杀猪刀。棉梗钩子与杀猪刀还卷在他的被褥里，硬硬的。

白脸的小曹操陈高去了哪里？学校都已经变成了废墟一片。三层楼的砖瓦房还在，空洞的门窗像老婆婆漏风的瘪嘴。一楼的小黑板上，最后一期的黑板报，抄的《一剪梅》，“真情像梅花开过，冷冷冰雪不能淹没”，在上面写字的癞痢孩子是谁？现在在哪里？保明还记得程小琳站在他搬来的椅子上，跷着兰

楝树的花序像手掌一样，花朵一粒粒细密地排列在指枝上。楝花开放的时候，楝叶初生如婴儿指爪，被一手掌一手掌的花枝遮住，抬头上看，也会觉得云蒸霞蔚，簇簇花团。

——《楝院》

花指，捏着粉笔写字。程小琳要他画线打格子，他偷瞄她写字，结果他站的椅子被邦胜一推，两个人滚倒在地。邦胜这个成事不足败事有余的。他们站立过的椅子，写过作业的桌子，送隔壁李家塆的人当劈柴烧了吧，杉树被锯掉，装了五卡车，卖了六万块钱。这一排杉树，除了给学生读书，陈高学武做背景，保明还记得两件事，一是第一年入学，他跟邦胜两个人花了一早上时间，一棵一棵树找，折了最笔直最称手的一根新枝，用小刀削成教鞭，用砂纸打磨一个早自习，油光水滑，送给了陈高。那时候，陈高老师刚由师范学校毕业，十九岁，分配到他们初中教书，穿宝蓝夹克衫，领子后面有帽子。另外一件事，是邦胜不知道的。保明站在塘陂上一边早读，一边将杉树塔果里含住的花粉搕出来，夹在英语课本里，到教室，再转到文具盒里，这样攒了一学期，才得到一包明黄细腻的花粉，他将花粉包在一张破天荒刚好及格的数学卷子里，一天趁着放学值日扫地，放进了程小琳的抽屉。

往事不堪回首，未来的事，谁又知道呢？用手电筒划开时间，两个乡下少年，一起穿越到 2017，正在看手机的您身边？唉！掉回头，月亮哥，杉木船，裟椤树，做桅杆。裟椤树是沙树吗？做成的船，像担架？跳板？板车？猪槽？你们俩，保明和邦胜，用棉梗钩子与杀猪刀做桨吧，左一桨，右一桨，为了避免原地打转，保明的钩子使得快，邦胜的刀使得慢，顺着幽暗的时间之河上溯，载着一船星斗，回到那个棉田繁花的晚上。

邦胜还在跃跃欲试，想顺着干爽的棉垄，交替着手肘与膝盖，黄鼠狼似的爬三五百米，保明跟在后面，侦察员们就是这么干的。到前面去看陈高跟程小琳亲嘴？除了亲嘴，说不定，会有更好看的戏码上演。程小琳不会学翠姑，掉到水面将衣服弄湿，露出一身的线条吓死人，可陈高的手，不是吃素的啊。邦胜不怕害眼，他本来就火眼低。路上还印着她搽的花露水与痱子粉的香气。程小琳的奶子多结实，她的屁股怕比冬瓜还要粉白肥腻。这些陈高摸得出来，邦胜看得出来，保明想得出来。“要不，我们一起去学学陈高老师的手艺？你死了心吧，你搞不到她的，将她当亲妹妹，你就不会痛苦！”到底是将初中念完的邦胜，他会用“痛苦”这个词了。没拿到毕业证的保明，只想再抽一支“游泳”烟。

保明不同意，他说：“你看你妹妹光屁股洗澡？邦胜你要去看的话，爬回来的时候，就没有我这个朋友，你抱着你的杀猪刀走人！”说完，保明站起来，提着钩子走到枫杨树下，他闻到树干与树根上，隐隐还有鸡血与猪血的腥气。远远的天上，夜空炯炯有神，云朵如同鲸鱼，由南游向北，月亮由白变红，北斗七星更亮了。他抬起左手，食指上的血早已经止住。他将食指重新放回嘴里，用力一咬，血立马流了出来。他扬起手指，让指头上涌出来的血一点一点地滴在枫杨的树干上，好像这十几滴童男的精血，就能将由魏瞎子树堂布下的“结界”破除掉似的。

“我决定了，我要去当兵，我要忘记程小琳这个女人。”他将他的新鲜人血跟惠惠陈旧的猪血混合起来按在树皮上，右手握紧钩子，在血印里刻了一个“林”字，回头对跟在他身后，提着杀猪刀的邦胜说，“肖红霞的屁股大，能生儿子，你娶她！”

“你写错了，左边还有一个玉。”

“她做梦呢，林妹妹，草木的命，哪来的玉。”

2017 年 7 月 10 日

我的睡虎地

正收早稻，又遇到晴得稳当的天气，大伙连晚饭都不照钟点吃，不知不觉就在打稻场上忙到天擦黑。打谷机脸朝东边的村巷不知疲倦地吼叫一整天，用它磨得光亮又滚烫的铁牙齿撕碎扎得黄鸡公一般神气的稻草头子，将金黄的早谷淅淅沥沥洒到肚挡下，由拿着耙机的男人奋力推到一边，聚沙成塔，聚谷成堆。打谷机黑鱼似的阔嘴一团团乱絮般将新草吐到地上，稻草打掉了谷芒，变得绵条，缠绕，女人们用扬杈接力，三转两转，奋力抖掉夹裹其中的谷粒，再用草绳重新捆起，另一拨男人来用冲担挑到稻场边上，由老头子们堆成光滑流畅的草垛。男人们穿齐膝盖的蓝色卡其布鼻犊裤，赤着上身，女人们花纺绸裤，还多一件短褂掩着长长短短的奶。人人黑汗水流，脊背上开出大河小溪，汗水和尘土、人腥气与草腥气混杂在一起。

一座一座稻草垛，拱着背，就像长江边诸葛亮摆出吓跑陆逊的八卦阵，就像草原上《射雕英雄传》里华筝一打帘，钻出来的蒙古包，就像被放大了好几倍的蔡家河上的坟垄。热烘烘的草香，由打稻场一直弥漫到整个村子。稻草是水牛在冬天的饭，届时它们会站在牛栏里，一边看着外面田野落雪，一边慢条斯理地一簇簇抽离草垛嚼细吞咽。眼下伏夏的水牛们已被各家的孩子由各处泥塘水凼里拉上来，一身冲刷得干干净净，乌黑发亮，系在枫杨下乘凉，闻到新草香，就像几天后，大伙闻到新谷煮出的米饭一样，口水直滴。星星变得明亮，像河滩上被太阳晒得发光的石头。月亮由肖家独屋后的梧桐树杪上出来，由蟹壳黄变成槐花黄，再变成猪板油白，将村子照得如同琉璃世界。

伢们的，出来玩，莫在家里打脾寒！孩子们在游戏，像一窝窝刚生下来的汗浸浸的野兔，顶着新草般杂乱的头发，在巷子里横冲直撞。捉迷藏，宝伟和翠华是一伙儿。两个孩子爬到刚堆好的一个草垛顶，钻进草捆间，手脚并用，向下挤出一条弯曲的草洞，直到地面，又返身向上攀爬到洞口，藏进草堆，只将眼睛前面拨出一道细缝，正好看见月亮当头，看见人们在月光地里打仗一般伺候打谷机，热火朝天地拼命干活。

宝伟说："打谷机像个癞蛤蟆。"

翠华说："我觉得它像老虎，不长毛，牙齿是铁的，武松肯定不敢来打它。"翠华呼出的气息就喷在宝伟脸上，她嘴巴里还有下午去南边畈里剥吃蚕豆的豆腥味，她的小脸都快和他挨到一起了。

宝伟说："它用电，多厉害，武松的气功再强，也不是它对手。"

翠华说："但它们都是吼来吼去的，像我爸爸。"

宝伟说："风车像你妈，对不对？你喜欢风车，还是喜欢打谷机？"他们也常常跑到生产队的加工厂门口，风车不用电，一个人摇风车的木柄，另外一个人站在风车前，迎接风车的扁嘴巴里吐出来的阵阵凉风。

翠华说："打谷机是铁的，我喜欢铁！"

宝伟说："你喜欢水车，还是喜欢打谷机？"

翠华说："我还是喜欢打谷机，水车转起来呼噜噜响，像猫纺线，打谷机吼起来，稻场都在震动。"

宝伟说："你爸爸在喂打谷机吃草，像喂牛！"

翠华说："我妈说他力气大，人又过细，就是好打牌，好喝酒，脾气坏。"

宝伟说："以后我也能给打谷机喂稻草。"

翠华说："那你可不能打牌。"

宝伟说："好。"

翠华说："你看月亮上有山，那黑黑的地方是河，还是亮亮的地方是河呢？"两个孩子抬头看月亮，一直盯得脖子发涨。

宝伟说："我可以到那儿去游泳。我会游泳了，今天我一口气游到了池塘对面，又一口气游回来。去年我胆子小，只能趴在坡子上揪着水马齿苋蹬水，最多在半人深的地方踩一下水。"翠华点了一下头，没作声。村里人将游泳叫作"打鼓泅"，就是两只手在身前刨水，两只脚在身后鼓槌一样，扑通通落到水面上，打鼓似的，溅起一团团水花，将人往对岸推送。

"他们肯定找不到我们。"这是宝伟出的主意。以前他们常常躲到棉花地里，现在棉花已经长到跟他们一样高，正在开花结桃，棉花叶与小碧桃擦在脸上凉凉的，蛮舒服，翠华却说棉花地里变黑了，有鬼，她怕，她的胆子和去年相比，变小了，她可是提着水蛇到处走的翠华啊。她提议钻到草堆里，新草多香。有好几次，艾清跟翠红就由草堆下面走过去，一脸焦急，气鼓鼓地嘟着嘴，葫芦锯嘴似的，他们找一晚上都找不到的，他们赢不了。

“嗯。”翠华应声道，他发现她有点心不在焉，以为她睡着了，转过脸孔一看，她像躲在青草中的黄鼠狼似的，两只眼睛定定地盯着打稻场。他闭上了嘴，顺着她的目光往下瞧，两个小孩默不做声地观看，好像下面不是大人们在打早稻，而是楚剧团在金神庙的土台子上咿呀唱大戏。

忽然，打谷机被卡了一下，好像水牛由胃里抽了一个嗝，空气中布匹一样绵密的轰鸣仿佛被剪刀剪开了一个口子，随后，传来一声男人凄厉的惨叫。是翠华的爸爸，宝伟一眼就看出来了。他的脸扭曲着，好像爬上去一条一条的蚯蚓。大人们呆顿了一会，扔下农具围成一圈。以皮带与打谷机连接在一起的电机熄了火，打谷机咣当咣当地消停住，这一下，打稻场安静下来。

出事了。宝伟想。宝伟记起来，刚才他看着打谷机吐稻草的时候，在那一个嗝的后面，溅吐出来的东西，就落在他和翠华藏身的草堆前面。“你看那是什么？”宝伟指给翠华看。月光亮堂，像一层白银铺在地上，稻草与稻粒间，他们很清楚地认出来，那是一个人的手指头，被太阳晒成酱黑色，糊着血，微微颤动，比壁虎的尾巴粗很多，像被剁下来的鳝鱼与泥鳅的头。“那是我爸爸的手指。”翠华低声说，眼泪慢慢由她的眼眶里涌了出来。宝伟知道她马上就会大哭。宝伟觉得很沮丧，仿佛他是躲在一个着了火的草堆上，又好像所有的稻芒都在往他身上钻。如果他与翠华不来稻场，不爬到草垛上，不钻进钻出这个洞，不盯着打谷机看，这无毛的铁老虎就不会走神，咬到翠华爸的手指吧！

打稻场上，人们围着翠华爸。翠华妈哗地将短褂的前襟撕下一大块，将男人血涌如泉的右手一层一层地紧紧缠起来。衣襟有汗，汗里积盐，将男人疼得龇牙咧嘴。翠华妈骂：“叫你过细你不过细，搞得像杀鸡似的，你活该，明天要去叫平子来喂草头了！”平子是她汪梁岗的弟弟，翠华的舅舅。旁边邦胜爸讲：“伙计，以后你打扯胡，可就没得以前那么利索了。”宝伟妈讲：“这有么事，我娘屋的三伯，去朝鲜打仗丢了右手，他弄一个升子盛黄豆，将上大人丘乙已插进去，出牌飞飞神，比谁都打得好！”桂枝婶说：“还不如用围桶打稻谷，累是累一点，不像打谷机这么害人的！”小兰说：“十年怕井绳，一朝被蛇咬。这多少也是个血光之灾，明天还是要把魏瞎子叫来算算！”荣华说：“算什么算，他肯定是要你杀一个骚鸡公，鸡血淋在打谷机上，鸡肉给他带回家炖汤！”众人七嘴八舌，翠华爸只是嘞鱼刺一样抽冷气。不一会包好了，翠华妈找来手电筒，领佝着腰的翠华爸去肖家独屋看肖医生。肖医生吃公家饭，穿白衬衣，系帆布皮带，将衬衣的下摆扎到裤腰里，不用搞双抢，现在二两谷酒下肚去，已经睡了吧？

不搞了不搞了，这打谷机反了，被李逵跟程咬金上了身。

打稻场上的人们收起了耙机、扬杈，男人们去池塘抹汗洗澡，女人们回家做饭，天上这么大的月亮，睡晚一点儿有什么要紧。翠华的爷爷汉堂留在后面捡场，用木锨将谷堆弄圆，盖上斑马纹的塑料布挡露水，晚上他还要在这里搁铺板架蚊帐，一边乘凉，一边守谷。翠华在草垛顶上哭，被他听到了，走过去将宝伟与翠华都扯下来。看到翠华哭，他烦："哭个么事！又不是夹掉了卵子，一个手指头没了，就搞得像个缩头的乌龟，你莫哭，去我屋里，将我的收音机、手电筒、洋火、水烟袋拿来！"翠华抹着眼泪领命回家去拿东西。

翠华拿着汉堂爷爷的四样宝贝回来时，宝伟正在指着地上的手指头让汉堂爷爷看。手指头上的血已经凝住了，变成灰白色，像一条肥肥的要去吐丝的蚕马。汉堂爷爷划着洋火，点了一锅水烟，滋滋地吸，半晌才对翠华与宝伟讲："你们捡起来，去南边畈里挖一个坑，将它埋了，免得晚上猫子路过，将它当点心嚼吃了。猫子要是尝了人肉的滋味，以后鱼都不爱吃，肚子里攒到三两人肉，就会变妖怪吓人。"翠华不敢捡，回家去找铲子。宝伟的胆子大，他弯腰将翠华爸的手指头捡起来，攥在手里，沿着池塘边的田埂，走出村子，向南边畈走去。翠华拎着铲子，跑来跟在他后面，她已经不哭了。

池塘对面就是肖家独屋。赤脚医生老肖的卫生所，就设在那里。五六棵梧桐树黑影婆娑，树叶中间，桐乳点点，再过几天，就可以摘着吃了，将桐子芯中的一点白汁挤到舌头上，好甜！梧桐枝叶掩映的窗户里，已经点起了煤油罩灯，清白黄晕，将憧憧人影印在玻璃窗户上。肖医生穿着白大褂，嘴唇上面有一圈胡子，他现在正在给翠华爸包手吧，将翠华妈的褂子布撕下来，在断指的伤口上缝针，涂上味道怪怪的碘酒，再用白纱布与胶带，一圈圈规规矩矩地裹好，再让翠华爸脱下裤子，在屁股上打破伤风针。“叮”的一声敲断细长的玻璃药瓶的颈子，肖医生就着煤油灯，将药水吸到他的粗针管里，那是全村的孩子们都怕得要死的针管啊。宝伟盯着那扇梧桐树中的镶玻璃木窗户想着这一幕，脑袋里放电影似的，好像都听到了翠华爸嘴里嘶嘶拉拉的嗍鱼刺的声音。

两个孩子在明晃晃的白月亮下面，一直走到南边畈的井凼旁。过了井凼，南边是魏家河村的棉田。翠华与宝伟家的棉田，就在井凼西边，再往西，是肖家坝的堰塘和村子。堰塘里养鱼，开满了荷花。上个月雨下得大，塘里的水都漫进了他们的棉田，鲫鱼就露着青黑的脊背，在棉树中间游来游去。井凼原来是一口烧红砖的窑，后来砖窑废掉了，一块高地，向下挖了七八米深，造成一丈方圆的大坑，宝伟路过时，总会胡思乱想，要是他们再往下挖，就会将阎王与龙王都挖出来吧。春夏落几场大雨，井凼就会变成一个袖珍的浅浅池塘，像一颗牛眼睛安在田野里，岸上长出的枫杨与柳树就像眼睛的睫毛。池塘四周水莽疯长，只在井凼的中央，留出簸箕大小的一块水面，像眼睛的瞳仁，明镜般印月亮，印星星。窑灰很有肥力，井凼周围的树打伞似的长得密，草也生得厚。水牛们喜欢这里，黄昏吃完草、做完工，就扯着放牧它的孩子们往井凼走，由孩子们将牛绳系在旁边的枫杨树干上，水牛扑通陷进去，将一汪清水弄浑浊，只留下鼻孔在水莽中间出气，将坐在岸上敲鼓的青蛙吓一大跳，水里打滚的泥鳅弹尾巴，沾在牛身上一天的饭蝇与牛虻，也无可奈何地飞走。在麻雀大惊小怪的啁啾里，水牛一直要泡到长庚星领着群星在天空里跳闪出来，才会同意由孩子们下来将它们扯走。

宝伟说："就埋在这里吧。"翠华说："好。"宝伟说："你冷吗？"翠华说不冷。宝伟将攥着的手指头放到枫杨下面的草丛里。头顶枫杨垂着离离的翅果，树下草丛里萤火虫飞来飞去，好几只都提着灯，来照这个十岁的小男孩要藏起来的宝贝。翠华将铲子递给宝伟，宝伟蹲下身来挖坑，铲掉一尺见方的地面上的马鞭草，由四周往下挖，将黄黑的新土取出来堆在旁边。土不松也不紧，吃着铲子，一条绿蚯蚓被吵醒，留下一身泥腥，懒洋洋地缩滑入大地深处。不一会儿，一个半尺深的小坑就挖成了。翠华将褂子上的新补丁拆了，有巴掌大的一块，翻过面，一块四四方方、干干净净的棉布，灰白颜色，是去年冬天里翠华妈在织布机上织出来的几匹棉布中的一小块儿，楚矮子年关来家里做衣服时剪剩下的。翠华将手指头放到补丁中间，捏定，上下对折，左右叠齐裹住，春卷似的，就像她妈妈在打稻场上做的那样。

等翠华将裹好的指头放进坑底，宝伟就往坑里铲土。等坑填平了，翠华问宝伟："会有蚂蚁爬进去吃吗？"宝伟说："还有蛇钻窟窿，田鼠与青蛙打洞呢！"翠华一听，又瘪嘴要哭，说起来，她比宝伟大两岁，还是姐姐呢，这么爱哭。村里的鸡子鸭子死了，都是提去丢到西边新港边的水窖里，那个窖臭到可以将人熏昏过去，这个手指头没被扔窖里，被绿头苍蝇嗡嗡环绕，承载着蛆浮游，而是被埋起来，运气够好的！宝伟说：

“好啦好啦，等它们找到，手指烂都烂了，化成了土。”一边说，一边站起来，用穿着凉鞋的脚将坑上的浮土用力踩。崭新的塑料凉鞋，是他前几天过十岁，宝伟妈去肖港镇上买回来的。他穿着这双新鞋满村跑，才算摆脱掉像狗子阵一样在他后面追打的小伙伴们——村里的规矩，上门娶亲的女婿与过十岁的男孩，都是要挨打的。挨了打，鬼神对他们的成亲与长高，就不会生出嫉妒。等宝伟将土踩平，翠华又说：“我想我弟弟。”翠华的弟弟去年冬天死了，两岁，被埋在井凼旁边的枫杨树另外一侧。去年夏天的时候，她抱着他，跟宝伟一起在井凼旁边玩。早上八九点钟，草皮上刚刚断露，他指着井凼中的水面，说有好多星星，其实哪有，太阳挂在肖家独屋的梧桐树上，星星月亮早沉下去了。宝伟去地里拔红萝卜，剥了皮给小家伙吃，他吃了几口，就将红萝卜递给翠华：“姐姐，辣辣。”自己低着头去玩剥成一圈一圈的萝卜皮。他乳牙还没有长全呢，上面两颗，下面两颗，兔子似的，但比兔子的牙齿白，宝伟和翠华故意将食指弓起来，放到他嘴里，让他使劲咬，也咬不疼。或者是将拇指与食指一起放到他嘴里，等他下咬的时候，就像钳子一样张开，让小家伙的牙齿什么都叮不着。翠华就笑话他哪里像属虎的弟弟，分明是属兔子的。一圈圈剥掉红萝卜皮，露出滑滑的萝卜肉，肉上有纹路，像弟弟手指上的箕和箩。萝卜头翠翠的绿，吃起来脆甜，萝卜屁股才辣，生萝卜吃多了，打嗝臭臭的，每一个萝卜长得不一样，辣性也不一样，就像村里人的脾气各个不同，这些弟弟都还没有弄清楚，就死了。宝伟怕翠华又哭，拿起铲子，对翠华说：“我们回去找你爷爷。”

由魏家河吹来的东南风变稠了，变厚了，将各色草木生长的气味，种种人与牲畜的气味，都和在一起。夜在变凉。天上月明星繁，银河挂在正中，星星互相推搡，一道滚滚北去。土埂边的莎草、马鞭草、狗尾巴草、红蓼、蒲公英、野蔷薇、芦苇上，已结上白露，棉田里黄的、白的、红的棉花，三四钱的酒盅一样大小，在月光里开出千朵万朵，比天上的星星还多，被风吹得沙沙翻舞。村边新月一般的池塘里，鱼"泼刺"一声跳出来拜月亮，银白鱼腹擦着水波，像武林高手在发放暗器，不知道它到底是鲫鱼、草鱼、红鱼还是鲢子鱼。对岸肖家独屋映窗的煤油罩灯已经灭掉了。梧桐树粗枝大叶，托着造窠其中的七只喜鹊沉睡。

汉堂爷爷由家里搬长凳，下门板，架蚊帐，铺草席，在谷堆旁边搁成铺。他团坐在蚊帐里，抽水烟，打蒲扇，听收音机，严凤英在唱黄梅戏："架上累累悬瓜果，风吹稻海荡金波，夜静犹闻人笑语，到底人间欢乐多。"要不就是："你好比那顺风的船扯篷就走，我比那波浪中无舵之舟。你好比春三月发青的杨柳，我好比那路旁的草我哪有日子出头……"宝伟耳朵都听出茧子了，下次翠华帮他掏耳屎，会掏出一段严凤英也说不定。翠华与宝伟爬到铺上，翠华扭旋钮，关掉收音机，说爷爷你讲故事讲故事。

汉堂爷爷的故事，翠华多半都听过，宝伟听得少。第一个是讲乡下偷谷的小偷，手脚不干净也罢了，有时候蛮促狭，将谷子装到麻袋里不算，还两人合伙，将人家看谷人的床铺抬到粪窖前面，然后就一边背着麻袋跑，一边喊："有人偷谷了！

有人偷谷了！”看谷的从梦中惊醒，怒气冲冲地爬起来，捏着拳头，怀着去救火一样的心情，准备去打架，结果一抬脚踏进粪窖里。第二个是讲傻女婿，傻女婿能吃会睡，红薯黄豆是最爱，所以会放屁，屁的威力，惊天动地，可怜的是，这家伙并不能控制好他的屁。有一次，他挑着轧好的棉花到集上去卖，哼哧哼哧上堤坡后停下来歇担，不小心放了一个屁，顿时如狂风吹过，将身后一担棉花全吹挂到堤下刺树林里，条条缕缕挂着好像人家办丧事。第三个故事是讲汉堂爷爷自己，冬天的晚上，与他的老伙计们一起用拖网去野塘捞野鱼，汉堂爷爷说他亲眼看到过阴兵——一支纸人纸马扎成的队伍由蔺家树林塘里爬上来，每一个小人都提着两盏红灯笼，在塘边长着深草的路上走。汉堂爷爷他们蹲在陂塘下，脸贴着土，大气都不敢出！

“要是被阴兵们发现会怎么样？”宝伟听得津津有味。汉堂爷爷说：“这些阴兵，都是水鬼，要是被他们抓走，就会变水鬼。男的晚上打灯笼做夜游神，跟着牛头马面游乡；女的白天变成池塘里的花，红的蓝的，都有，诱惑过路人来摘！”他的烟锅一明一灭，迟早会烫坏前来寻伴的萤火虫的尖屁股。

宝伟得出教训，一是等轮到他看谷搭铺时，一定要选远离粪窖的地方，这样强徒来害他，他醒来的第一脚，也不会踏到屎；二是以后去做人家女婿，就尽量地少吃黄豆与红薯，要是在人家屋里坐席放屁，打断了板凳，多不像样子；三是在池塘里看到浮荷与莲蓬开花，再好看也不能去摘了，变成了夜游神，谁陪翠华姐捉迷藏？

翠华却不满意，她要听新故事。汉堂爷爷想了半天，又讲了一个新故事，这个故事就长了：“云梦北乡有个睡虎地。很早以前，睡虎地出了个叫仙芝的姑娘，长得非常漂亮。怎么个漂亮法？自从仙芝出世后，睡虎山上家家只生儿不生女，姑娘伢怕被仙芝比丑，都不到睡虎山上去投胎！

“仙芝隔壁的一家住了个木匠，木匠有个儿子，生得一表人才，手艺也很高，就是有点憨头憨脑，人人都叫他苕货。苕货和仙芝同年同月同日生，从小天天在一起玩，长大了见面的时候也多，两人好得就像亲兄妹。

“有一天，仙芝在屋后头摘栀子花，一条水桶粗的蟒蛇蹿出来，衔住她就跑。苕货听到仙芝在喊救命，拿起斧头追上去，一斧头砍中了蟒蛇的尾巴，蟒蛇把流血的尾巴一甩，就打断了苕货的一根手指头。苕货忍住疼，又砍了一斧头，蟒蛇才丢下仙芝跑了。

“仙芝说不尽的感激，回去对爹一讲，非要嫁给苕货不可。仙芝的爹有几十亩良田，向来瞧不起木匠家，哪会答应这门亲事？他怕夜长梦多，赶紧四处传话：正月十五，请各地小伙子到睡虎山比宝，哪个宝贝贵重，就把仙芝嫁给哪个。

“正月十五这天，远近上百里的豪门子弟，一个个穿绸着缎，骑马的骑马坐轿的坐轿，带着各自的宝贝赶到睡虎山来了。苕货木匠穿着粗棉布袄，也挤在那些阔少爷中看热闹。

“时间一到，各家少爷争着亮宝，亮出的宝贝一样胜过一样。亮到九十九样，一个青衣秀才拿出一颗夜明珠，比前头的百宝都强。仙芝的爹一口说定，这就是姑爷。正在这时，仙芝跑下绣楼，赶到比宝的地方说：‘苕货的宝贝早就交给了我，

它比夜明珠胜过百倍。’

“场上的人们都笑着议论：看苕货那人穷相，哪会有么事宝贝？仙芝解开一个绣花手巾，大家一看，里面包着的是一根断指头。仙芝说：‘宝贝哪有人心贵？要不是苕货哥断指相救，今天哪里有我？’仙芝的爹犟啊，可不管那些，还是把姑娘定给了青衣秀才。秀才带来花轿，当场就叫一群丫环把仙芝拉进了花轿，吹吹打打抬走了。

“这天晚上，仙芝的爹一上床就做起梦来。梦里，仙芝哭着告诉他：青衣秀才就是那条大蟒蛇变的。回到山洞后，他硬逼我成亲，我誓死不从。要想救我，只有一个法子：看到睡虎山上鱼上树梢马骑人，正是蟒蛇蜕皮的时候，有人进洞就能杀死蟒蛇。要不然，进洞只有死。

“仙芝的爹从梦里惊醒后，悔青了肠子。第二天，他就派人到处贴上告示，说是哪个能够救出仙芝，就把仙芝嫁哪个。消息传出后，睡虎山上来了成千上百的武士，个个拿刀举剑。他们看了黑漆漆的蟒蛇洞，都偷偷溜走了。只有苕货，拿着一把菜刀，不分日夜阴晴，一直站在睡虎山上，等着看到鱼上树梢马骑人。

“来来去去的人都笑他真是个苕货。鱼么样能上树，马么样能骑人呢？等到七七四十九天，太阳落土的时候，有个种田人，手中拿着一根扁担，扁担头上挂着一条鲤鱼，肩上扛着一架秧马，走到山上来了。苕货心想：这是不是鱼上树梢马骑人？管他呢，要是错过了时辰，仙芝不就完了？他就提起菜刀，急忙钻进蟒蛇洞。进去一千步远，看到蟒蛇卷成一团正在蜕皮，他跑上前去，举刀就砍。蟒蛇的皮子还没蜕完，拉拉扯扯地，身子转动不灵，被苕货连砍十几刀，断成几截，死了。苕货救出仙芝，得了金银财宝，两人结成了恩爱夫妻。”

不好听！为么事仙芝一朵花一样的美人，一定要跟一个苕货咧？翠华要的新故事，自己没听到一半，就睡着了。害得只有宝伟一个人为仙芝跟苕货操瞎心。汉堂爷爷将故事讲完，月亮已经升到了正天上，明光铮亮，北斗星清晰地浮现在北边匡埠村的屋顶上。宝伟说：“我长大了，就去学木匠。”翠华揉着眼睛说：“你个苕货！”汉堂爷爷让翠华和宝伟回屋里睡：“你们的骨头嫩，经不得露水，我一把老骨头，不怕。”

宝伟领着翠华走在月光如水的村巷里，月光将榆树、楝树、椿树、枣树、槐树、枫杨的阴影一团一团投在路上。翠华已经清醒过来，她对宝伟讲：“我刚才在汉堂爷爷的铺上，做了一个奇怪的梦。我梦见我爸爸的手指发芽，向下长出了根，根一直伸到老鼠洞和水蛇洞，向上抽出了枝干，像撑开大伞似的，长成了一棵树。树又粗又壮，一打阳春就会生出花苞，苞像手指头，又像毛笔头子，毛绒绒的，好像将小学里所有的毛笔都收起来挂在那里。不等叶子长出来，就会开花，满树都是，有白的，黄的，还有红的，紫的，像一群人在拍巴掌，看起来像泡桐，但闻着又没有泡桐花那么臭。这棵树也不是长在井凼旁边，而是栽到了一个奇怪的地方。花树前头是一条七拐八拐的巷子，巷子里十几根电线杆子扯着电线，里头有理发店、小卖部、裁缝铺，理发店的招牌是旋转的彩纸，门口摆着一个铁椅子，花树后面是一排红砖楼房，六七层，山一样高，走廊的栏杆上晒着被子和衣服。我已经长成大人了，系着花格围裙，抱一个孩子站在楼房前面，一个男孩，肥白肥白的，已经会讲话，脆脆地叫我翠翠阿姨。一群阳雀站在上里啄挂在树枝上晒太阳的腌鱼跟腊肉，一边呱呱地叫，腌鱼长得扁头扁脑的，不是喜头鱼，也不是鲤鱼。我听阳雀呱得心烦，让小孩挥手去赶树上的阳雀，他拍着肉包子似的两只小手，阳雀轰的一声都飞走了。这时候有一个男人穿着藏青色的西服，白色的运动鞋，一脸汗，扛着一辆崭新的自行车走过来，恶狠狠地对我说出门锁自行车后将钥匙弄丢了，害得他背着车回家。那个男人很眼熟，下巴上有一条刀疤，我有一点怕他，但又想不起来他是谁。我看他握着车杠的右手，只有四个指头。我抱着孩子，忽然觉得自己在做梦，我妈锅里嘟嘟煮着面疙瘩叫我去菜园摘菜呢！我都长这么大了，还抱着小孩在人家城里玩，得赶紧回家去呀。我将手指头放到那孩子的嘴巴里让他咬，我心里想，他咬一下，我觉得疼，梦就会醒。结果他真咬了，真疼！我也醒过来了。”翠华讲完她的梦，将手指头伸过来给宝伟在月光地里看，果然她右手的食指上，印着两个深深的牙印子。

先到翠华家门口，她爸妈都睡了，她家的黑狗没有睡，躺在门廊下。月光由挂满玉米、辣椒、蒜把的屋檐上照下来，形成一条弯弯曲曲的分界线，线外白，线内黑，黑狗就躺在线内的黑地里，全身都恍惚了，只一双眼睛幽幽地一闪一闪，好像小主人不回家，它睡着的话，就是不讲义气，不能被评为郑家河的第一条好狗似的。翠华摸摸黑狗，轻手轻脚推门进厢房里，脱下凉鞋上床睡。宝伟呵欠连天，眼皮子面面地发黏，继续往不远处自己家里走。

“到底会长什么树？开什么花？翠华也长得好看，系着花格围裙，会更好看，长大后，会变成一个城里人？会嫁到门口有那种毛笔花树的人家？山洞一般的小巷子，山一般的楼房？蟒蛇精的山洞外，才生这种树呢！上面挂满了腌鱼！”宝伟打心眼里不喜欢翠华的梦，翠华爸的食指，为什么不是长成那种大家叫“蛇脑壳”的蘑菇呢？也许明年春天，打第一遍雷，下第一场雨，井凼边，蚯蚓、泥鳅、青蛙和水蛇醒了，蚱蜢跳，蝉猴子要上树，黄鼠狼、田鼠和野兔偷偷摸摸地走路，“蛇脑壳”跟着蓖麻芽、楝树芽、椿树芽一起由井凼旁边钻出来，灰头灰脑，其实也像乌龟的脑壳，有一点贼。一看它的模样，我就会认了出来，我记得翠华爸手指的样子。“蛇脑壳”是长得最快的蘑菇了，好像雷打一声，布下来淡淡的硝味，它就会长出一寸。有了爸爸的手指做伴，那个长出四粒牙齿的小家伙，不会再孤单了吧？大人们不是都说，老枫杨旁边的那一棵小柳树，就是翠华的弟弟变的吗？他们还说再过一百年，这棵柳树会长得几个人都抱不住腰，因为吸了童子的血肉，它就会成精。

2017 年 1 月 5 日

雉回头

槐如大伯的刨子有长有短。短的像长在秧底田里的蚱蜢，提着，随手刨掉木板上泛起的毛刺。长的则像大个的螳螂，得将木料卡在马凳上，槐如大伯弓着腰，双手捏紧长刨子的双耳朵往前推，脚也随之交替往前走，他长疣的鼻子被墨盒里的墨弄得黑黑的，右耳根上夹着孝子国庆发的“红梅”烟。就这样风吹稻浪似的一来一往，用大锯拉开的沙木，脱去粗糙扎手的树皮，慢慢变得光滑，细腻，显露出美丽的花纹，一个涡接着一个涡，好像宝伟他们捡到的公鸡尾巴上的翎毛。

宝伟与翠红比赛，看谁找到的刨花最长，最薄，最好看。刨花已经像弹起来的棉花一样，将保明家的门口都糊住了，办丧事的人就在刨花上走来走去。宝伟和翠红将刨花戴在眼睛上，看着人影在面前模糊地晃动。沙树有一股子松油凛冽味，总让人想狠狠地吸几口气，将它的清香与霞影，一起吸到肚子里打转。“我长大了，就跟着槐如大伯学徒弟，做木匠，我爸爸已经跟他讲好了！”宝伟对翠红讲。翠红坐在刨花堆里，认真想了半天:“我更喜欢你去跟保安学篾匠,篾匠能编出好看的篮子,木匠分圆木匠、方木匠、雕木匠，槐如大伯是方木匠，常常要打棺材，我怕。”

天阴沉沉的，又干又冷，好像含着无数口针。往来治丧的人都穿上了棉鞋棉裤棉袄。一下子掉进冬天，大家不习惯，一个个变得笨手笨脚。平时不晓得几跳蹾的川英婶，也像被浓霜打过的白菜，蔫妥妥的，在肖大婆的卧房里，打开肖大婆六十年前陪嫁过来的箱子与柜子，清理她为自己的过世，准备下来的寿衣、寿布。平时肖大婆不让她翻这些箱子与柜子，现在她管不着了，现在整个家，无远弗届，都是她川英的。川英婶将衣料一堆堆摆在黑沉沉的雕花床上，床满了，就往踏板上堆。肖大婆在这张床上，睡了六十年，前面三十年是跟汉荣老爹一起睡，汉荣老爹长大疱死了，她一个人睡，两只三尺长的荞麦黑布枕头，两头都绣着喜鹊登枝，她只用其中的一个，另一个冬天的时候用来煨脚。在用荞麦枕头煨脚之前，是云娥睡在她的脚头上。

川英婶也嫁过来三十年了，跟肖大婆有时候吵架，吵到一村女人都来扯劝，有时候也好得像母女似的，肖大婆帮她做饭，做鞋，腌咸菜，喂猪，带孩子，下地干活，一起并着肩薅草、插秧、割谷，一起面对面打连枷，一双小脚登登响，好麻利。肖大婆又会接生，附近女人生孩子，肚子痛，就叫男人烧一锅开水，然后来请她去。接生下哇哇乱哭的孩子，再带着两包红糖回来。肖大婆想让川英学,、这手艺该传给她。川英怕血，说自己手长得大。她的确是长得大手大脚的，男人相，更何况，现在女人生孩子都去找医生，谁还请接生婆，学了也没用。川英一边清东西，一边想。想到对不起婆婆的地方，有点怕，想到婆婆好的地方，又难过，一阵阵悲从中来，忧惧交加，不可断绝，就坐在床前的踏板上哭，箩筐一样蓬着头，眼泪涂了一脸，悲迓调，一边哭，还要一边“检过”，哭完了肖大婆做人一场得划不来，又哭自己做人得划不来，又哭到云娥。女人们进来解劝，陪着一起掉眼泪，女人一世就是在血河里沉浮受罪，谁都有伤心事，一群女人一起号啕检过，哭声震得瓦垄间的老灰簌簌掉。后来川英将她们一个个都哭累了，女人们只好回到厨房里。

保明坐在房门口的小凳子上，看着他妈一时阴，一时雨，不知道该坐在这里陪着他妈，还是出去找宝伟和翠红。外面已经在落雪子了，洒洒地往屋瓦上跳。由窗口投进来的光很白，迎着白光向外看，都可以看到雪子细细的盐粒一般跃动在明清家屋瓦上的样子。雪子打着窗外的杨树、楝树、榆树、椿树、泡桐，落进刨花堆里。含着雪子寒气的雪风由窗口吹进来，猫爪似的，新鲜，干冽，阴冷。这个房间里，朝北摆着奶奶的床、桌子、箱子，朝南的空地，堆着上个月由菜园里搬回来的冬瓜与南瓜。今年菜园发旺，冬瓜与南瓜都长得好，最大的冬瓜跟奶奶的箱子差不多，南瓜也都长得像奶奶的枕头似的。冬瓜长着厚厚的粉，南瓜扭头扭脑，奶奶说，杀一个冬瓜、南瓜，像杀头猪，要吃好多日影。保明和云娥都是由奶奶带起来的，云娥比保明大六七岁，所以奶奶说保明是他妈跟国庆结出来的一个秋丝瓜。小时候，印象最深的，就是在奶奶房里的南瓜与冬瓜堆里爬，骑冬瓜是骑唐僧的白龙马，骑南瓜是骑秦琼的黄膘马。冬瓜上面的霜有一点微芒，扎手，南瓜就好很多，黄白的瓜粉，又细又腻，就像由沙树的松球里搕出来的花粉。

现在奶奶死了。她躺在隔壁堂屋左手的地上，头朝着大门，脚朝着神柜，身体下面垫着草席，身上铺着由她床上抱来的旧棉絮，稀疏的白头发有一点乱，脸被一本打开的书盖着，那本书是保明上学期的语文课本，封面画的是春天里，柳枝下，燕子飞回来，绕在两个脸蛋红红的城里孩子头顶上。她的脚边，川英婶已经点起了菜油灯，一只盛着菜油的瓷碗，浸着灯芯，灯芯的另一头引在碗沿上，一点红焰火，摇荡在由门口吹入的寒风里。奶奶的身体虽然还在这里，但她的灵，却由静止的身体里分离出来，要走黄泉路，过奈何桥，到阎王殿里去报到。荣华叔已经派人去请黑莲教的道士来打醮念经，帮奶奶开路架桥。由人变鬼，七七四十九天，奔生赴死，哪能耽误时辰。荣华叔自己坐在堂屋右上角的八仙桌旁边，蘸着墨，抄账本，亲戚与邻居们送来的帐子、床单、花圈、礼金，都由他一笔笔记下来。清早国庆叔红着眼睛去将荣华叔请来主事，叫一批男人骑着自行车各处“把信”，现在，来吊丧的人，正在条条乡路上陆陆续续地往国庆家赶。赶来的人，按规矩，是要在堂屋门前的楝树下放一挂鞭，可是槐如大伯正在那里打棺材，刨花满地，只好将炸鞭的地点改在右侧的猪圈旁边。猪圈里的肥猪大白，正为年关的来到沉思死生大事，又被炮仗惊得上蹿下嚎。要是肖大婆还活着，一定会跑出来，跺着小脚痛骂这些“小短阳寿的”。肖大婆爱惜养的猪，每年卖猪或者杀猪的时候，都会哭一场。

云娥姐姐也死了。春节的时候，她还穿着漂亮的枣红外套，将头发烫得卷卷的，由武汉回来过年，给保明红包，去金神庙给国庆打谷酒，去肖港镇给川英婶买女式自行车，给肖大婆买百雀羚。大年初一，全村拜完年，约村里的姐妹去南头田里挖地菜，包饺子，肖大婆还说她：“初一莫动刀动剪的，小心戳伤了龙的眼睛，二月二龙抬头，六月六龙晒衣，跑来找麻烦。在家好生待着！”云娥姐姐也不跟奶奶还嘴，笑一笑，就拎着提篓出门去了。结果三伏天里出了事。镇上的邮递员赵华堂骑着黑骡子到村里送电报给国庆叔，要他赶紧到武汉去。一个星期后国庆叔由武汉回来，眼睛红红的，脸上皱成一把，手里提着一个石头盒子。川英婶倒在堂屋门口的灰土里打滚，抱着国庆叔的腿，要他将她的乖乖女子心头肉还回来。保明就想，要是能有一种办法，将云娥姐姐由这个石头盒子里叫出来该多么好，《西游记》里的孙悟空一定是可以做到的，可惜他忙着去取经，也不太会经过我们这个叫郑家河的乡塆。云娥姐姐现在就在神柜上面的盒子里，只是那个石头盒子，已经被川英婶换了。川英婶说，石头盒子冰手，她将她的梳妆匣取出来，那是沙树做的，涂上了国漆，上面画了二十八星宿图案。川英婶求肖大婆去移的云娥的骨灰，姆妈，我怕自己会哭，眼泪滴下来，滴到骨灰里，将匣子弄湿。现在大红的梳妆匣，离着肖大婆的一双穿湿黑布袜的小脚，只有三四尺的样子，中间隔着菜油灯的闪闪红莲焰。

女人们在厨房里，清碗的清碗，掐菜的掐菜，滑鱼的滑鱼，裹藕夹的裹藕夹，搓圆子的搓圆子，一边称赞川英婶会哭，腔调正，莫看肖大婆活着的时候，她一张咬铁嘴，现在肖大婆死了，她还是哭得蛮讲良心的。以后自己死了婆婆，会不会哭得比她强？女人们心里打小九九，一时就起了见贤思齐的心思。翠红妈一边掐着黄花，一边说肖太婆真会死，没病没灾，一晚上就过去了，一点都不遭罪，不像她娘屋的姆妈，在床上瘫了大半年，最后弟媳妇的脸臭得比屁股都难看，送上山的时候，哭得像驴子放屁，都是假的；死在冬月也好，天不热，人不臭，能放，做一世人，就该这么死，几了撇，几灵醒。桂枝婶说，这还不容易，药儿子，绳儿子，往东边塘里跳，走过金神庙去撞火车，你想在五更死，阎王也没法将你留到天亮啊。小兰不同意，她坐在灶凳上烧火，往灶膛里添柴。小兰说寻短见不算，老人还是要自己等到死，不然做后辈的，多难为情，说出去，人家都会骂。贵珍婶娘屋是魏家河的，她负责切菜，一边将生姜切成丝山一样堆在盆子里，一边对女人们讲，肖大婆是喝了符水的，魏瞎子树堂前几天到郑家河来，给她画了一道符，就是一封给牛头马面的电报，上面写明了请他们什么时候来箍人，我们魏家河的瞎子，是半个神仙！桂枝婶就回嘴："另外半个是流氓！成天杵着一根水蛇竹竿子，戴着个蛤蟆墨镜，在河堤上走，走得比明眼人还快，胯里的一坨东西，甩来甩去，也不怕野狗子由沙树林里冲出来，给他咬了半截去。"贵珍说："有一年我们插秧，魏瞎子由秧田旁边过，我嫂子她们将他按在田埂上，将他裤子脱了，将裤裆里糊上泥，我嫂子说，他甩的那东西，就是个芒槌，捧了好几捧泥巴，都糊不住！”小兰说：“他白天夹着个芒槌，晚上还不是抱着他的竹竿睡，有么事用！”贵珍说：“你想用啊，过几天明堂挑箢子带人上府河修堤，走了，你牵着魏瞎子的竹竿，将他带到你屋里用用——多一个人疼你，几好！棒棒打在岩板上，就看你这个母狗的岩板钢火怎么样了！”说得一伙女人哧哧笑。这时候，油锅已经煮沸，油花浩浩汤汤地由锅底翻滚上来，满厨房都是菜油的热香气，翠红妈朝堂屋里喊：“二胡，二胡，快来炸鱼！”对，二胡的工作，是做此次送肖大婆上山的“泡饭”的首席厨师。

二胡戴着狗钻洞的帽子，系着布围裙进来炸鱼。他刚刚做完“把信人”，骑着车由殷家大塆“把信”回来，引来一路哭泣的肖大婆的女儿金凤。妈死了姑娘哭，八姐九妹哭杨令婆，天经地义，穆桂英号几声，是冲着六郎的恩情。川英婶的对手来了。肖大婆脸上盖着春燕穿柳的语文课本，金凤掀开看了一眼，又开始号啕，号啕到嗓子哑了，就开始“检过”，川英婶之前的“不孝”固然是被数落在其中，连魏瞎子的符也被她诅咒了：害死我妈伤天理，骗财骗色不正经，瞎着个眼打光棍，一生都骑母驴子——二胡说，苋怕淋，韭怕晒，热包子，被窝盖，活着难舍一碗菜，死了又来做精怪！说的就是你金凤，更何况明天才是出殡的正日子，现在都哭完了，骂完了，嗓子也倒了，明天怎么办，女人就是没有长性。翠红妈给他打下手，将调好淀粉跟酱油的草鱼块端上来，由二胡扔到油锅里，一块一块炸得金黄，二胡的手，就故意往翠红妈的屁股上蹭，弄得一边干活的女人们阵阵哄笑。这二胡真不是个东西，都是魏瞎子教坏的，村里接媳妇，他分派的角色是打锣，人家小俩口拜天地收拜钱，进洞房喝团圆酒，他站在一边哐哐地打锣助兴，锣槌落在锣面的不多，落在新媳妇屁股上的不少，有的屁股肥，有的屁股瘦，有的屁股圆，有的屁股尖，瘦尖的震手，肥圆的弹手，这些女人，哪个没被他敲过哟。

在细密的雪子里，槐如大伯将刨好的七八块沙树板子凿上眼，斗上榫，一一拼起来了，棺材头像荷叶一样团着脸，棺材盖像屋脊一样耸起背，一个崭崭新的棺材，架到他的马凳上，等候着刷漆。保明由奶奶的房间走出来，跟宝伟和翠红一起，躲在远处，将刨花盖在眼睛上，看着新棺材。棺材也好，粮仓也好，睡柜也好，都是用沙树打的。粮仓与睡柜，孩子们躲猫猫时爬进去过，但棺材谁敢爬！沙树棵锯出来的板子分白沙与赤沙，颜色不一样，有的淡黄，有的深黄，有的浅红，有的深红，每一块板子上的涡纹也不一样，就像每一只公鸡，它的尾翎，黄的黄，红的红，实际上长得也是不一样的。所以每一具沙木棺材拼出来的时候，它也有了一种天生的纹路，好像十个指头上的“斗”和“簸箕”。在这些流泄的深深浅浅的纹路中间，一个一个黑色的结眼，好像银河中浮沉的星斗，互相辉映着跳出来。三个孩子由薄薄的刨花中看，都觉得肖大婆的新棺材，周身好像披着一层呼啦啦的火苗。翠红说像她做的鸡毛毽——去村东的水井边，捡杀鸡后扯下的鸡翎，将最好看的七八根翎毛拼在一起。翠红做的鸡毛毽当然也是最好看的。保明不作声，他忽然想起有一年，姐姐云娥带着他去蔡家河祖坟地边扯野豌豆。四五月份，在扬穗灌浆的麦田里，野豌豆的紫花掉了，小月亮一样的豆荚也鼓起来，可以摘下来装瓦罐子里，放到灶膛煨来吃。姐姐那时已经读到了初三，穿着自己织的红毛衣，扎又黑又粗的辫子，长得高挑好看，风将她头发上的香气吹入小麦林。保明矮，头刚刚高过齐刷刷的麦穗。那天一只野鸡由麦垅里钻出来，站在云娥的身后、保明的身前，盯着云娥咯咯地叫，发出的声音跟家养的公鸡没什么不同。保明喊云娥回头看，野鸡的眼睛，胡椒粒似的，盯了云娥一眼，又回头看了保明一眼，就半走半飞地冲进了麦林后面的坟地里。云娥呆了半天，说野鸡长得真好看，像凤凰。保明说：你看过凤凰？云娥说：画子上有，结婚的绸子被面上也有。麦林里野兔、黄鼠狼都很常见，也常常遇见鹌鹑与小竹鸡——细声细气地叫着，像磁勺子在瓦罐里刮来刮去，比家鸡小，也不好看，他们听大人说畈里有野鸡，自己遇到，还是第一次。这野畈里，花是野蔷薇好看，鸟是野鸡好看，鱼是斗鱼好看，虫是蝴蝶好看。那时候，保明就想，要是能将野鸡尾巴上好看的雉羽拔下来，做成鸡毛毽，送给云娥，她一定会很高兴。她一口气可将毽子踢一二百下，全班第一，保明最喜欢跑去看姐姐踢毽子。

堂屋里主事的荣华叔与孝子国庆出来查看打棺材的进度，发烟给槐如大伯抽。国庆叔腰间捆草绳缨子，头上扎的白麻布一直垂到脚后跟——川英婶清理好寿布后，就领着女人们，卸下门板，在肖大婆的房里，搁起了布铺，已经在给每个人按不同的长短裁孝布，国庆叔的排名，当然是在第一。槐如大伯夸沙树好，又直，又粗，又干。国庆叔说，这十几根沙树是我盖新屋时留的，已经在楼板上放了十几年，就是为我妈打棺材预备的。荣华叔说，古话说前人栽树，后人乘凉，我看，是前人栽树后人有棺材睡。千年的松，万年的柏，那是睡皇帝的。乌木底，沉香木的墙，桉罗树的盖子盖先亡，那是睡贵人的。沙树呢？沙树像把伞，五年就锯板，熬油，做火把，开会时当灯用；做脸盆做脚盆，不漏；打古壁，好看；做船、立柱，也不容易腐；打棺材，不重，不为难人家“举重”的人；老人睡进棺材，棺材下面铺石灰，好多年都不会进虫，不会烂。前几年我们将南头的坟往蔡家河移，只要是沙树打的棺材，里面的骨头都好捡一些，沙树是种田人的宝啊！槐如大伯连连点头：“沙树不费斧头，也不费锯子和刨子，我就喜欢这股子味道，我自己的棺材，我早打好了。你们用白沙，我专捡赤沙！每年六月六龙晒衣，我都刷一遍漆，你嫂子吵得我不耐烦，我就爬到棺材里睡，闻着沙树的味道，比吸‘红梅’还有劲。”三个男人在这里烟雾缭绕地讲，他们身后用刨花蒙着眼睛的三个孩子，恨不得将耳朵都捂起来，他们多怕去蔡家河啊，由祖坟地里跳出来的青蛙，都沾一身的鬼味，保明捡到过一根腿骨，他将它藏在一个翠鸟洞里，那是他们跟肖家坝的孩子们打群架时的“屠龙刀”……这个槐如大伯，又是什么鬼，胆子麻大，敢在棺材里睡，不过话说回来，打过那么多棺材的人，他怕么事。

炸完鱼块，接着是炸豆腐底子。做“泡饭”没有红烧肉，豆腐底子就是待客硬菜，翠红妈做得最好。她舀水清洗脸盆和砧板，将打好的白豆腐捏碎，掺上盐、胡椒粉、生姜丝，在豆油皮上铺到一寸厚，压实，再盖上另外一层豆油皮，然后走刀切成块，长方形，给二胡扔进油锅里炸。之前她让二胡将炸过鱼跟肉圆子的油锅里的油换下来，洗锅，重新倒进菜油炸底子。翠红妈说：“这底子要斋公吃的，沾不得荤，二胡你莫昧良心！”二胡挣挣地回：“你怕我害肖大婆，你给我十个胆子试试！”第一批素底子在清亮的菜油里哧哧鼓气，变得又热又胖往上浮，一批激流里的小棺材似的，黄亮。二胡吸着气，觉得炸熟了，捞起来端在滤网勺里分给女人们尝：“你们慢些吃，慢些吃，莫忙忙地往下吞烫到了心！”离过年还有一个月，平时只有腊月间，才会做豆腐底子，女人们小心翼翼地将炸得鼓鼓的底子咬破，让热气噗噗地冒出来，嚼出满嘴的豆油香，真好吃。桂枝婶说：“肖大婆是吃不到今年的底子了，她吃斋几十年，豆腐就是她的命，匡埠的永华推车卖豆腐，每回第一个端碗出来买的就是她。”翠红妈说：“豆腐底子串起来吊在屋檐下晒出腊味才好吃。”小兰说：“你们谁去跟金凤讲讲，我烧火走不脱身，一会儿给她娘屋的妈上供饭，夹几块豆腐底子放碗里，别上鱼跟肉，人活着吃斋，死了，也闻不得猪油味的！”翠红妈却嘴巴一撇，说：“小兰你莫提金凤，你看她哭得好听，平时几咎回娘家好好待过？别的不说，她给云娥管闲事，想把云娥说到她们殷家大塆，亲事都做了几年，男方今年推明年，明年推后年，要是早点将云娥由武汉叫回来嫁了，哪里会出事？本来说好了今年腊月结婚的，现在云娥没了，肖大婆也走了，你们看看，云娥的女婿这一回来不来！”说到云娥的女婿，顿时就像二胡将一堆豆腐底子倒进热油里，锅一下子沸腾起来一样，女人们七嘴八舌地讲，就像屋外楝树上啄楝果的阳雀。有人说，云娥的骨灰盒子就该埋到殷家大塆的祖坟里去的，亲事

等我们一个个晒得炭圆似的，由外婆家过完暑假回来，楝树枫杨树荫中的家已经是丝瓜绕瓠子长，豆棚瓜架一行行，洋芋蹿到一米多高，翅叶绥绥。

——《菊芋记》

都做这么多年了，死了，当然是殷家大塆的鬼。又有人讲，你们都讲迷信，凭么事死在外面的姑娘，就不能埋进娘屋的祖坟，云娥就应该埋到蔡家河去。小兰没插嘴，听着听着，就在灶前的火光里抹眼泪，她嫁过来晚，跟云娥好，云娥出去做工，她其实也蛮想一起去的，明堂不愿意。前几天明堂还对她讲："你看你要是跟着云娥去，还不是一块儿死了！"云娥在宾馆做服务员，晚上回宿舍洗澡，没有开窗子，结果煤气中毒死了，一朵红花，还没开足。堂屋里金凤"检过"，也哭到了云娥："乖侄女你死得好惨，拖累我那嫡亲娘也不想活……"云娥的骨灰盒送回来，肖大婆三天没吃一口饭，想到云娥又是被煤气熏，又是被火葬场的火烧，她一个黄花闺女，又不比过火焰山的孙悟空，这是打的么事劫？肖大婆坐在床前的踏板上，抱着荞麦枕头号。七月上，立了秋，鬼门开，深更半夜，村里人都听到肖大婆哭，恨不得去明堂园子后的枣树上贴"天皇皇地皇皇，我家有个吵夜郎"的说帖。

二胡在灶上看到小兰抹泪，翠红妈也不干活，急得用漏勺直敲锅盖："你们这些婆娘，要号明天号，现在快做事，马上黑莲教的道士就来了，晚上要开席待客的！"一边支使桂枝婶，将后头锅里已经烧开的井水，一瓢一瓢舀到旁边的木桶，木桶里已积下一满桶热水。二胡让小兰继续烧火，翠红妈继续帮忙，让桂枝提滚烫的开水，贵珍提掺水的凉水，送到肖大婆的房里，叫金凤和川英莫搞哭丧比武，先给肖大婆擦洗身子，换上寿衣再讲。抬好水，桂枝与贵珍这两个大力气的婆娘又去抬肖大婆起来，桂枝抱腿，嘴里念："大婆你帮我接了三个孩子，第一个疼得我打滚，第二个第三个容易，像过猪崽一样滑溜，姆妈我晓得你老人家的好，这回去阴间，不会下刀山，也不会入火海，阎王请你坐上席。”贵珍抱腰，说的是：“去年您老畈里那个香瓜，的的确确是我摘吃的，怪都怪云堂让我害了伢，嘴巴馋，你老人家端着砧板砍着菜刀骂，每一句都骂在我心里，大婆你大人不记小人过，明年七月半我自己种香瓜供给您吃。您老要还是见怪，我就叫槐如去按您的模样雕个菩萨，我天天供。”这是肖大婆在世界上洗的最后一次澡，就像她生下来的时候一样，只好麻烦别人来洗。金凤擦身体，川英洗脚，贵珍梳头发，桂枝还往肖大婆的脸上搽百雀羚。宝伟、保明站在卧房的窗外往里面看，头还没凑上去，就被翠红扯下来，她不许两个男伢看女的洗澡。她自己半眯着眼睛，黑暗的屋子里，在南瓜与冬瓜上面，肖大婆的身体白晃晃的，木桶里的水蒸腾出热气，阿弥陀佛，翠红哪里敢看。

这时候北风转厉，雪子已经慢慢地转变为雪片，好像由盐粒变成了棉絮，往郑家河乡塆飘落。风雪中槐如一遍一遍地刷油漆，由上到下，由头到尾，将木纹瑰丽的白棺材刷成了黑棺材。天下乌鸦一般黑，这天下的棺材也是一般的黑。冬月短暂的下午一晃而过，好像这白日，也是被老木匠、木博士槐如一刷子一刷子地刷成了黑夜。“槐如槐如你到底打过多少棺材？”槐如抽着“红梅”，袅袅青烟里，他看到死去的汉荣大伯，穿着他的狗皮袄子、戴着他由朝鲜战场带回来的狗钻洞皮帽子，笼着九个指头的手站在猪圈边上，似笑非笑，好像打麻将听了头停了牌，就是三十年前的旧模样。他还没有重新投胎？是来接肖大婆的？汉荣大伯跟槐如聊天。槐如不怕。汉荣大伯死的时候，槐如学木匠，刚由魏家河的金华师傅那里出师，汉荣大伯睡了他打下的第一口棺材。槐如跟汉荣大伯讲：“我打过了多少结婚的红箱子，就打过了多少棺材，因为每一个人结婚的时候，都会有一个箱子；我打过了多少八仙桌，乘上二，就是多少棺材，因为每一对夫妇结婚，都会打一个新的八仙桌；我打过多少雕花床，乘上二，就是多少棺材。”汉荣大伯点点头，也捡了一卷刨花，戴在眼睛上，跟他身边的三个孩子学样，转过身，迎着风雪往西边的祠堂走，过了祠堂，折转向北，是蔡家河的坟地，明天肖大婆升棺，出行，送上“高山”，也是走这条将由黑莲教的道士们用符咒开出的“明路”，走在棺材前面的道士，会将打上钱印的马粪纸撒在路上，像一串串纸脚印。

二胡在厨房里，在翠红妈与小兰的辅佐下开始炒菜，热油滋滋地煎煮着鱼肉，将平时不太用上的花椒、胡椒、味精、酱油的味道也发散出来，飘到窗外，跟外面鞭炮的硝味混合在一起，弥漫在村子里，让全村的狗都警醒起来——“黄”欸，“黑”欸，有人家在办大事，这一回，又有肉骨头吃。它们一条一条，像早上池塘里冲浪的白刁子鱼，甩着尾巴溜进国庆家的堂屋。堂屋里，荣华已经在指挥明堂他们踢狗子摆桌子布筷子定位子。

跟随着狗子们的脚步，最后的一批客人也来到了。一是云娥的女婿，殷家大塆的国雄，一张国字脸被北风臊得通红，带来一个花圈和一顶帐子。他上门让金凤松了一口气，这人到底还是有一点良心。一是两个黑莲教的道士，老的已五十多了，叫金元，小的嘴上还没长毛呢，说是老道士的外甥，叫小元，看样子肥水不流外人田，老道士也带出徒弟来了。小道士脸上怯怯的，第一次出门作法，怕不怕死人啊？晚上安灵，会寒毛直炸吧？两个道士带着一身雪气进门，由村里男人们组成的锣鼓家伙就敲了起来，在锣鼓与唢呐的声响里，老道士带着小道士在神柜前捡开的空场子上，走禹步，烧黄裱，念经文。“人死有座奈何桥，七寸宽来万丈高，只见亡人从桥上过，大风吹来不动摇。人死如灯灭，好似滚汤来泼雪，若想回阳转，水中捞明月。”行家一开口，便知有没有。老道士金元的嗓子又浊又破，像古壁到处漏风，唱出来，让人想哭。小道士小元跟着唱，他人长得俊，细皮嫩肉，笋瓜似的，嗓子清亮得像柏籽油，浊浊得好，清清得好，就像汉江流到长江，泾河流到渭河，不错不错。这两人一开口，川英和金凤就没得什么好哭的了，倒是烧火的小兰，捏着个火钳夹柴把子，有上稍没下稍，只顾盯着人家小元看，恨不得喝口水将又乖又俊的小道士吞到肚子里打几转，好在二胡忙着调和鼎鼐，操弄姜葱椒蒜炕鲢子鱼，无暇管束他的烧火丫环杨排风，明堂队长搬桌子搭板凳，也没看到他被灶火映红脸上两个酒凼子的俊俏老婆学织女七姐在思凡。

最后一个客人，是魏家河的树堂瞎子，他一只手敲竹竿，一只手举手电筒，飞毛腿般走到槐如的工场里。槐如问他：“你个苕头苕脑的瞎子，晚上带手电筒搞么事？你走路横冲直扭，像条黑鱼，你装瞎装了一辈子吧！”魏瞎子说：“槐如你莫邪，我要是不带手电筒，别人将我撞倒了怎么办？这寒冬腊月下雪天，倒在大路边爬不起来，明天我侄儿就要来找你打棺材！给我一个可怜的瞎子打棺材，槐如你莫想赚钱，莫学你那黑心的金华师傅。”槐如说：“你莫摸肖大婆的棺材，油漆还冇干。”魏瞎子说：“肖大婆的人我都摸过，她的棺材我摸不得？”树堂瞎子一边伸手去摸棺材，由头到尾，“凤凰点头，你打得一手好棺材，肖大婆睡得！快将我嘱咐你做的暗门指给我看！”其实他哪里就能看了，槐如接过手电筒，拉起他沾了墨漆的手，移到棺材的尾部，两个人蹲下来。魏瞎子的手电筒发出雪白的光柱，鹅毛大雪就在光柱里紧紧地下。

光柱落到棺材板上，槐如将手一掀，果然棺材底下，就滑出了一尺长、半尺宽的木门。魏瞎子将手伸到木门里，敲了两下，脸上露出满意的神色，回头表扬槐如：“金神庙周围的木匠，你打的沙树棺材最好，金华教了个俏皮傲徒弟，他寡妇抱着夜壶哭——不如你！”槐如说：“徒弟不跟师傅比高低的。我打了一辈子的棺材，在棺材上做暗门，这是头一回，好像给棺材开了一个窗户！”瞎子说：“槐如你有本事！人家的棺材打得像个‘头’字，你的棺材‘凤头’之外，还打成了‘回’字。这下肖大婆该安心了，云娥陪她走，给她暖脚！还有槐如你莫忘记跟国庆讲，明天落棺撒土的时候，要他将暗门打开，让云娥的骨灰盒子能透气，前日肖大婆讲了，这孩子命苦，奶奶将她带到蔡家河，要记得给她开着窗户。”槐如说我晓得。树堂瞎子杵着竹竿往大门里去找位喝酒，哼的是：“观音大士坐桥头，眼看河水向东流，水流长江归大海，人死一去不回头。人生在世一股柴，倒在尘埃不起来。”

这时候，男人们已经带着堂屋里的热气往外涌，他们准备将槐如漆好的棺材抬到堂屋的神柜前面。两条榆木长凳已经分开等在那里，洗濯一净的肖大婆在草席上等，锣鼓声在锣面与鼓面上等，唢呐声在红铜里等，安灵的歌在小道士的嗓子里等，号丧的哭在女人们的身体里等，期盼猪牛羊骨头的狗子在八仙桌下等，鞭炮声在楝树下等。当肖大婆心安理得地躺到她的如“头”似“回”的新家，当云娥的骨灰盒“悄悄”由神柜左侧移到奶奶的新换了绣花鞋与绣花袜的小脚下的暗柜里，这些声音就会迸发出来，与二胡在厨房里弄出的食物气味混合在一起，涌动在七八盏大灯泡下，让这个魏瞎子前日由肖大婆的手掌上推算出来的田园雪夜变得空前热闹。

2016 年 7 月 22 日

2016 年 12 月 24 日

楝院

清明节之后，金黄的油菜花海退去，油菜棵上结满细长如眉睫的果荚。接替油菜花时序的，是一小块一小块的草籽，东风里花香微甜，颜色也淡紫俏丽。这时候，泡桐开花是紫色的，藤萝作瀑是紫色的，野豌豆躲在绿麦里开花，也是点点莹紫。桃花红，梨花白，菜花黄之后，村落田野，春天的旋律，换成了大堰河一般的紫色。对，我喜欢的苦楝树，也是在孟春暖阳里开出树树紫花。

楝树的花序像手掌一样，花朵一粒粒细密地排列在指枝上。楝花开放的时候，楝叶初生如婴儿指爪，被一手掌一手掌的花枝遮住，抬头上看，也会觉得云蒸霞蔚，簇簇花团。后来我看周星驰的《大话西游》，看到紫霞的名字，脑补的就是一棵正在开花的苦楝树。楝花的香气也浓烈冲鼻，泡桐是臭，石楠是腥，楝花则是苦，它们其貌也不扬，其味也怪特，等到四五月，金银花与栀子花开，天香缥缈，超过三位奇侠，真是分分钟的事。

楝果也是苦的。楝花谢掉后，手掌一般的花枝上，就会结满一串串果实，细枣似的，青莹转转。新枣木木的，有一点涩，聊可解馋——那时候，连灌浆的新麦，我们都要捋几粒下来尝尝，一点白汁针尖大，清甜如蜜，野蔷薇的嫩枝可以吃，塘边芦苇发出的新箭，也可以吃！至于肖家河的桃子、殷家大塆的梨子，被人家的孩子与狗子守着，那个只能在梦中吃……但是楝树籽却苦得要命，每一个孩子都不甘心地品尝过，都会将舌头弄得又麻又涩，呸呸往泥地上吐唾沫。后来我看到张爱玲恨红楼未完海棠无香鲥鱼多刺，要是由飞廉来总结人生受到的伤害，第一条就会是楝果太苦。楝果这么苦，但阳雀却不当一回事，寒冬腊月，虫豸蛰伏，阳雀改荤就素，会逐日在楝树上啄楝果吃。它们不觉得楝果苦，就像武汉人不觉得苦瓜与红菜薹苦一样。所以恐怕也怪不得楝树籽不争气，是我们自己的肠胃生得娇贵，有缘无份奈若何。

楝果不好吃，但是好玩！男孩子们互相打闹，手里捏着一串楝果，一捋一把，劈头盖脸往对方身上扔，受者会有一点点热辣，却不会疼，就像在教室里互相扔粉笔头似的，可是粉笔头是要花钱的啊，郑金芳老师看到，教鞭就招呼过来了，楝果当其时，却是取之无禁，用之不竭，是造物者之无尽藏也，而吾与子之所共出没枪林弹雨。女孩子们文质彬彬，不爱用楝果打架，她们用它来玩“点窝”，画上十个来方格，每一个格子里放五枚楝果，一边放，一边唱："点，点，点大脚，杨家的葫芦瓜子落，不落南，不落北，北上畈的好荞麦，荞麦开花一片白，茄子开花紫红色。"真好听啊，金子般的歌。荞麦开花一片白我没看到过，茄子树此刻的确正在菜园里绽放出紫红的小花，很快就要垂下来细长的茄蛇。

楝树的树汁可能也是苦的——我自己并没有尝过，楝树上不生虫，洋辣子不爱在枝叶上爬，连蝉猴子由地下钻出来，也不太想去楝树上脱盔甲，它们变成"秋铃"（孝感方言里用这两个字音称呼蝉），最爱去的树是枫杨与柳树，我觉得杨柳科的树汁，对它们来讲，就像可口可乐、加多宝之类于现在的孩子们吧。但也有昆虫例外。我发现金龟子偏爱的树，一是榆树，一是楝树。它们在榆树的树干上弄出伤口，聚在一起开会，像奶茶店外围住的穿校服的学生，有时候，它们也会将会场挪到楝树上来。果然是"谁谓荼苦，其甘如荠"，你觉得咖啡难以下咽，他却觉得这非洲的甘露好提神。金龟子轰然一声由楝树上飞走后，它们咬开的树干会分泌出树胶。与桃胶、松脂比较起来，楝树的胶不粘连，柔和，可以捏成各种各样的形态，也是好玩的。

我家房子的前面有一棵苦楝树，我弟弟出生那年，翻修新房之后种起来的，与它一路，还有两棵椿树，两棵枫杨，一棵榆树。楝树一开花，清明就到了，布谷叫，浸谷种，天气一天比一天暖和，衣服一天比一天穿得少。楝果长满，暑假就到了，在剪剪的树影里喝甜米酒消夏，阳雀吃楝果的时候，则是寒假与过年。因为不生虫子，苦楝是我们兄妹们爬得最多的树，它的主干长到一米，就良心满满地分了叉，所以可以爬到两根树杈之间，坐在上面打望——这是我们的“王座”，其时只有我与我姐姐爬得上去。妹妹五六岁，在树下扯着去年的楝果长成的密密的楝苗，放在石板上“炒菜”。弟弟三四岁，他喜欢的游戏，是找酒盅来玩沙子，将沙子模盖成一个一个的“馒头”，然后手一拂，假装将它们都“吃掉”，簌簌楝花，就落在他俩头上。等我与弟弟考上大学离开，姐姐妹妹出嫁之后，这棵楝树长到合抱粗细，“王座”升高不说，它伸展出来的枝干，占去了大半的房前空地。

我后来看司马光的《谏院题名记》，一眼将“谏”看成了“楝”。他说的谏院，是为天禧庆历年间的谏官们修筑的官衙。按道理，这些年轻的谏官们提意见，也应该多掷苦涩的楝果，而不是天天给皇帝发糖。用“楝院”来形容那个我们曾经生活过，而今已像蝉蜕一样空洞的院落，也是好听的。我站讲台，姐姐在家乡的仪器厂站流水线，妹妹跟着妹夫的装修队做饭，在楝树的花云下学习“贡脑壳”的弟弟，现在也年近四十，做到了一家设计院的院长。“故乡吹暖楝花风”，我们在天南海北，会想念那棵亭亭如盖的苦楝树。

2016年4月2日

发大水记

今年七月，雨落云梦泽、波撼武昌城的时候，我刚好住乡下，两三周的时间，都蜗居在老家三楼的瓦屋里，读陡岗镇中学刘惠君校长送我的地方志。雨一直没有停过，将十余个日夜连起来，一会儿飘风急雨，如瀑如布，一会儿嘈嘈切切，点点滴滴，不断流挂在窗外的屋檐间。风雨声里，其实也有鸡鸣，鸟语，有犬吠，也有蝉声，电视剧里的对白，女人们吵骂孩子，卖豆腐小贩吆喝：“豆腐干子泥千张噢！”只是比平时的声势，都要弱下去很多。隔壁的槐如大伯约我打麻将，没去，喝酒，也没去。吃着馒头，摇着蒲扇，在蚊香的清烟与明黄的台灯光里读书，一个大学老师的暑假，挺好，不是吗？

打破我废名梦的，是一大早上大伯砰砰拍门的声音。我跑下一楼，抽开门闩，大伯一脸惊慌："你还不走！我去金神庙买菜，是坐船过去的，梅家桥上的水已经人把深，他们说车站的南道口、北道口两个地下过道都淹水了！"还余下六张冈与和平二两个铁路过道，要是全淹掉，我想开车上汉十高速回武汉，那将是插翅难逃。由大伯的肩头看过去，雨已经停了，天上漠漠的乌云，含着未曾展现的朝霞，透出奇异的浑黄。我将好心的大伯劝回家，换上运动衣鞋，跑步去。

由梅家河的缓坡跑上小澴河堤，已知大伯所言不虚。在我遁世的一周，小澴河水已经由一条细长的蚯蚓豹变成一头肥龙，不仅是将我散步时盘桓的石拱桥吞入腹中，就是桥边鸟雀啁啾的白杨林，也只余下几尺高的树梢露出水面，供鸟巢被淹的灰喜鹊拖着长尾巴登萍渡水练轻功。原先在河边啃食青草的黄牛与水牛，现在也挤在堤面，所以我向前跑步，常常得向它们借道，而洪水打着旋，就在堤面以下三五尺，滔滔浊流，西南涌向澴河。

堤下的村庄里，像我这样，上来看水的人，也不少。老太太们，比较着水线的高低，说这样能坐在河堤上放腿洗脚的大水，不多见哇！中年的男将与女将，议论杨河三汊哪个地方破垸了，一边大声接在城里打工的儿女的手机，讨论要不要将孩子送城里住两天："急个么事！再看看！"看水之外，也有老头子领着十来岁的少年，来堤边放"龙门阵"捕鱼，这时候，大概就像过鬼节出鬼门关的吊死鬼、淹死鬼之类各路野鬼一样，各处池塘河港里家养野养的鱼都汇聚到洪流里，它们自由奔放，又贪图堤坡的鲜草，一头撞入只进不出的"鱼见愁"，也是乐极生悲哉。

等等，好像我打开大水的方式，不太对。我记得从前，我们这个被澴河与小澴河的河堤环抱起来的小世界，春夏秋冬四季轮回的叙事，高潮部分就在“发大水”。七月双抢，一两周内，收回早谷，栽下晚秧，所谓抢，就是跟伏天丰沛的雨水抢。老天给不给饭，就在值班的龙王，能否将雨水与阳光调配得刚刚好。可龙王并非程序员出身，多愁善感，意气用事，涝一年，旱一年，风调雨顺没几年，所以有正月十五的龙灯，五月初五的龙船，对这个文艺大叔，又是哄，又是吓。每一代人的心里面，都会有发大水的记忆。我父亲九岁时，洪水由魏家河破堤，他跟着我奶奶，去花园镇讨了好几个月的饭。我岳母老记得洪水漫进村子的时候，她妈妈正在炕饼子做干粮准备逃难。我小时候，一到水淹河桥，父亲就会清理阁楼，架好木梯，防备破垸。真正到放腿洗脚的地步，就会赶紧将我们兄妹四人送到河对岸汪梁冈舅舅家去，他们村在洪水淹不到的高地。有一年找不到船，他用脚盆将我与妹妹两个人推过了河。刘校长的地方志里，也有不少洪水的史料。那时候，水涨一寸，我们的不安，就会增加一尺。洪水这个大魔王，它拥有的洪荒之力，不仅关乎粮食与蔬菜，还关乎屋宇与性命。这一番天人交战的紧张之感，当然是村庄叙事学的关键章回。

我在牛群中边跑步边胡思乱想，好几次，都被堤面外草丛里蜿蜒的灰绿的水蛇吓一跳。牛群水蛇之外，挡住我路的，还有千余米一辆的中巴车，车的后厢敞开，坐着七八个一脸倦色的年轻男女，一看就是由城里来的。我忽然明白过来，他们大概就是政府机关里被派出来巡堤的公务员，如果他们发现了水泥堤的破绽，就会召集值勤的武警，这些小伙子，会开着龙虾一般挥舞铁铲的挖土机来会战——已经不是从前的土堤、农民、铁锹、箢子、扁担、号子了，任性的小澴河小龙王、大澴河大龙王，想要耍脾气，虐哭堤垸中的乡下人，容易么？

退一万步讲，就是虽然固若金汤，也溃于蚁穴了呢？我们附近的村落，大概都已经改造成三层楼的民居，有的甚至修到了四五层之高，洪水进村的话，也只能够淹到一楼。洪水造成的内涝，会毁掉一季水稻。这在以前，当然是虎口夺食，哀哀荒年，但眼下，可能也就是两三千元的损失罢了，对在城里打工的农民来讲，大概是半个月的工资，何况，受灾的区域，还会得到政府的补助。所以就是龙王得以打破堤垸，扑进人家的一楼回旋，也不过是让楼房里的老头子老太太，牵着孙子挪到二楼去看电视打麻将等泵站将水抽干吧。当然，那些养殖户，猪羊鸡鸭，鱼鳖虾鳝，可能会有麻烦，但如果他们已经办理了保险公司的业务了呢？乡下的机动车会有灭顶之灾，可是，更麻烦的，不是城里的机动车吗？武汉的内涝早已成为新老司机与修理工们的噩梦。

看样子，起码是在我脚下的这一片小小堤垸，洪水的神话已经被城镇化克服掉了。洪水的叙事学里，激发出来的惊悚、悲伤与死亡得到了缓解，我们已经能够被龙王们回馈一点点娱乐与喜剧，这一点，坐在中巴车的后厢里刷微信的青年们，会比我更了解吧。可能还会有更美妙的解决方案。有一天，农民们终于得以由土地中解脱出来，搬到附近的田园小镇，被禁制的原野，低洼的池沼，成为湿地、树林与荒野，高旷的平原，整理成高效率的农场，这样，我们这个由水泥堤坝所护卫的一小块低洼平原，就会归还给云梦古泽，而云梦泽将会在数千年的精细农耕时代结束之后，重新苏醒过来，恢复到无穷的生物多样性，恢复到朴拙与混沌，所谓阴林巨树，白虎玄豹，众物居之，不可胜图。那时候，我跑步的这一段美妙的长堤，也会消失吧。龙王们自由自在地游弋在河流里，秋冬瘦成一条线，春夏汗漫成汪洋，与高地农场，与城市里的人类，和平共处，相安无事。

……不就是跑个步吗？飞廉兄你又想多了。一身臭汗地由舒家塆跑下堤，躲开那几头凶巴巴的白鹅大侠，我回到家，赶快收拾行李，发动车子，跟槐如大伯告别。和平二的铁路过道给力，转上汉十高速，将隐居生涯抛诸脑后。雨又下起来，雨刷忙碌不停。我不太担心家乡的大水，心里紧张的是，汪家墩，别渍水，我小区的地下车库，也千万不能养鱼……

2016 年 9 月 2 日

胡麻饭

下午六点多钟，落日如金，秋风清凉，我自己穿着运动鞋，一身汗，在田野里跑步。田埂上离离狗尾草，丛丛红蓼，点点飞廉草，错综纵横，好像滋生出一股洪荒的力量，要去将田埂下的庄稼吞没似的。的确，以眼下乡村寥寥无几的老人与孩子，想收拾出从前那般整饬严密、一草不拔的田园，已经不太可能了。大块大块的稻田，稻株变得青黄，稻穗将头垂向排干了水的田地，等待两三周之后，联合收割机轰隆隆地开过来。棉田的面积变小了，毕竟捡棉花是繁重的农活，如果不是要多攒点棉被，谁会劳神费力种棉花呢？所以九月的田园，收拾出来的空地并不多，几小块豆田，六月黄被连根拔起，捆回家用连枷拍黄豆。还有一小块，我看出来了，是芝麻地！大概是哪位老头子来忙了一早上，拔起半亩左右的芝麻，沿着田垄，将芝麻秆搭成十来座“小山”。在这些山丘中间，三四十只喜鹊款款闲步，在杂草中寻觅地老虎、蛴螬之类的虫子吃，一个个肥得母鸡似的——人烟渐少的乡村，树更壮，草更深，鸟多而肥，田园显现出丰饶荒野的一面，我其实是蛮喜欢的。

在所有的农作物里，我也很喜欢芝麻。小时候看见春雨如膏，芝麻苗由田地里密密麻麻地长出来，觉得它们个个都是条直听话的好学生。等到芝麻开花节节高，蜜蜂钻进风铃一般的纯白花房中采蜜，也会悄悄摘下几朵芝麻花，用舌头舐舔它的萼瓣，的确是清甜芬芳，对得起它们名字里的“芝”字。等到繁花层层落，芝麻停止拔节，就像身体猛蹿数年终于停下来的少年郎，青绿的果荚又层累在它的三五尺长的枝干上。九月，青衣绿果被秋风吹成黄褐色，芝麻会被一株株连根拔起来，堆成芝麻山，由太阳曝晒数日，令果荚悄然张开嘴。黄豆任性，由豆荚里请出来，要又拍又打，箕扬半天。芝麻就容易多了，老头子老太太搬一个箩筐过来，一把把将芝麻秆倒立，“倒芝麻”嘛，乌黑发亮的芝麻粒细小的瀑布一般，哗啦啦流进筐里——自始至终，都是又乖又听话的芝麻籽。

所以有人将芝麻又叫作“狗虱”，就不奇怪了，固然是因为芝麻粒长得像由狗子身上捉下来的虱子，我们这些玉树临风的乡下少年，不也是要被爷爷奶奶们叫出狗剩、腊狗之类的小名吗？至于将它叫作胡麻，大概是说，它的出身，跟东西汉的“一带一路”有关系？张骞大人出使西域，由大宛回程，马车的百宝囊中，就有芝麻的种子？也有学者考证，说在浙江吴兴的新石器遗址里，出土有芝麻颗粒，到底是汉家子，还是胡儿郎，尚是一桩公案。但对芝麻的另外一个学名“巨胜”，我倒是有一点自己的想法。就像戴胜鸟的头冠，据说西王母的头饰上，也是有“胜”的，“胜”的样子，其实有一点像四棱的芝麻秆，也像下垂的芝麻花，更像寸余长的四棱、六棱或者八棱的芝麻蒴果。很多很多的“胜”聚在一起，成就了“巨胜”这么一个令陶弘景、李时珍们迷惑的“能指”，其实也是芝麻仙气飘飘的一个来源吧。

芝麻生吃就不错，炒熟了，加入糕点、饴糖，奇香绕舌，会成为婆婆们深藏在坛坛罐罐中的宝藏。但更多的芝麻，终究是要挑去榨油的。男人们在作坊里将芝麻打碎，蒸熟，抟成一尺方圆的饼子，嵌入榨机上，推动油光水滑的木杠，杭育杭育，将麻油清泉一般挤榨出来。这也只能是从前，村里青壮年男丁充分，现在连抬棺材的八个男人都凑不齐，估计榨坊也运作不起来，所以孤单的老头子会用“小磨香油”的办法——用小石磨将芝麻磨碎，倒入井水搅拌，将香油分离出来。对，我们将芝麻油叫作“香油”，它占领着乡村油品的最高等级，炒菜最香，点灯最亮，腊月里点灶灯，让灶王爷升天做年终的小结，供饴糖让他说好话，点香油灯让他不摸黑。榨油之后，余下的油饼，去肥田？不……虽然油饼里面，豆饼与芝麻饼都是上等的肥料，但我们私心里，更希望父母能将芝麻饼留下来。我难以忘记自己尚是三尺童子，站在榨坊里，被大人赏一块热热的芝麻饼，第一口咬到时，心里的喜悦。后来我读阮肇、刘晨入天台山遇仙女的故事，两个人在山涧里饥寒交迫，抬眼看到由溪水中流出来的芜菁叶上的胡麻饭。来自森林中的仙女的恩赏，让他们有了继续寻找桃花源的力量。后来道士们都认为，吃胡麻可以得长生，跟五石散一样，是吃成神仙的法门。就算是吃不出长生不老，也可以防脱发、治白发啊。就是现在，我老婆也常去超市，买炒熟的装入塑料罐的黑芝麻，两周一罐。由巨胜到胡麻饭，芝麻虽微，也包含着满满的宇宙能量。

口腹长生之外，还有芝麻秸秆。乡下人讲“麻秆当轿棍，受不得一抬”，说的是芝麻秆纤细易断，但于孩子们，却是由大自然中长出来的无穷“积木”，只要一把削铅笔的小刀子，就可将芝麻秆做成小桌子、小板凳、小床、手枪，心灵手巧又有耐心的孩子，还可以用一捆芝麻秆造出一座城池。所以每次和母亲一起，将芝麻秆折扎成柴禾把子，心里就觉得特别的可惜，这样的惋惜之情，是扎棉梗、豆梗、麦秸、稻草把子时所没有的。我们玩的一个游戏，叫“闯麻城”，我就想，这个麻城，大概是用芝麻秆子扎出来的城市吧，而“芝麻开门”的故事，多半也是因为，那个神奇山洞的入口，也是由四棱、光滑、轻便的芝麻秆编织出来的。

我滴着汗，这般胡思乱想，与肥壮的喜鹊们一道，站立在芝麻田里。眼见得暮色四合，晚霞金山一般，堆在舒家塆的树梢上。跑步手环提醒我，今天的计划，还没有完成呢。继续向前，跑上濮河堤，说不定，这条由大别山里流出来的清流，也会给我漂来胡麻饭做晚餐。大别山保育数十年，松柏再生，藤蔓交互，在岩壑清溪间，荒野渐渐重现。只有在荒野中，仙女们才会建立起她们长生的宫殿，来收留人世的少年吧。

2016 年 9 月 29 日

骑自行车翻山越河

第一辆自行车的出现，三十年前，对我们家来讲，算是现象级的大事件。我父母不到三十岁，已经生育了四个孩子。乡里伢，只愁生，哪愁长，转眼都蹿得白杨树苗似的。门前砍柳树曲几把椅子坐，锯枫杨拼张床，吃饭是多加几双筷子，穿衣服是妹妹接姐姐，弟弟接我，去小学校读书，搬个炕桌去，几块钱学杂费，但集中到一起，父亲也会有“供给侧”的压力吧！责任田是三亩七分，不增亦不减，分别两季水稻，一季小麦，一季棉花，一季油菜，温饱衣食所系，马虎不得，却并不太能生钱。想额外致富，除了靠母鸡轮番跳埘下蛋，其惟种菜乎？父母开辟出半亩菜园，以灌以溉，茄子长黄瓜短，豆角苦瓜挂成串，傍晚，母亲去菜园将长成的蔬菜摘回家，由我们兄妹条分缕析放到筐子里，第二天大清早，父亲在煮粥般的鸡鸣里起来，披星戴月挑去附近金神庙、朋兴店、涂家河等集市上发卖。

手提肩挑，劳神费力，我父母用开菜园换来的钱，买了一辆永久牌黑色二八式自行车。父亲很快就学会了骑车，堪堪挂两只菜篮子在后座两边迤逦去赶集。母亲却遇到麻烦，在西边的稻场上折腾了两三个月，我们一松手，她蹬着踏板滑行出去，依然是腾云驾雾，好像骑的是一头野猪。稻场那时候就是我们村的自行车“驾校”，夏天里，夕阳下，落日熔金，一团团的蚊子引来蜻蜓、家燕与“盐鼠佬”在空中翻飞，卷妥棉花箔子，收完晒谷，我们在空场上学车。唉！我十二三岁，身量又小，也就是比车座高出一篾片，这上海来的钢铁侠牛魔王，别扭笨重，与它做到“人车合一”，何其难哉。先是端着车龙头小心翼翼地推，接下来将左脚立在左踏板上蜻蜓点水滑，能够稳稳地遛出几丈远后，才可以将右脚由三角形车杠里伸过去，踏住右边的踏板，一耸一耸鸡啄米踩出半个圈，驱动自行车前进，接下来骑横杠，直到勉强将屁股欠欠安到车座上。

终于能骑出稻场了，顺着大路去陶庙的供销社，去匡埠，何砦，蔡家河，殷家塆！我们这种河畈地，田野中间的大路用沙土夯成，两边向路中央爬出绊根草，夏天的暴雨，会在路边上咬出大小坑，但在坑与坑之间，会有一条曲折如蛇的“路中路”，打足气的轮胎啃啮路面，沙沙响，像小牛吮奶、蚕吃叶、蛇蜕皮。更妙的，是在田野间猪小肠一般的小路上骑行，小路油光水滑，没有水凼，可以顺风骑得飞快，路两边是扫齐灌浆的小麦，南风吹在麦巷里，吹在湿汗淋淋的背脊与头发上，青蛙蚱蜢固然是吓得慌不择路，之前狗总是不很耐烦地跑在我们前头，现在看着自行车上的小主人，望尘莫及，自愧不如，至于在麦垅里出没的野兔与黄鼠狼，看到骑行的“天敌”们，心里也是直打鼓。魏家河算命的魏瞎子听我们“啸聚绿林”，拄着竹竿站在路边发抖，身体如风中落叶，嘴巴问候我们各自的祖宗八代……就这么大路不走走小路，骑着骑着，钢铁侠渐变而成小飞侠，牛魔王亦归化为家里温和的老水牛，与我们的身心与四肢混同在一起。这样的技进乎道，由渐悟累积出来的顿悟，于当事人，除了一点千里快哉风，其实多半是疼痛与血泪。摔了多少跤，跌了多少跟头？要是须菩提师父将咒语告诉我们，筋斗云我们也学会了吧？好在青蛙蚱蜢黄狗野兔无法变身成交警，不看驾照也不罚分，就是宝贵的自行车，被摔到鼻青脸肿，也用不着送去4S店，悄悄地将父亲的小木箱提出来，扳手起子小铁锤，取弯就直，补个螺丝什么的，容易。到后来，补胎、修刹车片、接链条这样的技术活，也不必去看父亲的脸色，自己埋下头，一脸油汗自己动手，渐渐也觉得修个车，并不比杀一只鸡、剖一条鱼更难。

可是父母愿意交出自行车给我们骑行，绝非是为我们荡路游赏、冯虚御风，一如聚斯金德《夏先生的故事》里的那个毛头少年。与我儿子现在骑的那辆黑色的公爵公路自行车比较，二八式永久最大的不同，就是有一个结实的后座，牛牯长大了要套上轭头学犁田，你长高了，学会了骑自行车，其实是为了带人载货，去赶集不是？我接受的第一个任务，是带学车失败的母亲去肖港镇看戏。那时候会有楚剧团与黄梅戏团到肖港镇演出，母亲迷上了他们的悲迓腔与苦情戏，秦香莲蔡花女一开口检过，她就泪下如雨。步行到镇上，得两三个小时，要是骑车，半个小时就够了。我不爱看戏，却喜欢骑车啊，由梅家河上小澴河堤，堤边杉树成林，再由汪家竹园下堤，经过小澴河窄窄的磨出深槽的石桥，再爬上对面的河堤，这样过山车般一上一下，就到了肖港镇，我对这一段 U 型长坡的喜欢，彼时绝不下于二环十三郎们对午夜北京二环线的爱。起初还会在母亲的提醒下带一点车闸，到后来就尽顾着羽化登仙，哪管它前路多舛，终于有一回，是将母亲由后座上颠下来，落到坡前灰尘堆里。好在当年母亲还年轻，身体灵巧，小半天挣扎起来，将我这个小短阳寿的骂半天，一瘸一拐走去镇上看戏了。以后她叫姐姐骑车送她，再不征召她这大儿子反贼薛刚我了。

摔疼了亲娘，不算啥，最窘的一次，是摔到一位女同学。初二的下学期，教语文的章老师准备带三个同学去镇上参加作文竞赛，两个女生，一个男生，男生是我。老师计划骑自行车，也是经过那个 U 形好汉坡，老师带一个女生，我带另一个，老师问我行不行，我说没问题，心里万马奔腾般地激动——那个将要坐在我车后座上的女生，“单衫杏子红，双鬓鸦雏色”，借过我《少年文艺》，跷兰花指与我一起办过黑板报，我暗恋她已经快一年了。为了迎接那个周末，我每天练车到天擦黑。万全准备之下，那天我带着女孩子，不紧不慢跟在老师车后，在绕过堤上的水洼时，还是车龙头一晃，连人带车扣倒在堤面，我趴在车架上，女孩子趴在我身上……我赤红着脸由堤林间的小路下到河边去洗手，河水如镜，掬尽西江水，难洗今日羞！

我一边洗手一边想，是不是晚上要拿一个手电筒来这里，将看到我摔跟头的麻雀与阳雀都捉到袋子里烤吃它。

那一回其实也只是面子上不好过，爬起来，正一正龙头，女生乖乖坐好，骑上继续走。我骑车史上最麻烦的一次，发生在初二的暑假。父亲冷眼旁观，觉得我可以上路与他一起去卖菜了，那一年我们在菜园里种了很多土豆，如果不及时卖掉，它们就会毫不客气地长出紫芽——我十三岁了，虽然作文写得不错，但彼时成为作家的可能性，比成为一个菜农的几率，大概只有后者的万分之一吧。我和父亲闻鸡起床，将两袋土豆挂在车后座上，父亲用借来的邻居大伯的飞鸽自行车。两袋土豆加起来一百多斤，并不比人轻，但它们不怕摔啊。土豆两角钱一斤，驮到涂家河集卖完，可赚二十元钱，并不是小数字，所以我带着它们骑行在小濮河堤的杉树林巷里的时候，觉得一颗一颗土豆，比天上的星辰还要金贵。星光照夜路，并不够用，打手电筒骑车，也不可能。父亲熟门熟路，他知道十里八乡的每一道沟，每一道坎，我可是一个骑车卖菜的新人啊！终于有一次，我骑车冲出堤面，一头栽到了漆黑的杉树林里。如果不是一棵好心的杉树果断将我拦住，我会飞跌进星光下的小濮河，趁势将两袋土豆洗得干干净净吧。电光石火间，车卡在树干丛中，我的身体由龙头前面翻滚下来，落在地面，杉树的针叶将脸面与手臂刮得生疼，但最疼的地方，还是来自于我的两腿之间。父亲将车往地上一摊，反身跑下堤，将我由地上拉起来，手由短裤的松紧带往下伸令人心碎的往事，不是吗？还好，只是疼。奇怪的是，后来父亲讲起这件事，他记得的，是我蜷在杉林间，抱着脑袋，以为是我撞到头了，他说：“得亏没将你的头撞坏，不然你哪里考得上什么大学啊，这是祖坟里的先人在保佑你！”记忆果然是在默默地向我们愿意的方向修正。但我敢保证，在那个贩卖土豆的黑沉沉的黎明，钻心的疼痛是来自在下的生命之泉……

第二年我考上了孝感市一中，做菜农的事情变得渺茫。父亲给我买了一件新衬衣，还将自行车送给我，他自己买了一辆新的，不是舍不得新车，他是觉得旧车没人偷。我十四岁，初来乍到，满城桂花香皂的气味里，特别想家。星期六的晚上，下了课，常常一个人骑着自行车，沿着澴河大堤回家。笔直的河堤，堤下是垂柳、水杉与白杨，黄昏渐阑，澴河清碧如带，世界开阔明净。所谓“悄过市‘堤’人不识，一星如月看多时”。二十里路，一个多小时，汗流浃背回到家，吃母亲留好的夜饭，在破旧的木床上小睡几个钟头，天不亮，又起床骑车回去赶周日早上的功课。十四五岁少年的精力，大闹天宫都够用，不是吗？有一次，我骑出孝感城，柳枝上圆月如同金盆。归心如箭，自然也是车行如箭，听任蚊蚋阵阵扑打在脸上。离城已远，脚下失力，咯噔一响，我心说不好，果然是链条断掉了。

如果是现在，我愿意推着自行车，在明月高悬的秋夜，走在杨柳风里，一步一步地走回故乡，是的，我愿意。推着车，与自己谈谈，与堤下的野鬼们谈谈，与星空谈谈，与这个世界谈谈。可是三十年前，恨不得长出翅膀的我……我沮丧地推着车，失魂落魄，汗水流入眼里，稻芒一般刺疼，丧家之犬莫过于此。堤外各个枫杨掩映的村庄，晚炊的烟气已经消散，油灯一盏盏灭掉。我鼓足勇气将车推下堤坡，推进一个陌生的村落，在激动的狗吠里，敲开了一户还留着灯的人家。我印象中，那个取来钉锤、老虎钳与扳手，蹲在堂屋一角帮我接链条的大叔，有一点像后来我妹夫的父亲，长脸膛，短头发，脖子里有一个疣子。我举着他家的柴油灯，照着他敲敲打打，其实我自己会，他坚持要帮我接。接好链条后我道谢，风驰电掣往家赶，还是晚了，母亲已经打着手电筒等在村口。

我到武汉读书工作后，乘公交，坐地铁，自己开车，周末也会骑着儿子的那辆“公爵”去沙湖公园逛逛。有时候想起那一辆永久车，人生中的第一辆车，它现在在哪里？就像我养过的牛、猪、鸡，都已经先我进入了下一个轮回吧。我曾凭借着它们生活在家乡。

翻山越河的少年时代，我特别不能忘记澴河堤下的那盏油灯。海子诗里讲：“陌生人，我也为你祝福，愿你有一个灿烂的前程。”我就是被油灯祝福过的那个陌生人吧？妻子是我高中同学，孝感人，婚后我曾随她回她老家，那天我惊讶地发现，澴河堤下一个枫杨掩映的村庄，赫然就是许多年前的皇皇秋夜，我决心下堤修车的那个村子……

2016 年 4 月 25 日

祖母的歌

蒋捷有首词曰："壮年听雨客舟中。"我自己往常"红烛昏罗帐"的时节，哪里能体味到"断雁叫西风"的悲凉？这几年由平媒离职，求学苏州，渐渐对往来上海武昌之间的动车了如指掌。江汉中的客舟，换成了风驰电掣的火车，"听雨"也变成了由手机上听歌。跟不上"中国好声音"的节奏，又耳熟了从前喜欢的摇滚，最近我的兴趣，又转到评弹与黄梅戏上来了。苏州的风雅、明亮与醇和，固然在新城与旧巷，也在评话与弹词。至于黄梅戏，我是一塌糊涂地迷上了严凤英。一代黄梅戏女宗师，她的身后留下来的大小几十出戏，被我装进手机，成为车窗下的音乐饕餮宴。火车由大别山进入安徽，过江苏到上海，一路淮海腹地，都见证过当年严凤英安庆出道、南京学艺、上海成名，由戏班的乡下丫头一跃而成为国家级女神的传奇，她的艺业刚好成就在这一块青山绿水的田野。

《天仙配》《女驸马》《牛郎织女》这些“高大上”的戏，我也喜欢，但我热爱的，却是她与王少舫两人由市集黄梅戏班的箱底里，淘摸出来的“三打七唱”的民间小戏。也许可以比照侯麦的电影，挑出四件作品来：《打猪草》《蓝桥会》《小辞店》《夫妻观灯》，分别在讲乡村里，春天的故事、夏天的故事、秋天的故事、冬天的故事？

《打猪草》中的陶金花与金小毛都只有十四五岁吧，他们情欲初萌的“大观园”在田野上，他们表情达意的游戏，不是写诗与作画，而是唱歌与对花。在晨露离离的猪草林旁边，陶金花碰断了金小毛家的竹笋，金小毛扯断了陶金花家的篮子，两个小男女的争吵，却引出了一段迎接“对花”考试、去陶金花家偷偷吃炒米的历险。“笋子”“篮子”“吃炒米”，这些当然都有明亮的性暗示，我们这些中年客听到，会发出会心的微笑，当日认真地身在其中的小男女，却是不知道的。陶金花娇俏、能干、刁蛮、温柔，是乡土的公主，与她的牧神潘相遇，这个牧神潘金小毛，忠厚之中，也有一点油滑与机灵呢！其实还是“野有蔓草”“舒而脱脱兮”之类的《诗经》的传统，只是贾宝玉林黛玉们忙着咏梅花咏海棠，已将乡村刘姥姥化了。我们去讲“接地气”的时候，“地”其实早已被春天催发，“丢下一粒籽，发了一颗芽”，在生长真与美的诗。

而用桑木扁担挑着杉木水桶出门的蓝玉莲，已经二十岁了，她的身份是“等郎媳”，她的等待圆房的小丈夫只有十二岁。

她九行十步，香汗淋淋地来到蓝井边挑水，遇到了放学回家的魏魁元，小伙子二十三岁，他订下的妻子才刚刚到九岁。“口中作渴心内发干”，老女不嫁塌地呼天。“蓝井”这个意象，它实则是“渴”的象征，就是在唐传奇的《裴航》里，也是如此，裴航求浆蓝桥驿，捣药百日，也无非是为了“捣尽玄霜见云英”。有意思的是，文人的会仙记，也因此被严凤英们转换成了乡下儿女的定情会，一个是大胆的相公要喝清泉水，一个是羞人答答的大姐想献姻缘，蓝井不变，但是捣药的杵换成了扁担，臼换成了水桶，神仙眷侣长生不老的宏图，换成了少年夫妻到百年。

据说，严凤英的原名叫严鸿六，之所以改名“凤英”，是因为扮演了《菜刀记》中的卖饭女柳凤英。可惜这个讲乡镇妇女婚外情的草根戏，屡被禁绝，现在能听到的严凤英的录音，只有九分钟的《小辞店》，唱的是蔡鸣凤想了结孽缘回到家乡，柳凤英大路不走走小路，前来执手泪眼相送，恩爱如火，礼法如炉，柔肠百转千千回。当年严凤英在台上唱到此段，台下看戏的乡下女人，没有不哭的，看一次，哭一次，而送毛巾卖瓜子的跑堂小二，这时候都会停下脚步，仔细去听。“哥去后奴好比风筝失手，哥去后妹妹好比雁落在孤洲，哥去后奴好比霜打杨柳，哥去后妹妹好比望月犀牛。哥要学韩湘子常把妻度，切莫学那陈世美不认香莲女流；哥要学松柏木四季长久，切莫学荒地的草，有春无秋；哥要学红灯笼照前照后，切莫学蜡烛心点不到头……”这一段赋比兴，取象来自田野，来自日常，又来自传奇，来自文人的诗，是“催泪弹”的核心，后来严凤英谈戏曲中好的台词，要美、好懂、顺嘴，举出的就是这段例子，她说这些句子恰当、巧妙，“容易引起演员的联想，一唱到这些语词，感情就来了”。乡下女人，一样可以温柔、热烈、缠绵、一往深情，为情爱以生以死，在内心的精神生活中，达到极富丽的程度，并不见得，就比柳永《雨霖铃》中的“今宵酒醒何处，杨柳岸、晓风残月”差。我还觉得，九分钟的《小辞店》，不仅属于那些乡镇戏场里擦眼泪的妇女，还属于维也纳的“金色大厅”，因为唱出了人类共通的情感，它一定可以催下蓝眼睛中的眼泪。

说《夫妻观灯》是冬天的故事有一点勉强，毕竟王小六带着打扮一新的王妻出门的时候，已经是“正月十五闹元宵，火炮连天门前绕”的时节，柏子桥下的雪，说不定已经化了呢。去看灯的人，有胖有瘦，有老有少，看到的灯，摹仿的是龙、狮子、螃蟹、虾子、鲤鱼、乌龟，颇有附近村寨的图腾的意味，而灯的寓意，又是二家有喜、三元及第、四季如意、五子登科、六六大顺、七子团圆、八仙过海、九龙盘柱、十全十美之类，其内容，也有自西周的文王访贤到三国的蜀国君臣结义到唐代的唐僧师徒取经，所以灯会要向王小六们展示的，是自然、伦理与历史的符号，好让他们“百样花灯都看过，夫妻双双把家还”，予他们现世的和美与安稳。唯一的变调，来自于街上闲客，对花枝招展的王妻的窥探，也并没有权贵抢娇娘之类的重口味，所以王小六上前动之以情、晓之以理，劝走了潜在的“地铁骚扰男”，也就化干戈为玉帛了。这个小戏拍摄于1956年，成为当年“春晚”与剧团招待贵客的保留节目，我自己在80年代，

感谢会做粑的母亲们，感谢那些星夜、麦林与山路，我讲不出来这些真理，但深深受惠于她们的生活：我写的文章与诗，来自她们，不如她们。

——《村妇教子》

在乡下我父母的房间，也常与他们一起用收音机听，觉得有一点像《在希望的田野上》这样的歌。这两个年代，当然也是田野复苏、能够诞生出自发的美的时代，与后来赵本山们的田野是不同的，赵本山们想要表现的是乡下人身体与头脑进城的尴尬与沮丧。但无论这个小戏如何热闹，在历史的长河里看，它表现出来的，也是田园之冬了。

严凤英生于1930年，1944年14岁的时候登台唱戏，1968年4月去世，年仅38岁。她的生卒年月，与我祖母大概相同。我没有见过祖母，只听说她很美丽，很能干，我常常在循环这四个小戏的时候，想到她老人家。她们的春夏秋冬，她们的悲欢离合，都已掩没在荒草之下。严凤英说："不让我穿列宁装我就穿旗袍。"她说样板戏不真实，她努力将京剧和普通话引入到她的黄梅小调中来，但她最终发现，她所面对的世界，与她要求的"真"与"美"，是不相符合的，仙女来到人间，但人间却变化而势利。仙女的离去，多半并非是因为情郎的无情，而是情郎的世界有太多的算计吧。

但是我们的祖母，穿着旗袍的，在村镇里的，说着生动的江淮官话的祖母，她们倒不一定生活在《卷珠帘》的"梨花泪，静画红妆"里，也不一定是《青花瓷》的"篱外芭蕉惹骤雨门环惹铜绿"的江南小镇，而多半是在"郎对花姐对花，一对对到田埂下"的原野上。只是这样"呀子依子呀"的歌，以后可能会比Lady Gaga她们的英文歌更难懂了。

2016年4月28日

菊芋记

花朝节之后，阳光日长，天气日暖，草木发芽，麦田减霜，池塘里的凌冰也消失不见，蓬蓬褐绿的新春时节，有一天，父母会在一二道的鸡鸣里起床，父亲顶着月明星稀的晨色拖板车去汪梁冈，母亲将草把子在灶膛里点着，烧开水洗锅洗灶。我和姐姐穿衣裳上学，一路上满心欢喜，我们都知道，外婆要来做客了。之所以拖板车，是因为外婆小脚丁丁，上下梅家桥的长坡就像爬天梯，乘板车即告无虞；之所以洗锅灶，是因为外公去世一二十年，外婆做“斋公”，要是让她闻到饭菜中的猪油鸡蛋味，犯了荤，她头就会疼，一如孙悟空听唐僧念了金箍咒。

接下来的一个月，匡埠卖豆腐的小贩会天天到我家门前叫嚷：“豆腐干子泥千张喔。”母亲煎的豆腐，两面金黄，衬上我去割来的翡翠韭菜，多精神。爷爷上金神庙，也会额外地称一点馓子，晚上煮给外婆做宵夜。年前打糍粑，特别预留出来的“阴米”，这时候也由小瓦罐里掏出来，炒炒米，煮阴米粥，都是美味。灶屋北头的一溜瓦缸陶瓮，藏着压萝卜、酸白菜、臭豆腐、晒酱豆、剁辣椒，现在是炒蒸出来请腌制大师外婆刘氏大人指教的时候了。腊月趁天冷，用盐要小心，最好凉开水，盖垛要盖紧，外婆筷子点点，母亲凝神唯唯。外婆最爱的，是那一罐腌洋芋头，经过一个冬天风雪里的发酵，它们变成了块块墨玉，酸甜咸脆，很下饭。

我们跟着随喜这斋戒的一月。除了素食的研究，外婆跟母亲还会干一件大事，就是将去年留下的几包袱棉花由屋梁上取下来，架起纺车，将棉花纺成线，等棉锭鼓鼓的像一根一根大白萝卜堆满提篓，父亲就会支好织布机，由母亲与外婆轮流掷梭子织布。倒春寒的晚上，娘儿俩下了织机，姐姐端来一大木盆热水，给她们泡脚。外婆会招呼写完作业的我和姐姐一起泡，这时候就可以看到她一双小脚的真容了。母亲有四十码的一双大脚，第一。我与姐姐都还在十岁上下，脚如嫩笋，但是外婆的脚比我们的还要小一点，粽子似的，脚趾蜷曲起来，像洋芋头。我就想，如果天天这样泡脚的话，外婆的小脚也会慢慢舒展开来，变得跟我们一样，她就不需要坐板车，而是像母亲那样地动山摇地走路。油灯跳焰，姐姐往盆里掺热水，外婆讲缠小脚的经历，回忆卖货郎外公，讲北风将傻女婿挑的棉花丝丝缕缕吹进刺林的故事。老鼠成群结队，在我们家的楼板上风驰电掣，外婆将老鼠叫作“高客”，我心里想，等这慈悲的斋公婆婆走了，我们再召猫布夹，杀生不迟。

桃花开，梨花开，菜花开，桐花开，楝花开，清明节泡谷生秧，外婆坐上父亲的板车，愉快地结束探视的春假，我们再见到她，要等到暑假来临，汪梁冈的蝉唱如麻，小溪里的鱼虾跳跳。舍不得？一点点啦，第二天爷爷就会去金神庙割猪肉，早晨的饭锅里，也会有韭菜蒸鸡蛋，奇香绕梁三日，冲淡了外婆离去的感伤之情。在我们的庭院周围，外婆栽下的瓠子在绕着老榆树向上长，丝瓜牵着毛刺刺的藤子，覆盖到茅房的黑瓦上，门前邻居后墙下的蛾眉豆已开出了一串紫花花，房右山墙下的一小块空地，几十棵洋芋苗也挺立起来，被初夏的雷雨滋养，一节一节，蒿草似的，芝麻似的，越长越高，散发出浓烈的辛香。十来只小鸡由一只越来越疏忽大意的母鸡领着，最爱去洋芋丛里刨食，找蚯蚓与地老虎吃，小鸡身上的“红记”，是上个月由外婆与母亲用红花蓝靛打上去的，现在它们长出了“马甲”，红记越来越淡，不过没有关系，它们每一只，麻黄红黑，贤愚不肖，我们都已经相当熟悉了。

等我们一个个晒得炭圆似的，由外婆家过完暑假回来，楝树枫杨树荫中的家已经是丝瓜绕瓠子长，豆棚瓜架一行行。新晋的小母鸡跳埘下蛋，喜孜孜由堂屋里冲出来，去洋芋丛里散步。洋芋蹿到一米多高，翅叶缕缕，开出的黄花挨挨挤挤，招惹来翩翩粉蝶与奇怪熊蜂。我们怕这些蜂子，母鸡可不怕，它们慢条斯理地用尖爪刨开浮土，在洋芋棵的根部，已经可以看到洋芋块块累累，鸡心鸭肫一般密布在地下了。母鸡的兴趣在块茎中间蠕蠕的红蚯蚓，可我们喜爱这新生的洋芋头啊，央求母亲，晚上炒一碗洋芋头吧，粉粉的，有一点甜，蘸一点麻，好吃的，已经吃了多少天的苋菜、茄子、豆角、瓠子、丝瓜啊，该换换口味了。千央万求，才有可能换来一碗晚饭桌上的红辣椒炒洋芋片，母亲还要惋惜："造业喔，冬天腌倒几好吃！"其实就是偏心眼，嫌弃我们吃少了她孝敬娘亲的恩物。

唉！现在，外公去世五十年，守节吃斋的外婆也去世有二十年了，她大概是这个国家最后缠小脚的一批女人吧。父母随弟弟迁居南宁后，我们乡下的老屋也荒废了，不会再有鸡崽逐年破壳而出，巡视家园，它们从前避风雨艳阳的洋芋地，也遍生了蒿藜。生炒洋芋片好多年未尝，就是在外面的餐桌上，尝到味碟中一小片腌渍洋芋头，也会开心半天。同席的朋友多有认得此童年的食味，他们有的说这是洋姜，也有的说是鬼子姜，说洋芋在他们的方言里指的是土豆。我回来查书，才知道洋芋头的学名叫菊芋，它九十月开出来的黄花十几瓣团簇在一起，的确是像菊花的，但又比菊花要热烈、野气、强悍，诗人们种菊东篱下，我们大概是随手将洋芋头扔到东墙根，它们就会长出一大片，生猛、泼辣、明亮，也是诗意满满。菊芋也是由美洲播散出来的植物中的一种，这样它跟一起抢"洋芋"之名的土豆，也算是表兄弟了，只是土豆好像是天放的赤足，圆头圆脑，而菊芋却如生姜一样，被大地母亲深入炮制，变成了鬼头鬼脸的"小脚"。我看梵高画的《吃土豆的人》，常常泪目。神圣的食物将亲人们联结在一起，菊芋何尝不是如此，愿下到黄泉的外婆继续品尝这鬼母的美食，呜呼尚飨。

2016 年 12 月 28 日

打猪草

习习春风里，小麦翡翠绿，油菜黄金黄，田埂上青蛙与癞蛤蟆出洞晒背，快去试试嗓子被冬雪冻坏没有？这时候，你想去田野里挖荠菜，春服既成，何其风雅，仿佛重新回到童年。可是我们的童年，挖荠菜只是副业，这时候真正的工作，其实是打猪草。父亲由金神庙集挑回来两只“几还债”的小猪，活蹦乱跳真可爱，挨了劁猪匠一刀后，又好可怜，得吃好喝好，快快长膘。我们放学回家，先做作业？不！母亲的指令是马上去野畈里，挑一筐猪草回来，听话的姐姐当然是二话不说，放下书包，拉着我就往村外跑。

为什么是“挑”？因为塘陂上、田埂下、麦田中，野菜野草不计其数，种类繁多，小猪能吃、愿吃、爱吃的，也就那么几种。这个跟我们人一样，白菜萝卜苋菜茄子韭菜东瓜南瓜，能夹上筷子的蔬菜又有多少？《救荒本草》上的那些“野菜”，苦涩粗粝，其实都得皱着眉头，才咽得下去，天天吃，试试看？如何将“猪草”由野草中“挑”出来，姐姐比我年长两岁，经验自然也长乎吾，我听她的。首选是“猪耳朵”，抓住地，一小簇一小簇，淡绿色，叶片细细茸茸，有一点像马齿苋刚破土的样子。猪耳朵的意思，大约是指得用手揪着它，像小学老师揪我们的耳朵，然后用小刀剔断根。上次我回老家，在一块喜鹊挥着翅膀散步的抛荒地里，看到成片的“猪耳朵”，喜悦之情油然而生，我用手机上的应用程序去分辨，确认它的确就是《诗经》上讲的卷耳。“采采卷耳，不盈顷筐”，女人在田野上一边挑菜，一边心猿意马，想念羁旅他乡的男人，这是《诗经》里最美的情话之一。这片田野所在的“周南”，也就是我们日下居住的江汉平原。女人采采卷耳，大概也是要回去供养家里嗷嗷跳踉的猪娃吧，之所以“不盈顷筐”，很难装满一篮子，除了相思病妨碍了她的劳作，另外的原因，大概是三月初揪起来的卷耳，实在是太过细微，千百株才能铺垫好篮子。这样采摘的耐心，我没有，现在在孝感工业园区流水线上装配电子元件的姐姐，她有的。

卷耳之外，锯锯藤也是可以的，我看到有的本草书上，将它叫作“猪殃殃”，意思是猪吃了会生病，这大概是指四五月份，已经长到一尺来长，能够被我们用来“斗草”的锯锯藤，已生出糙手的毛刺，会伤害到小猪娇嫩的胃。可是，三月刚刚由霜雪里钻出来的锯锯藤，柔软得像婴儿的胎发，像还没有穿上灰褐马甲的小鸡小鸭，我们都愿意塞几根到嘴里嚼出青绿草汁，小猪们又何尝会婉拒？麦田里的野豌豆苗也是受欢迎的，麦子刚刚开始拔节，攀缘其中的野豌豆藤也没有挂出淡紫的小花与小刀似的豆荚，它们的学名是《诗经》里的另外一种大名鼎鼎的植物：薇。“采薇采薇，薇亦柔止”，叔齐采首阳薇回茅庐孝敬兄长伯夷，我们是扯回家献给猪娃。我喜欢扯野豌豆藤，但是姐姐不太同意，我知道，她是有一点心疼这些还没有挂上豆荚的家伙，等到清明节后，它们结出豆荚，鼓出来肚子，野豌豆荚用瓦罐煨出来，多好吃！其他像蒲公英、车前子、马鞭草、商陆……我也认识，我可不敢随便往篮子里放，一旦被姐姐发现，疾言厉色一顿骂，是免不了的，好像几株车前子与蒲公英，都会像老鼠药似的，让小猪吃了躺在地上弹腿。偷偷扯一点白菜萝卜秧子回去？一个球包菜够这两个小崽子啃一下午的，这样苟且的想法我也有过，只是转而一想，就像我们吃米面、猪吃糠麸一样，人与猪的食物大概是由上天做了分工的，如果猪不小心吃到白菜，它会觉得特别不好意思吧！

这是陆生的野菜，池塘与河汊里，有两种水生植物，也可以捞起来喂猪。我们将之称为小青苔、大青苔，就像将东边的河叫小河，西边的河叫大河。小青苔由刺骨的春水里生出来，细碎，微皱，绯红，就是书上讲的红萍，也有的地方叫作满江红，其实叫满塘红也未尝不可，如果没人管，几天就可长满池塘，让我们钓鱼的时候找不到地方下钩，好在全村的猪崽愿意帮忙，大家一起来捞，也就可以将它疯狂的繁殖转换成猪肉的生长了。大青苔就是一般所谓的“萍”，《诗经》里也有：“于以采蘋，南涧之滨。”出自《召南》，召南也在江汉平原。萍初生的时候，几片叶子漂在水面，稍后叶子立起来，像小酒杯似的，挨挨挤挤，又像我们穿着草绿色卡其衣服在操场上排队。我们可不管它有“萍合”“萍聚”“身世沉浮雨打萍”这样的诗意，只是一筐筐捞回家喂猪。大青苔“萍”在与谷糠搅拌前，要洗净剁碎，溅出来的汁液让我的手又麻又痒，后来我在厨房弄芋头、山药好像也是如此，所以捞青苔是我的活，剁青苔是姐姐的活。

父母喜欢听黄梅戏，严凤英、王少舫的《打猪草》自然是由公社的喇叭里常听不厌。“丢下一粒子，发了一颗芽，么杆子么叶开的什么花？结的什么子？磨的什么粉？做的什么粑？此花叫作叫作什么花？”听起来多亲切！世界上有多少不同的种子，在周南召南，在江汉江淮的春阳春雷、春风春雨里生根发芽，又长成不同的形状，开出不同的花与果实，这些平常至极的生长，是宇宙中间真正的奇迹。金小毛陶金花们之所以在玩“对花”的游戏，大概也不是要“多识于鸟兽草木之名”以长见识，而是这些植物的根茎、种子，是要被用来做粉做粑，来供养人的，人之外，猪也要随喜的。我常与姐姐一起出门打猪草，也不去看顾肖家坝汪家竹园上被狗子守着的毛竹笋，所以也没有“金小毛”们来踢破我们的篮子，所以我们家的炒阴米也得到了保全。但是我知道，我幼年的同伴们，他们在十余岁的早春年纪，都是在这片原野上打过猪草的，他们之间会有金小毛与陶金花的故事，将他们引向“桃之夭夭”的婚配，这样的故事，大概就是严凤英会在《牛郎织女》《天仙配》里唱到的。

今年一二月间，江淮间大雪，江汉平原也是，雪后放晴的天气，我们绕过青天白雪下的大别山，去安徽桐城。小城里雪堆如巨石阵，姚鼐的“惜抱轩”旧址在桐城中学老操场边，桐城市博物馆在从前的桐城文庙内，我们看过桐城诸先贤的事迹，转过来看钟鼓乐之间大成殿里诸圣们高大的坐像，慈眉善目中有男性的威严，仿佛还沉浸在经学的思辨里。我们惊奇地发现，从前秀才们“因声求气”摇头晃脑读《古文辞类纂》的左庑，已经被开辟成了严凤英的纪念馆。一代黄梅戏女王，也是桐城人，固然是天下文章出桐城，天下的黄梅戏，又何尝不是？《小辞店》《女驸马》这些来自民间的、草根的、女性的，像卷耳、葎、薇、萍一样生机勃勃的文本，未必就没有姚鼐山长选出来的七百余篇“二千年高文”，一样的神理气味，一样的格律声色。

接下来我们又在安庆女作家吟光的引介下，去桐城以下的罗家岭村，去参访严凤英故居。一路上青松成行，山中有雪，去想象黄梅戏女王三四十年间，由皖中的山村里，到桐城，到安庆，到南京，到上海，将一种山野小调，发挥成庙堂正剧的经历，就觉得这是一个冬天的童话。江淮的传奇。村口的小广场上，是严凤英的立像，明亮的阳光下，她含笑面向村外的田野，立像所据的图片，正好是我们昨天在文庙纪念馆里最喜欢的一张图片，明眸善睐，神光离合，眼梢挑起来的一丝妩媚里，又有乡村少女天生的娇蛮与野性。

她目光投注的乡野上面生长着冬麦与野草，稍后积雪融化，春天来到，就是打猪草的好时节，她好像就能由凝固的时空里破壁而出，与“金小毛”“陶金花”们结伴，就像我与姐姐结伴，去眼前这片田野上打猪草。“小女子本姓陶，天天打猪草。昨天起晚了，今天要赶早。篮子拿手中，带关两扇门。不往别处走，单往猪草林。”猪草林依稀，她已经去世五十年了。她的故居里遗物列列，床灶俨俨，歌声绕梁，可是屋后已经没有猪圈，猪圈里跳踉过的小猪崽子，你们，去了哪里？

2018 年 2 月 27 日

村妇教子

小时候在我们那个小村庄，也流行着蛮多的洗脑神曲，比如说：“伢们的，出来玩，莫在家里打脾寒！”还在吃晚饭的孩子侧耳听到，就会将筷子一射，往月光地里飞跑去参加游戏，免得在被窝里横遭“打脾寒”的噩运；“戳了燕子窠，长成癞痢哥！”哈哈，那些下意识地将手往头上捂的谁谁谁，春上不是搞定了燕子窠，就是与人家麻雀鸦鹊怼上过；“伢的妈，会做粑，一碗‘格致’一碗沙！”猛听到同伴对着自己唱这一出，绝交的节奏啊！小孩脸涨得通红，头上的癞痢格格挣挣如爆北斗七星阵（如果有的话），浑身也会像打脾寒似的，气得左右直打摆子。为么事？这个“格致”可不是国学大师朱熹的格物致知，而是由身上搓下的泥垢甲甲，周伯通哄骗黄河四鬼吃的

“解药”。妈妈和面做粑，又是泥垢又是沙石，这个婆娘也一定是又懒又脏，又笨又馋。亲娘被如此羞辱，是可忍孰不可忍。走！一场约架在所难免，马上就要去稻场的草垛边见分晓。

不过话说回来，扎一草屋把子，在灶屋里生火煮饭，喂猪烧菜，布筷刷碗，伺候一家老小加两头猪的一日三餐，的确是主妇们的天职。做得好，干净灵醒，将灶屋弄得像跳秧歌的场子，“厨房里的舞蹈家”，自然是人人点赞，被表扬说“飞廉弄的个屋里人好”；做得不好，菜咸得像打死卖盐佬，冷汤糊饭，按下葫芦浮起瓢，伢们下学喊饿，双猪在栏里跳踉哀号，男主人暴走，家暴可耻，打老婆犯法，但飞廉的脸也会拉得比紫茄子还长。由煮新鲜饭到炒现饭，由熬粥到煮烫饭，由粳籼到糯米，由酿米酒到打糍粑炸年糕，吃厌的是鱼肉，吃不厌的是白米。但米饭是日常，是生活，面食却是远方，是诗。稻谷早晚两季，麦子却是一年一熟，三月荞麦青青，四月扬花吐箭，五月麦刁黄，六月稻场上见。艳阳天摊晒干的第一批明黄光滑的小麦粒，加工出洋洋洒洒雪白的面粉，女人们舀几瓢，撸起袖子，调水和面，延延展展，上屉蒸发，不久面粑的香气被南风由村南吹向村北，唤出全村小孩与狗子的口涎。揭开锅，白面粑有男将的拳头大，左手换右手交替拿着，烫香软和，又筋劲细密。尝新麦，吃面粑，入夏第一快事，不亦快哉！蒸面粑、糖三角、花卷、包子之外，取擀面杖啪啪响，在簸箕里擀出面饼团团如月，薄薄似纸，可以包馄饨饺子，炕烙薄饼，切出的面条比轧面机轧的还细。或者烧一锅菜籽热油，炸麻花、荷叶、馓子、油条。一家的屋顶下，缸里摸摸有小麦，灶前有扎围裙的巧妇，白日黑夜，寒来暑往，春夏秋冬，老人小孩，近亲远戚，日影就变得好混多了。

会做粑的妈，也是能教孩子的。我觉得孟母岳母们，迁居刺字之外，一定会有一手过硬的白案手艺，能够将簸箕当砚台，擀面杖做毛笔，像做文章一样，蒸出馒头如云，切出白面如丝，煮出饺子如梦，勤劳的母亲，多半会养出能干的儿子。我特别喜欢本地一个叫“村妇教子”的民间故事，说的是寡母子二人，儿子长大出外读书，想念母亲，便于一冬夜回来。母亲说你的书都读通了，字都写好了？儿子点头称是。母亲让儿子取出笔墨纸砚铺好，她取出簸箕面粉擀面杖，噗地吹灭油灯，让儿子摸黑写字，她摸黑做饼。鸡鸣三更，母亲重新点亮灯，儿子写的字鬼画桃符，歪歪倒倒，母亲炕的饼子方方正正，馨香可口。母亲将饼子包进包袱，命儿子披星戴月，在清霜与鸡鸣里，连夜回到学堂。后来金殿上参加考试，乌云狂风吹灭了皇帝屋里的大灯，那孩子像摸黑做饼的母亲一样，摸黑写出了锦绣文章，金榜题名。娶公主，入赘宰相府？这个就不晓得了。

虽然两个儿子念书念到博士、硕士，我母亲却是文盲，她老人家认得的百十个宝贵的字，多半来自麻将牌与漫长的肥皂剧的字幕。我弟弟在南宁，我在武汉，每一次母亲独自往返这两个城市的时候，我们都如临大敌，得将拎着土鸡蛋的老人家迎送到动车车厢的编号座位上，搞定ABCDF，才算是大功告成——在城铁地铁、智能手机、符码化的都市里，一个文盲老太太张皇失措，活脱脱就是前面摸黑做饼的村妇穿越过来了。对，母亲也是治面食的高手，我虽然跟她学会了煮面籽，做刀削面，擀面，炕饼子，切面条，但她包饺子、炸油糍、蒸馒头这些高级的技艺，我都没来得及一窥堂奥。出于一个新手对前辈的崇敬，我问母亲和面的诀窍，她想出来的，无非就是“少放水，使劲揉”六个字。每次母亲光临我家，将我们零食铺满的餐桌收拾一空，戴着老花镜擀面包饺子，一个一个绞上精细花边的饺子由她的双手中诞生出来，增之一分则要破，少之一分又不足，行行列列如沙场秋点兵，我就想她大儿子写文章，小儿子画图纸，技进乎道，大概也是她的包饺子心法。不知道关掉餐桌上的吊灯，她老人家能不能摸黑包饺子？我觉得是可以的。

我在外求学的时候，母亲也不太赞成我回来，她不怕我花时间，而是觉得坐车太费钱。就是回到家，周末，寒暑假，她也会将下地干活排在我日程的第一位：栽秧割谷挑大粪多可靠，学个木匠瓦匠走四方？我记得有一次，她带着我去麦地里套种棉花苗。五月份，太阳猛烈，麦苗具足，已金黄成林。蹲在麦垄里用小铲子挖坑，将保育着棉花苗的营养钵埋下去，让已有三五片嫩叶的棉花棵娉娉婷婷地站成一排。我浑身是汗，麦芒好像揉到了身体里面，一垄一垄的麦林，千万的棉花棵，不知何时是尽头。母亲盯着我，说：“看你还好不好生读书！”读书好，就可以去镇上工作，就可以当干部跳出农门，这在母亲的经验范围之内。我好像记住了母亲的这句话，为了逃避密不透风的麦林中的劳作，学习成绩越来越好，果然有了当干部的“苗头”。可是，好生读书几十年后，我坐在书房里，为什么还是会有藏身在火烧火燎的麦林里的感觉呢？无穷无尽的书，无穷无尽的字，“无穷的远方，无数的人们”，无知令人羞耻，感到如芒在背，能够让人看见隧道一般的麦林尽头亮光的，只有汗水、日常与耐心。

有一次我和一位朋友谈天，由“村妇做饼”说到母亲的“麦林教子”，她也讲起她妈妈的一件事。她是由乡下考学出来的博士，与我所在的江汉平原不一样，她出身在闽南的山林。小时候妈妈带着她砍柴，将柴禾捆好背着，她一小捆，母亲一大捆，由后面只见柴，不见人。母女俩沿着山坡慢慢往上走，又闷又热，汗滴到眼睛里，盐水刺痛眼球。妈妈一句话都没说，到山顶上，清风拂面，才停下来，对她说：“这阵风多舒服，爬这么远的山路，值得的！”果然是禅师道士一般的当头棒喝。“林间嫩风清，一派天音降”“梧桐月向怀中照，杨柳风来面上吹。”我们绕了那么多路，由乡村到城市，往返国内外，血泪的路，渐免于孩，双鬓星星，亦为人父母，真希望有“清风拂山冈，明月照大江”的时刻来临。

感谢会做粑的母亲们，感谢那些星夜、麦林与山路，我讲不出来这些真理，但深深受惠于她们的生活：我写的文章与诗，来自她们，不如她们。

2017 年 2 月 6 日

榆梦

三月的一天，我站在老家三楼阳台上抽“蓝楼”，盯着新屋与未拆掉的西厢房之间的院子看。院子有四十余平方米，荒了五六年，成为小构树、葎草、野豌豆的根据地，蔓草之下，壁虎、蚯蚓、地老虎、癞蛤蟆的军团恐怕也是蛮可观的。我喜欢远处大小澴河连绵的湿地，可是任凭卧榻之畔沦为荒野，这个说不过去。晨兴理荒秽，我这位叶公好龙的“隐士”，还是得抡锹动锄，起码是将身边的田地变成修洁的林园。

此处应该有一棵树。去南大苗圃市场，物色碗口粗的树苗，一千块钱以内，再花五十块叫辆电麻木拖回来，栽到院子的中央。明年它就会开枝散叶，打起遮荫的蓬蓬树伞，我可以在树下布一点石桌子石凳子，平时邻居来这里打纸牌“上大人”，我自己写稿子累了，去树下喝点茶什么的。等沧海圣泽们生下儿子丫头，这棵树大概就会长到合抱粗，枝干蹿到三楼的阳台上来，孩子们回乡，就可由石桌往树干上攀登，学学爬树，抓抓知了猴，也是极好的。

一棵什么树？我第一想到的自然是枫杨，粗枝大叶，树形好看，一栽就活，长得又快，伏夏里枝叶如匝，可以聚蝉，可以养虫，喜鹊也爱在树顶搭窠，严冬里木叶脱了，可以听风，可以立雪，生态、亲民、有用，没毛病。可是老家的事，我的话语权有限，得听听他们“南宁帮”的意见。点开“老郑一家人”微信群，我请示群主大人与诸位兄弟姐妹，这些南飞的“鸟”，他们可都在这个老屋里搭过窠的。

父亲说栽一棵樟树。他的意思我明白，我在武汉读大学的时候，他来武汉做工，跑到我学校，对一院子的老樟树赞不绝口，在他心目中，香樟树就是城市，就是文化，穿着西装，戴着眼镜。母亲只能语音留言，桃树，桃子好吃，她由电视上看养生节目，说桃胶也是好东西，可以吃，可以美容，可以治小红和你的尿结石，小红是我妹妹。我弟弟保力要栽楝树，看来他对盖新房时砍掉的那棵楝树一直没有释怀，如果将他的童年画成一幅水粉画，其实就是一个穿开裆裤的娃，在簌簌的楝花绯影里，沉默地玩沙子瓦砾。我老婆也来插了一嘴，种一棵枇杷树吧，唉，她可能没仔细看归有光的《项脊轩记》。

人多嘴杂，效率低，诚不我欺。我忽然想起来，这个院子就是从前老屋的堂屋与灶屋，前面其实有过一棵榆树。榆树是祖父栽下的，到我与保力记事的时候，大概已有二十年的树龄，长得细叶劲枝，浑然苍莽，又高又壮。春天生出满身榆钱，我们也尝过，涩涩的，有一点甜，比不上甜草根、芽芽碰的嫩茎，也比不上其时麦田里生出来的野豌豆荚。夏天它会被金龟子与天牛发现，金龟子咬开树干，吸着树汁“开会”，弄得它一身是伤，天牛则温和地绕着树皮上的沟沟坎坎散步恋爱，金龟子与天牛于我们的童年，就像各种玩具车之于沧海圣泽他们的童年似的！我想到的榆树的气味，就是由榆钱的苦香与甲虫的铁腥混杂在一起的。榆树一侧，是我家的猪圈与茅房。母亲喜欢在茅房墙脚点几窝丝瓜和瓠子种子，盛夏里，丝瓜藤与瓠子藤多半会爬到榆树上，一直开花到树顶才作罢，丝瓜花小而黄，瓠子花大而白，一路结成的丝瓜瓠子会逃脱我们绑在竹竿上的镰刀，冬天树叶掉光，水落石出，它们露出来的时候，已经变成了可以洗碗的瓜篓，可以锯瓢的老瓠子。

榆树的侧枝除了给我们养甲虫，给母亲吊丝瓜瓠子，有时候也会被祖父砍下来，做锄头、镰刀、铁锹的把手。所谓榆木疙瘩，榆树可能是我们能找到的最倔强的木料，我们家的牛脾气不太好，弄断牛转与牛轭，都是常事，一般也得仰仗这棵榆树输出枝干。我现在都还记得祖父点起火堆，自旦而暮，炙烤树枝，为牛做新轭头的情形，牛顶着烟熏火燎的“刑具”重新下地，难免会多挨他几鞭子。我印象中，其实祖父的脾气也不大好，他写得一手好字，以国民党军的身份回乡，祖母早早去世，好多年都在乡村处境艰涩，曾被关进谷仓里批斗。他除了揍家里的牛，也打我们兄妹，母亲自然是念念难忘，但我却不太记得这些了，印象深的反而是：很多回冬天的晚上，三五明月之夜，月光由高大的榆树间，将月影筛到我们的床前，风飕飕地穿过树枝，猪圈中的年猪吃饱喝足，轻轻地入睡打鼾。祖父吹灭油灯，在床上讲他年轻的时候，在云南广西的大山里当兵，翻山越岭架电话线的故事，我与弟弟挤在西厢房南面我们的床上，听得心潮起伏，激动不已。

祖父会用麦粉晒酱，据说榆荚采集下来，也可以做榆仁酱，香滑可口，“以为旨蓄，宜养老”，这个祖父没琢磨出来。钻榆木可以取火，我倒是记得祖父在榆树下用放大镜烧纸煤子抽水烟袋的情景。“少时过桂岭，壮岁出榆关”，这句诗好像就是写给祖父的。我自己读陈从周先生辑的《园综》，喜欢袁枚的《榆庄记》，友人将居所修筑在榆树丛林，以朴拙坚韧的榆木明志，守园如守身，所谓隐士善居园者。祖父当年种榆亭亭，大概没有明志的想法吧，但他的性情与榆树的确是像的。

在祖父去世的前一年，大风吹歪了榆树，倒在西厢房西南角的屋瓦上，其时我与弟弟都已上学离开了家。父亲将树身锯成板，用它做了两条长凳。下年祖父出殡，棺材就搁在这两条漆成枣红色的长凳上。要是祖父还健在，也加入了我们的微信群，他老人家的意见，会是在院子中央，重新栽上一棵榆树吧。它能养，能吃，有文化，也有过去的回忆，综合了父亲、母亲、我跟保力的想法。还有，白榆历历，乡关怯怯，与其他的树种比较，它好像更经得起时间的刻画。

2017 年 4 月 22 日

一个乡下少年的清晨

如果有一位闲得牙疼的靡非斯特，跑过来跟我打赌，说飞廉兄我们玩玩，现在有一架亮晶晶的时光机正要搭客，你上去重返四十年前你那个破村庄，那个名叫农四小学的只有十位民办老师的学校，六岁的你跟着八岁的姐姐，搬走家里油腻的杉木炕桌，一身汗，坐在一年级教室的第一排，笨嘴拙舌地念：ɑ，o，e，i，u，ü——芝麻开门，六个打开文明世界的符咒，你还能够而初中，而高中，而大学，而硕士、博士什么的，混到现如今吃一口教书饭，没事时还要无病呻吟，写一点破文章吗？你如果重新做到了，请告诉我银行账号，我打给你的钱，一定让你一口气念不完尾数上的“0”。如果做不到，请致上你的灵魂（教书与写字匠的灵魂有这么值钱吗？真是承靡兄青目啊）……我敢赌吗？我不敢，我会对靡非斯特讲，向前走，第一个红绿灯右拐，一家福利彩票店，我去；向后走，第三个红绿灯左拐，一家证券公司，好多开户炒股票的新浮士德，你去，他们在等。

是的，想想我这一条由“ɑ，o，e，i，u，ü”开始的人生“叙事弧线”多么诡异！它经过了一番“上升动作”，却不走寻常路，没有将我导向泥瓦匠、木匠、水电工、修路工、矿工等汇合而成的农民工大军，成为一个劳作在乡下、双手成茧的农妇的丈夫，两三个沉默寡言、面目黧黑的乡下孩子的父亲。我隔壁的大伯常常问我在城里干什么，每次我都要嗫嚅半天，又不是“当官”，也不是“当工人”，长得白白胖胖像一条要吐丝的蚕似的，编辑？作家？教授？牙齿已经全部跑路的大伯不仅是听不懂，还会觉得这些名堂非驴非马，像骡子一样，没得么用。

也许是基因变异？我上学的第一年暑假，将远没有超过六十分的数学、语文卷子往鸡窠里一塞，就去忙着钓鱼抓虾、打枣偷瓜，摸翠鸟的屁股，掏麻雀的蛋，直到有一天黄昏，大事不好了——我与翠红宝伟们在生产队打稻场的煤核堆上玩拔河，扯的是给抽水机供电的电线，前两天恰好断成两截，断头的线尾就捏在我手心里。我拔赢了没有？不记得了。打稻场上飞舞着蝙蝠与蜻蜓，我手中的电线忽然通了电，三百八十伏的电机电压，像高压水龙头似的，一下子将我冲到地上，昏迷过去——感谢在煤堆下捆草头的荣伯妈，要不是她机智地用扬杈将电线挑开，叫两个男将用刨板把我抬到大队的医疗室，让赤脚肖医生打吊针，笔会的读者诸君，恐怕就看不到飞廉兄这篇其实很悲伤的文章了。而今我手掌上因农事结出的茧子，都已经褪光了，但那一条电线烙出的疤痕却留在掌心上，我刚刚百度过，这个疤痕正好在“智慧线”的末端……难道是因为电击更改了掌纹，加快了我智力进化的步伐？等到新的学年开始，我就可以领奖状回家给母亲看了，母亲小小地高兴一会儿，一摆手，就让我去帮她挑水、摘菜、扫地，拉牛羊下来，赶鸡回埘……

我其实更想将我中了彩票一样的好成绩归功于我母亲。那时候父亲已经在湖北省嘉鱼县打工，做泥瓦匠，虽然他只有小学文化程度，却很爱写信。我父亲那时候三十出头，会拉二胡，应是有一点情怀的乡下孙少安孙少平们的同党。麻烦的是，他写信的对象，我母亲，却只是一个乡村扫盲夜校的肄业生，她认得的字，用乡下的话讲，的确就是每一个字写“升子”大，都填不满两箩筐。她只好命我，这个二年级的学生帮她写回信——吃了夜饭，点起柴油灯，她坐在床沿上一边扯着索子纳鞋底，一边口述，我趴在沿桌上一边记录一边发挥（为什么不是我姐呢……她这个时候也许在洗碗）：西边的稻谷怎么样，南头的棉花怎么样，北头的芝麻怎么样，菜园的黄瓜有多长，茄子有多短，打药用了几瓶一六〇五，上肥又用了几袋碳酸氢氨。可惜我父亲没有保存这些拼音与汉字缠绕的两地书，不然我也会像E·B·怀特那样，拥有九岁时的手稿，喜爱《草木一村》什么的朋友，也会发现，我写风土、草木与田园，其实是很早很早的，差不多就是骆宾王咏鹅的年纪……我很快就学会将柴油灯下、东南西北中“纳鞋底”式的笔法用到学校的作文课上，

《我的一天》《稻谷加工厂参观记》《插秧记》《摘棉花记》——教语文课的郑金芳老师注意到我了！有一次，我语文考试，作文满分，填空题里面，却写了两个错别字。金芳老师又气又急，由讲台上冲下来，扯着耳朵让我去黑板上重写——他老人家教语文，遇到一张一百分的卷子不容易，强迫症发作，恼怒可以理解，可是我后来做编辑、写文章，一看到错别字，耳根就会疼……

感谢荣伯妈与我母亲——果然是永恒之女性引导我们上升，有了智力的进化与沿桌上的写作与会计练习，我在小学与附近的几个村里，好像成了“仲永”一般的家伙，奶伢吵夜，女人们会祭出吃人肉的“麻叔谋”，少年郎不听话不读书，我就是那个倒霉的“邻居家的孩子”。有一天下午，金芳老师到我家里来，找到母亲，说镇上教育组挑出了五个孩子，要代表镇里去参加孝感市的竞赛，我是这五个名额中的最后一个。我大概是在刚结束的全镇小学期中考里，挤进了那些奶声奶气讲普通话的镇小学孩子们中间吧！我母亲不知道什么叫竞赛，金芳老师也不知道，这在他做民办老师的生涯里，是第一次，他叮嘱我母亲，明天到肖港镇教育组去，会齐其他四个孩子，一起去孝感。

肖港镇！京广线上红头绿身大苍蝇一般的蒸汽火车由河南下湖北，过武胜关、鸡公山、花园镇，来到江汉平原的第一站。火车喷着白白的蒸汽轰隆隆开走后，道口上的老工人就会神气地吹起口哨，挥动小红旗，将我们羊群一样放到对面的街上，供销社、新华书店、电影院、奶声奶气用普通话念书的学校……

母亲带我来卖菜、看楚剧《四下河南》黄梅戏《天仙配》，虽然只有两三回，但每一回都是乡下版的爱丽丝梦游仙境。金神庙集市与肖港镇比，就像孙悟空的花果山跟玉皇大帝的天宫比！

孝感？母亲第一次去孝感，还要等三四年后我读到初中，与父亲一起鼓捣养平菇的时候（我看《平菇栽培指南》，他负责买菌种，用棉籽壳做菌床），母亲才会挑着平菇去孝感城。所以我与母亲都不太能想象，比肖港镇这个“天宫”更高级的孝感城是什么样子，母亲说将我交给教育组的“干部”，她就放心了，她心里有一点发慌，我知道。一夜无话。第二天早上，我被母亲由床上叫醒的时候，外面的天还是黑的，母亲炒了油盐饭，特别加了小葱和鸡蛋，我吃了一大碗，母亲吃了一小碗，我背着帆布书包出门的时候，果然是一轮秋月未西沉，天上启明星还未消失，东边的朝霞凝成一团，四里八乡的鸡鸣席卷大地，肖港镇就浮在波涛一样的鸡鸣里，在霞光即将勃发的地方等着我们娘儿俩。

秋风阵阵，摇动路边的稻田，晚稻已经灌浆成穗，低垂着头等待秋收，还未到打霜的时候，两边沟渠中的马齿苋与书带草还在努力向大路中央爬，叶片上沾满露水，将我和母亲的黑布鞋与蓝卡其布裤脚都打得透湿，有时候，风会将稻田蜘蛛吐出的一团团蛛丝吹到脸上。不过这些都算不上什么，星星消失，鸡叫停歇，天空变蓝，朝阳已经由东边大别山的脊线跳跃而出，将金色的光芒投放在南来北往的大路上。我还特别喜欢路两边新栽上去的白杨树苗——公社开春将这条大路拓宽到可以开拖拉机，路边十来步远，就会种上一棵拇指粗细的白杨。白杨还没有长分叉，叶片一对一对地生长，被阳光映照成一百多张哗哗作响的金片。灰喜鹊歪歪倒倒地斜踏在它们的头顶上。白杨与水杉，都是最近移栽到我们田野上的树种，它们的样子，就像是城里来的小孩与工人，好神气。

我们村离肖港镇十里路，步行大约需三个小时，以母亲的说法，是寅时出门，正好赶上人家教育组的干部们点卯。我们惊风犯露地走出一身汗，却并没有觉得累，太阳变白、变热，升到头顶前方的时候，母亲领着我走进了肖港镇，穿过由老工人指挥的道口，打听到了教育组，一个小小的被两棵奇怪的梧桐树（法国悬铃木）掩映着的院子。两位干部模样的中年男人站在梧桐树下面，听母亲讲清来龙去脉，将我这个“仲永”推到他们面前。小时候我发育慢，长得矮，八九岁，看起来，可能就是六七岁的样子，两个中年男人就笑:“你早上爬起来吃奶，误了时间！去孝感的车，都开走快一个小时了！”母亲一听不用去孝感，倒是舒了一口气，扯起我就往院子外面走。

我由母亲扯着，高一脚低一脚地离开了肖港镇，好像走在夏天的午后，积在天边的云堆里。母亲抱怨城里人的规矩不好，这么早就走了——我们在乡下读小学初中的作息，是清晨去乡校朝读，之后回来吃早饭，上午上课，会在九点左右，我们披星戴月地往梧桐树下赶，可是靠两双脚，哪里赶得上他们的吉普车呢？我听不见母亲的唠叨，木头木脑走在积雨云堆里，想着被人家当作“奶伢”笑话，想着不能去赶考，周身好像栽倒在春冰的池塘，钻进麦芒霍霍的秸秆堆，被母亲的缝衣针包围，又痛，又麻，又痒，终于走不动了。我扶着路边的白杨树哭，树干上的天牛识趣地爬走了。母亲安慰了半天也没有用，她没有像平时那样发脾气，只是对我讲："你回去好生读书，以后在镇上当个干部给他们看！"

少小离家老大回，没当干部心悲摧。上个月，我开车回家，带着儿子，由肖港镇到我们村，走的也是这一条路。三十年过去，当年拇指粗细的白杨树，都已长到合抱，一二十米之高，将乡间公路护持成优美深邃的树巷，成为噪哇腾跃的灰喜鹊之家。我找到了被我童年时的泪水浇灌过的那一棵树，它摇摆在秋风里，已经深深地扎根在家乡的田地。我将车停在它的旁边，手握方向盘，透过前挡玻璃凝望它的身姿，将前面的那一段故事讲给儿子听。儿子坐在车的后排，小白杨树苗似的，恍惚中，我好像看到了三十年前的自己，由卡其短裤、黑布鞋、黑红的脸，换成牛仔裤、运动鞋、白净的脸。他的吐槽是："奶奶的油盐饭炒得的确好吃。"一个经历了无数的竞赛、厌倦了各类考试的武汉少年，怎么会对三十年前的那个清晨有"代入感"呢？

我声音发哽，眼泪在眼眶里打转。不能哭。不能当着儿子。不能当着从前的自己。不能被快要成精的白杨树笑话。灰喜鹊们也在偷偷看。发动车，继续走。十里乡村路，悬挂在当年我们这些乡下少年眼前的铁幕，由星辰、明月与朝霞点缀的铁幕，步行需要三小时，如今车程是十五分钟。

2015 年 11 月 1 日

采薇澴水曲

五一的清晨，推门去村外跑步，也算是一种打开劳动节的方式？天亮早了，五点半，霞光之盛，令萧家河村的公鸡打鸣都在犹豫。卫生所萧医生已经卸开门板，在花苞累累的栀子花树前摆出太极拳架；小学校的校长国元老师，将双手笼在袖子里，正清着烟嗓，走进农四小学新修的铁门。

沐浴在朝晖里，好像浑身都涂上阳光的油脂。朝东通向小澴河堤的大路，已铺上了水泥，平直干硬，脚感其实不如土路。路边是香气扑鼻的葱田，葱田之外，是已抽出麦箭的麦地。麦地、葱田、水泥路之间，条条沟渠与田埂，爬满累累新草，翠色莹莹，汁液欲溅。点点蓝花的婆婆纳，白瓣簇簇的野菊，高低错落的蒲公英，蔓延无忌的马鞭草……野花野草与人力稼穑混合而成的田园，就像意识与无意识组成的思维，理性与非理性构造的觉知，上天的意志与人类的欲望交汇在一起，为阳光、空气、水土所催发。

最茂盛的是野豌豆藤，条条缕缕绵延在路边，常常跑出百余步，就会发现它们忽然膨胀成为一个团团簇拥的“岛”，好像陪伴我的，有一条野豌豆的花溪。这种阵势是以前没有的。小时候，清明谷雨一过，野豌豆发藤，羽叶分列，浅紫开花，结出细刀伶伶的果荚。为猪、牛、人的口腹之欲计，不待父母指挥，我们都会结伴去“扯豌豆”。它们多半长在麦田里，与扬花抽箭的麦棵伴生，采摘一上午，由麦林洞里浑身是汗地钻出来，得到的成果，也不过是堪堪盈抱。门前柳荫里摘下果荚，将余下的藤子抱去喂猪饭牛，它们的口水哗的一下就流出来了。正是如荠菜、野韭等野菜一样难得，小时候我觉得每一根野豌豆藤都很宝贵。现在它们成片向我涌过来，紫花历历，果荚闪闪，让我心里涌出奇异的欢喜。

由梅家河塆边的坡坂跑上小澴河堤，沙石铺就的堤面下，也是累累野豌豆藤，为朝阳清露濡湿，一直攀爬到清亮亮的小河边。早早被主人牵出塆的黑水牛，由长牛绳拴在枫杨树上，自己伸脖子去河面吸水，低头啃青草。白鹭拍翅飞来，与水牛相濡以沫，牛郎织女的原形，应该是这样子！白鹭喜欢吃水牛惊动的那些蚱蜢、小青蛙、蚯蚓，还有那些愣头愣脑扑到牛身上的苍蝇与牛虻。“采薇采薇，薇亦柔止。”段玉裁他们考证过，薇即是藿，就是野豌豆。“饥食首阳薇，渴饮易水流。”陶渊明写诗咏怀，可是水牛白鹭已经将他的理想付诸实践。伯夷叔齐“采薇高歌，慨想黄虞”，没想到，首阳山的野豌豆藤并不多。如果兄弟俩彼时跑到前面金神庙集隐居，到澴水之曲采薇的话，以这薇丘藿海，想饿死两位贤人，还真不容易！

怎么吃？嫩一点固然好，老一点也能将就，黑水牛不在乎，它们长长的舌头像软锉刀似的。人娇贵，大概只能扯四月刚刚出土的豆苗吃，就像成都人用开水烫着吃的“豌豆尖尖”。采集野豌豆尖尖的窗口期，大概就是一两周吧，之后，伯夷叔齐两位王子的嘴巴与胃口，就会拒绝已经不再“柔止”的豆藤。柳宗民《杂草记》里记日本各地的“乌野豌豆”“雀野豌豆”，即是我们提到的薇，因为没有名人的眷顾，它们被当作“烦人的杂草”。称之为“乌”，是指豌豆荚成熟后，细小的豆粒变成黑色；称之为“雀”，大概是这种豆粒，也会被鸟雀收集啄食。柳宗民讲乌野豌豆可以炒来吃，他没有试过，我也没有，不知道与炒熟的蚕豆、黄豆、绿豆、豌豆的口味有何区别。

我们会在野豌豆荚还没有完全成熟，变硬，变黑，达到扎手的程度之前，就将它们摘下来，这时候，豆荚还是青绿色，包含的四五颗豆粒，翠绿色，鼓鼓的，夹在拇指与食指之间用力捏，能将它们捏扁，却并不能捏碎。将豆荚立在门牙上，用两颗牙齿轻轻一刮，豆荚由嘴巴里抽出来，豆粒就掉落到唇齿间，清甜嫩香，又有一点特别的苦味。生吃之外，也可捧给母亲，晚上做饭时求她将洗净的豆荚装到瓦罐里，用罐耙放到灶膛边上。清水、盐粒、瓦罐，晚饭前揭开盖子，滚滚冒出来的煨野豌豆的奇香，终身不忘。

过梅家桥，上对面河堤，跑到烟树掩映的金神庙集石桥前打折返。十几年前，这一条赶集的路上，挎篮挑担，踢开露水赶集的乡亲，多得就像小澴河里“空游无所依”的游鱼，现在只有我一个“假乡下人”在跑步，身影印在水牛白鹭们的眼睛里。堤边有好几间废弃的小砖屋，之前由生产队的护林员、小卖部的主人、肉铺的屠夫来使用，现在他们也不知所踪。砖屋朝向堤路的一面，野豌豆藤缠绕而上，不知道由哪位高人，长长短短在墙上写满粉笔字，字迹扭曲如豆荚，由金神庙集一路写到农四小学的侧墙。我辨认下来，也就认出“某年某月在朱湖农场多少钱”数行字，他大概是将从前在外面的劳作，都记到了墙壁上。这已经是神经官能症的某种症状了，一位由城市逃回来的打工伯夷叔齐？他蝌蚪石鼓的文字，就像这铺天盖地的野豌豆藤，会将这片绿野重新编码？

一路胡思乱想。我气喘吁吁地跑过葱田，跑回小学校。萧医生已经收起他的拳架，边喝茶边看《楚天都市报》。国元老师指挥孩子们早读，教室里传来读书声，清脆，明亮，大珠小珠落玉盘。三十年前，我也摇头晃脑坐在他们中间。一个美好的乡村春昼的开始，不是吗？

2017 年 5 月 11 日

故乡的野鱼

青、草、鲢、鳙是家鱼，鲤鱼、鳊鱼也是，那小澴河里的鳜鱼呢？还有每一个池塘里都会有的喜头鱼呢？喜头鱼长成黑白交杂的青色，摆尾悠游在水中间，个头不大不小，不方不圆，不胖不瘦，脾气不温不火，它还真是一个“中间物”，一条分界线，能将我们家乡溪河池沼中的水族鳞介划分成“家”与“野”两个阵营。或在华夏，或在夷狄，胎卵湿化，你去托生为鱼，做一条龙，还是做一只虾，阶层也是固化的。小龙虾？唉，飞廉争不过你。挑几种野鱼讲讲。

黄股子。清晨跟母亲去池塘边的埠头上洗菜，或者看姐姐漂洗衣裳，就会看到它们三五成群，在波纹细细的水面上蹿来蹿去，矫矫如箭，倏忽如电。夏天里游泳，露出一张脸，荷叶般漂浮在池塘中央，它们会在背腹间撞来撞去，想伸手抓住它们，不可能，大概只有迅疾的翠鸟跟鱼鹰，才能捕捉这些水上的游侠们。它们修长如同柳叶，长大具足了，也只有三四寸的样子，脊背淡黄一线，腹间头尾银白色，离了水，蹦达几下，就会眼珠定定地死去。黄股子抓不着，却很好钓。早上起来，扎一只小竹圈插到竹竿头上，去屋檐下拜访勤勉的蜘蛛，搅缠七八张蛛网，得到指头大小的一团蛛丝，裹在缝衣针弯成的鱼钩上，提着鱼竿去埠头，忽忽地将鱼线甩向水面，弹棉花匠布线似的，就能够一条一条将黄股子扯上来，运气好，在母亲的早饭做好之前，扯上二三十条，足够煎成一小碟，给朋兴店卖菜回来的父亲做下酒菜的。老子说："治大国若烹小鲜。"我就常想到母亲煎出来的黄亮、干爽、细密、瘦韧的黄股子，可惜母亲只能在家里治治我们兄妹四人。我后来看柳宗元写《小石潭记》，里面写道："潭中鱼可百许头……佁然不动，俶尔远逝，往来翕忽，似与游者相乐。"脑中浮现的也是家乡池塘中黄股子纵横往来的影子，惭愧啊，那时候我们算不上与之相乐的游者，而是口水津津，一心想将它们变成盘中餐的"坏人"。父亲常说："三个黄股子冲满塘。"我们野马尘埃在月色如水的村巷中游戏，要是祖先们站在月亮上往下打望，汗津津的孩子们，也很像是黄股子吧！

屎夹片。一种两寸长，也差不多有两寸宽的扁扁的小鱼，珠白色，肚子上泛出一线蓝莹莹的光，好像是大海里比目鱼的傻孩子，不小心撞进了长江，又沿着长江游进汉江小澴河，只好乖乖地屈就在本地。夏天暴雨，灌满稻田与沟渠，在流水浩荡的渠道中布网，一上午拦上来小半木桶杂鱼，中间总会有七八条屎夹片，呆头呆脑地躲在喜头鱼、肉鼓纽、泥鳅、马虾、梭子鱼中间。之所以被叫上这么难听的名字，大概是因为掐鱼的时候，它们的内脏特别得多，一股脑汁水淋漓。我们村的男人们喜欢互相取绰号，村北有一个叫“姑姑姑”的，我们将布谷鸟称之为“姑姑姑”，难道此君也常常躲在麦林里唱歌？村南有一个男人就叫“屎夹片”，大概是讽喻他五短身材、呆头呆脑，还有他在茅房里一蹲就是半个钟头，好像存货很难出清的样子。这种鱼尝起来其实味道也不坏，但因为名字难听，我们下筷子时难免就会有几分犹豫。有一次我跟金神庙的一位大叔聊天，他是摸鱼的大行家，说喜头鱼麻雀似的往怀里乱撞，好捉，鳜鱼爱钻洞，也不难，最麻烦的是黄颡鱼，背脊上三根刺，扎到手又疼又麻，怎么办？诀窍是在鱼篓子里备几条屎夹片。屎夹片是黄颡的舅爷。不论你被扎得有多疼，将屎夹片的血挤一点在伤口上，立马就好。黄颡有刺，遇到屎夹片就服服帖帖，不就像外甥遇到舅爷么？大叔憨憨笑，他晒得一脸雀斑，身上一股子浓浓鱼腥味。当时我心里想，我们对这种被词语所污辱的小鱼并不了解，说不定，它就是野鱼界的“云南白药”呢。如果池塘里的家鱼野鱼们组队去打怪，屎夹片担当治疗的职业，蛮好。

梭子鱼。梭子鱼漂亮，被定身到一拃长，又穿上了艳丽的T恤与短裙，精灵古怪，小萝莉似的，跟呆萌的屎夹片一起，在雨水满满的夏日沟渠中巡游，被我们布下的小抄网捞起来。大人们说梭子鱼有毒，不能喂猫，也不能喂狗，当然也不能喂小孩，我尚不知其味。现在想起来，觉得它也未必有毒，只是乡下人对太美的东西，都有一点敬而远之，认为他们（它们）诡异而有妖气，花蘑菇，花纹美丽的青蛙，俊俏的女人，好像都是梭子鱼一党的，“予之德不足以胜妖孽”，梭子鱼，我们的胃也不足以胜之。不能吃，但能养啊，我的梭子鱼攻略，是将最好看的一两只梭子鱼挑出来，养在姐姐刚插过金银花的罐头瓶里。它们容与折转，比不上城里的金鱼仪态万方、雍容华贵，却也跳蹿活跃，明丽温婉，好像是一枚火苗，闪耀在静水里。三五天之后，梭子鱼的精力日衰，我们投喂红蚯蚓跟饭粒的热情也日减，秋扇见捐，它们不免死在寂寂的初秋良夜。早上起来，看到它们的小尸体，闻到瓶中的腥臭，“死亡气味”，印象深刻。靡不有初，鲜克有终。如果上天让我穿越回到童年，我会将捕获的所有梭子鱼都放回沟渠，让它们像野火一样在江湖中漂流，而不是愚蠢地养在我自己的小瓶子里。

刀鳅。在乡下的池塘垂钓，喜头鱼当然是多多益善，小杂鱼们来访，却令人不胜其烦，肉鼓纽小指头大小，嘴巴又小，每一个都是叼啄鱼钩上蚯蚓的高手，有时候，一上午都由它们来“打闹台”，令人无功而返。比肉鼓纽更麻烦的是刀鳅，一旦它上了钩，被扯到岸上，就好像钓起鬼似的，令人一筹莫展。它们会将鱼钩慢慢吞进肚子里，由三角形的脑袋到尾巴，背脊上密布着锯齿一般的刺，又跟泥鳅一样，身体盘曲弹跳，将鱼线绕成千千结，想由它们身体里取出鱼钩，理清鱼线，非常麻烦，手指也常被它们弄得鲜血淋漓，那时候我也不知道屎夹片的治疗功能，它做了黄颡的舅爷，肯不肯认刀鳅做外甥，这个也说不定。所以有一年与《今古传奇》杂志社的旧同事过荆州，在农家乐里吃“荆沙财鱼”，另外一盘菜是“炕刀鳅”，几十条刀鳅虬结在辣椒与花椒堆里，鲜香好吃，心里也特别解气，觉得好像将当年钓鱼结下的仇都报了。不过话说回来，在我们的池塘里，泥鳅已经有了一点龙的形模，背后藏刀的刀鳅恐怕是离不羁的龙子龙孙更近了一步。虽说龙生九子种种不一，每一种水族都有修炼成龙的可能，但真要让它们票选最有希望“成龙”的选手，家鱼野鱼、螺蛳蚌壳中，刀鳅会以它精神的霸蛮狂野、外形的遒劲盘曲脱颖而出吧！

只可惜日下的乡村，稻田水渠多施化肥农药，池塘湖汊也为塑料垃圾淤塞，水族们修行的道场毁坏大半，要是从前每一个池塘都有一个芝麻官龙王的话，现在这些龙王们恐怕都跑回东南西北海，去找敖广们哀哀哭诉去了。游侠般的黄股子，呆萌的屎夹片，妖艳的梭子鱼，小孽龙一般的刀鳅，已经很难见到。野生野养不易，杂花生树更难，我们能够由渔场网箱里，吃到几条干净清洁的家鱼，就该谢天谢地，遑论野与杂！

2017 年 5 月 20 日

乡村夜气

最近常常深更半夜由孝感市回家。有时候是因为与姐姐姐夫、妹妹妹夫他们吃晚饭，喝一点谷酒，讨论城区房价涨落到十点钟，才能将酒气消磨掉去发动车子。有时候是被税务局的勇军兄拖去讲王阳明，我一个大外行，也只好听他兴致勃勃地格物致知，大概得等到勇军嫂顶着臂包夜跑回来才能散，好在他藏的明前茶又多又好，其言昏昏，其茶昭昭，也能抵挡一些子。夜深人静的城市，灯火灼灼，车稀人少，北京路、城站路、航空路，明明灭灭的红绿灯都好像比平时要有耐心，一直将我送到转回乡下的宝成路，右拐向北十余公里，树巷森森，漆黑如墨。

我特别喜欢在这条乡村公路上开车。柏油马路的两车道油光水滑，像鲇鱼的肚皮，白杨密密匝匝，在路两边排队，树冠朝上交织在一起，向前簇拥成幽深绵长的树洞。下雨的时候，树叶会将白雨挡在外面，里面只剩下势头微弱的线雨，晴天可以由树影里看到点点星光，月亮有时候也会由树影间跳闪出来，当然，最好是刮风的晚上，每一棵白杨都是管风琴转世，成千上万的白杨树被三四级以上的风摇响，那样的声势，就是万物以息相吹的天籁，这时候，我一定会将林忆莲王菲许巍郑钧他们的歌都掀灭。深山里，松涛如同龙吟，我爱听，平原上，荒草何茫茫，白杨亦萧萧，也令人魂销。开近光灯行车，有一点像提灯笼打手电在树巷里走，打开远光灯，光柱就会像剑一样，将婆娑树丛穿透，因为是走了千百遍的回乡路，拐弯抹角都晓得，我提个灯笼也就够了。好几次，我都想将车灯全关掉，这样，就可以在星月的微光里赶路，好像魏家河的瞎子点着拐杖走。但这样黑灯瞎火的老司机，万一遇到对面的会车，或者路边有骑自行车、步行晚归的人，都会出麻烦，路渠中的黄鼠狼与本地土黑狗横穿马路，也会非常危险。算啦。

过小澴河桥，再向前三四百米，会离开白杨树巷，左拐进入我们村的单行村道。好几次，我将车头在灰白狭窄的土路上摆正，就看见新月如钩，挂在前面乡塆的村树上，又堂皇，又寂寥，掩映着群星，好像在等我回来。萧萧白杨之外，其实并非茫茫荒草，路边的稻田里，一季稻萌蘖扬花，稻秧间青蛙打鼓、蟋蟀奏琴、小龙虾肥泥鳅啪啪弹水，村树中嘶嘶鸣蝉，好像村庄中的男女老少、鸡鸣狗吠消停下去之后，星月下草木长、鱼虫鸣，一个幽微的世界浮现出来，又神秘，又静谧，又熟悉，又陌生，有时候，我会在这幽微的声色里，关掉车灯，发呆很久。

小澴河在我身后流淌，堤下挨挨挤挤的坟地里，祖先长眠，宝成路上的杨树，是我考上大学那一年栽的，而今生长具足，已有近三十年的树龄。我由武汉到孝感，由城市到乡村，兜兜转转，一路奔驰，现在终于停车在寂静与黑暗里，停车在泥土、星斗、流水与荒野中，停车在我生命的原点上。

这样的黑暗与寂静，是晚霞沉寂后，由宇宙与星辰运转，由田野与河水吞吐，由植物与动物分泌出来的。一户乡民家的灯亮了，一颗星辰变暗了，一点萤火消失了，黑暗会不增不减。一只蝉加入合唱，土狗在村口吠叫，青蛙与蟋蟀将声音憋在嗓子里，寂静也会不增不减。不需要眼罩与窗帘，也没有挥之不去的白噪音，没有不停歇的工地与照明。这是让孩子产生恐怖与畏惧的黑夜，出产鬼故事、狐仙，这是动植物生长的黑夜，捕食、交配、产卵，分解出汁液，张开子宫与花房，这大概也是令爹爹婆婆们逝去的黑夜："虽然智慧者临终时懂得黑暗的正确，/因为他们的话已迸不出闪电来映照。/不要温柔地走进那段良夜。"狄兰·托马斯悲叹生命的逝去，认为老年人应在"落暮时分燃烧咆哮"，我并不这样想，"死去何所道，托体同山阿"，与家乡黄泉中的黑暗与寂静达成和解，"温柔地走进良夜"，幽室一已闭，千年不复朝，陶渊明要比狄兰·托马斯高明不少。

我想起之前勇军兄在"阳明说"里谈到的"夜气"。王阳明的原话是："良知在夜气发的方是本体，以其无物欲之杂也。学者要使事物纷扰之时，常如夜气一般，就是'通乎昼夜之道而知'。"意思是人在深夜里静思默想，产生出来良知善念，一点点良知会聚起来，会成就澄明无私的自我。王阳明的说法，是由《孟子》里引申出来的，孟子讲齐国临淄城外牛山之上的树木，在雨露滋润之下日夜生长，却敌不过城里的刀斧砍伐与城郊的牛羊啃食，变得童山濯濯不像样子。有一些人，他们晚上生息养气，不敌白天俗世的消磨折损，人情日失，因此“夜气不足以存，则其违禽兽不远矣”，只有“良知在夜气发”，才能够“苟得其养，无物不长”。两位圣人谈良心与良知，夜气只是隐喻。良知是心灵在静默中的反省自觉。夜气呢？它来自日月星辰、山川河流、生物神灵在黑暗与寂静中的反照吧。乡村的茫然黑夜，是有夜气的，生活在乡村里，也会有在良夜反省自觉的机会？武汉也罢，孝感也罢，白天喧哗，夜晚也不安静，违乎昼夜之道，缺少的就是夜气吧！

想到文艺，梵高的画是有夜气的，肖邦的《夜曲》有，阿炳的《二泉映月》也有。小说里面，沈从文的《边城》有的，翠翠梦见虎耳草的那个夜晚，她对爷爷讲：“我昨天就在梦里听到一种顶好听的歌声，又软又缠绵，我像跟了这声音各处飞，飞到对溪悬崖半腰，摘了一把虎耳草，得到了虎耳草，我可不知道把这个东西交给谁去！”这是她甜蜜而苦楚的爱情之夜。我最近特别爱看汪曾祺《羊舍的夜晚》，觉得是一本特别有“夜气”的集子，谁说那个时代，就没有好的作品？小吕背着铁锹坐在小石桥边糖槭树上看水，“一村子里的人现在都睡了。露水降下来了，到处都是滋润的，浓郁的青草气味，庄稼气味，夜气真凉爽。小吕在心里想：‘我在看水……’过了一会，不知为什么，又在心里想：‘真好！’而且说出声来了。”是的，真好。我看着汪曾祺的句子，黄永玉的插画，心里也想，嘴里也说。

我重新点火，将车开过小学校，村口的塘陂，小心翼翼地拐进村巷里，路边荆条、益母草、艾蒿、野雏菊与构树枝拂过车身，宝伟家的狗由门廊里冲出来，颇负责任地狂吠了两声，转身回去继续睡。停车在我家门前，掏出钥匙，借着手机的微光打开门。铺床，汲井，烧水，洗澡，心里又安定又愉快。关上手机，将头放回在荞麦枕头上，外面是历历星月下的黑夜，真实不虚，本村最后一位入睡的居民，我知道会有一个黑甜的梦乡在前面等着我，之后，会是鸡鸣如阵，鸟叫如沸，玫瑰红的曙色印上窗户，我会黎明即起，洒扫庭除，阳明先生又讲："一日便是一元，人平旦时起坐，未与物接，此心清明景象，便如在伏羲时游一般。"对，回乡村，默存，夜气生，则羲皇上人出。

2017 年 6 月 1 日

白杨好听，枫杨好看

晨光暮色里，在乡村暴走，慢跑，看树观花，乐莫乐兮！要是殷家塆的小黑狗、舒家塆的大白鹅能记住我这个一身运动装、发际线高高的中年男人，下次不果断地冲出门就更好了……家花野花，原生外来，林林总总，复杂多元的田园荒野是好的。游神骋目各处村墟，我最称赞的是向家大塆，楼房、披屋、茅厕之上，有苦楝、乌桕、臭椿、泡桐、洋槐、榆树、桑树这些土里土气的树，也有板栗、银杏、广玉兰、香樟、水杉等令人耳目一新的外来客，它们多半是由出门打工的乡民带回来的吧，这个塆里，定有不少秋先那样的灌园叟，假以时日，它一定会变成一座更加生气勃勃的林园，引来白衣翩翩的女仙。

林园中杂花生树，区隔出种种微妙的生态区间，冲漠无朕，万象森然，万象中，也不是没有优势的物种。就像家畜中的猪牛，家禽中的鸡鸭，鸟类中的麻雀喜鹊，作物中的水稻小麦，鱼类中的鲫鱼白条，本地最常见的树种，是枫杨与白杨。构树与枫杨繁殖力惊人，鸟类吃下构树的果子，将它们拉到角角落落，所以良田久废必生构，无法无天长满坟地沟渠，最招乡民们的镰刀斧头，枫杨千千万万的翅果被风吹到湿润的泥土里，每年春天在房前屋后长得像秧苗田，这些翅果大概就是植物中的“蝌蚪”，不经意间，蛙声满塘，枫杨一村。白杨是外来的，修堤、铺路、挖港，成功了，干部们，从前四个兜，现在穿西服，挥手让卡车拖来一车白杨苗，一对对种在堤边路边港边，和枫杨一样，它们都特别地“肯长”，去年还是手指头似的，当不得猪牛羊的嘴，今年就长到小臂粗细，可以剐皮做锹把了，三五年不见，蔚然成林，招风引雀。宝成路上的白杨，保刚家后园的枫杨，四十年间，修行具足，苍郁挺拔，已经是吾乡当家话事的大树了。

白杨能捕风。往往是一根粗壮的树干向上蹿，不太爱分叉，由上到下，都挂满了叶片，所以每一棵白杨看起来，都像胡须未剃的男人。又因为白杨树被种在交通河渠坟地等乡村“公共空间”，多，而且整齐，所以白杨林有一点军队的感觉，好像它们一转身，就可以成为兵马俑，由梦乡唤醒，去跟着始皇帝出征似的。西南风，东北风，吹入小澴河平原，首先就是吹到它们身上，由它们译解成远游征伐的《大风歌》。白杨多悲风，对的，秋冬的晚上，在黑暗的枕头上听着西风吹白杨，好像每一棵白杨树都变成了管风琴，由西风在管风琴的龙门阵里演绎它的悲伤，它们将田野变成海洋，在海洋上掀起波涛，一浪一浪地，起伏回环，用悲凉而虚无的调子淘洗着集义在这一小块邮票一样狭小的平原上的生灵，有时候，我觉得天上的寒星也会跟它们一起唱，蔡家河坟地里的亡灵也会随着它们的调子唱，催促孩子出生，女人出嫁，老人长出白头发。“荒草何茫茫，白杨亦萧萧”，我觉得金庸写《白马啸西风》，白马带着李文秀一步一步回到中原，身后会有一片白杨林。茅盾写《白杨礼赞》，说它像家乡的哨兵，像民族解放中的农民，他也会听到白杨由寒冷、离别、死亡里发出的不屈服的颂歌。

但作为声学大师，白杨也不是一味的悲凉。五六月的清晨，你沿着农二村往匡埠村的公路走走看！南风将羽翼乍丰的树叶吹得哗哗作响，一小片一小片的哗哗声，由挺立的树干缀连起来，发出清爽喜悦的和声，好像每一棵树，都在交谈它们立足在朝晖、晨露、南风、田野中的欢喜。连绵十余里的白杨树清翠苦香，明媚风华，在以深夜生息的夜气，屏神静气地演奏着这一支主歌。白杨林外，附近村庄里的公鸡喔喔打鸣，说明它们的“优胜记略”，姑姑鸟在荒林里咕咕咕地叫，灰喜鹊呀呀地向林荫道俯冲下来，布谷鸟急促地叫着“光棍好苦”“快快做活”，果然将村庄里的男女催促出来，在早饭之前，赶牛办田，分秧布谷。这些副歌与白杨的主歌交汇在一起，好像也不太爱理睬巴赫的“对位法”，自自然然，枝枝蔓蔓，万物演奏着万物，我一个返乡客，只觉得身心清爽，头脑空明。田野的美是永恒的，乡村又何尝会消逝？你来，它在你眼前；你走，云在青天水在瓶，它还会寂寂然在天光尘露里。

枫杨却是好看。与苍茫丰茂、面目如一的白杨不同，每一棵在村落里长起来的枫杨，最后都会得到自己的模样。三四十年之后，它在合抱粗的主干上刻写了风霜雨雪的皱纹，向上分出来的主枝与侧枝，或多或少，也发育出不同的线条，鸟窝与昆虫的巢穴被它涵养着，藏在枝枝叶叶中。所以一个村庄一个村庄地走过，会发现姿态不同的枫杨，就好像看到不同的人。有一段时间，我迷上了“二元统一”的想法，我觉得，枫杨就是由不同的“二元”统一在一起的。五月的枫杨，新叶翡翠，枝干虬曲，风姿苍翠，就像颜体字、韩愈文，老而媚，一串串翅果垂下来，好像村里老年人引着孙辈，顾盼有情。我还觉得，那些女性主义者会喜欢枫杨，它一方面风姿挺秀，含蓄妩媚，另一方面又雄浑坚毅，好像是将松树的阳刚与柳树的温存结合在一起，就是她们讲求的“雌雄同体”的样子。枫杨生长的地方，不避茅厕、泥塘、猪圈，也能覆盖瓦屋、祠堂、庙宇，我所供职的大学里，也有不少老枫杨，挂着一串串珠玉一般的冠冕，像以前帝王的头饰，也像毕业生们毕业拍照时礼服帽上的璎珞，郁郁乎文哉，所以枫杨是能将文盲与文人、上层与下层沟通起来的。这样能将上下、男女、老少、城乡交汇在一起的树，是很罕见的，在这一组组的对立里，产生出来的微妙变化，让它像孟子说的“美大圣神”，充实，光辉，有一点大而化之、神乎其神的感觉。当然，这也只是我的胡思乱想，那些村庄里的老头子，很快就会扯着牛绳走过来，将一头黄牛拴在枫杨树下，黄牛目倦神疲，屎尿俱下，在环绕的飞蝇与牛虻阵里，也是蛮苦闷的。

这就是我在乡村里的所见所闻。公共的声学白杨引领着万籁，个体的美学枫杨掩映着万物。有一次，我脑海里灵光一闪：如果我是一只喜鹊的话，我是将窝搭在一棵枫杨上，还是一棵白杨上？我由农二村，走到匡埠村，一边看，一边听，踯躅于这乡间的声色宴，心里想，也许得听另外一只母喜鹊的？

2017年6月13日

蛋白质乡村

这一轮的南方暑热，我在乡下，差一点就被三伏大魔王打败了。立秋前一日下午，气温累积到37摄氏度，五六点钟的太阳哪里就饶人了，空气好像是由铁匠铺子里放出来的。摇头晃脑的电风扇迎面吹来热热的风，由地下抽取冲澡的井水也是温汤一般。擦不尽身上的瀑布汗，痱子就像黄昏后银河两边的星星，一颗一颗由脖子与肘腕上跳出来。我听到村巷里的狗叫声都少了，它们一个一个垂着舌头散热，想多管闲事吓唬一下推车来卖“老面馒头”的草帽女贩子，就得将长长的舌头卷进去再狂吠，这就太尴尬了。回孝感去！回武汉去！回到空调的文明世界里去！只有空调，才能将三伏魔王收到瓶子里，再塞上一个蜡封的盖子。我一边佩服那个一把蒲扇一张竹床度过无数苦夏的少年的我，一边下定决心，明天早上就开车回城，不要再跟中华田园犬们拼散热的硬件跟软件了。

晚饭后出门散步，天上浓云密布，不见星月，等于是给这汗蒸国加了一个罩子，树杪上一丝风都没有，青蛙与蝉倒是变本加厉，好像它们的声带，是可以散热的狗舌头，想起来，夏夜的萤火虫、天上的星星、菜园中悬垂的碧绿的瓜果，这些不仅好看，其实也是能带来凉意的，可惜时下的八月乡村，这些名堂已经是孔乙己兄的茴香豆，多乎哉不多也。我只好沮丧地回家，爬上草席，在电扇君殷勤的轰鸣里，祭起心静自然凉大法，准备以一身热汗去迎接明天密密匝匝痱子一般的鸡鸣。没想到，十一二点钟，黏黏哉半梦半醒间，漆黑的窗外，忽然刮风了！打雷了！下雨了！果然是“僵卧孤村不自哀，铁马冰河入梦来”啊！风带着雨意，由南窗冲进来，由北窗冲出去，将窗帘拉得飒爽作响，风贴着我的身体，清凉剔骨，好像上一刻，它们还在雪山冰谷里回旋，忽然就被澴河的龙王君慷慨地借来了；或者，有一只决心不再忍耐的狗，变成了孙悟空，去找铁扇公主借来了芭蕉扇；或者……铁扇公主是可怜那些在泥潭树荫里不愿动弹的黄牛水牛小叔子们……在习习凉风霍霍闪电与潺潺檐雨里，我睡了今年夏天最好的一觉，空调虽美，也很费钱，终不敌这硬寨硬仗之后的一段自然凉。

早早起来跑步去，大小澴河堤上的十公里慢跑，因为担心中暑，久违了！暴雨暂停，团团乌云被南风吹着，好像是水墨画出来的鲸鱼。白杨哗哗作响，它有一个外号叫“鬼拍手”，八月之后，它的“手掌”不会再长大了。枫杨的翅果已由翡翠绿转变为灰褐色，楝树与乌桕的果子刚刚修圆起来，它们在生儿育女的路上，晚了枫杨一步，不过比起槐树还算好，槐树开花不久，昨夜的风雨将玉色花串打落一地。植物其实不怕热，只怕旱，棉花就是在一年中最热的三伏天里开花结桃的，我眼前的棉田里，一枝枝的棉桃，果然结得像四月的春桃似的。芝麻一节一节地开花，现在已经回退到最上面的几层了，一季稻正在灌浆的关口上，叶绿茎粗，稻穗低垂，蛮谦逊的样子。这是一年田园最鼎盛的时候，虽然与之前相比，庄稼被包围在生气勃发的荒野草树之中，但庄稼本身，被侍弄得还是可圈可点，在水准之上的，守护田园的老头子老太太们辛苦了。

动物就不太一样了，如果不是气温一下子跳水到二十六度，我哪里能出来跑步！水牛与黄牛可能都还没意识到天气转凉，水牛苦哈哈地伏在河曲间的水岸下，只露一个牛头出来，黄牛也是藏身草林里，任由平日陪伴它们的白鹭优雅地站在头顶上。向家塆的村猪土狗，还没来得及爬上河堤，倒是一个小卖部前，有一只大蜘蛛趁主人未开门之前，在屋檐与堤树之间，织了一个大大的挂着雨水的网，它一肚子的蛛丝这几天差一点沸腾了吧。向家塆下面的河桥下，一群黄褐相间的半大鸭子正在流水里觅鱼捉虾，放鸭人穿着雨衣，在一边闲闲地持着鱼竿钓鱼，这真是一个钓鱼的好天气。我印象最深的，还是堤下稻田里，好像一夜雨水后，藏身在稻棵间的蟋蟀螽斯们都开了嗓子，它们的合唱盖过了树上的蝉鸣，与间关的鸟鸣交汇在一起，织成了一张声音的网，蛛丝一般缠绕在田园上。这张网罗万物的声音之网，疏而不漏，清澈而繁盛。它还有特别的气味。芝麻开花的香气，稻花扬花的香气，艾蒿稍稍腐朽的药味，茄子黄瓜，豆角四季豆，苋菜与白花菜，其他草木蒸腾的热气，村巷之中动物粪便发酵的臭味，林间甲虫金属一般的气味，河沼里鱼类散发出来的水腥气，这些都在暗地里混合起来，织成另外一张气味的网，这是八月乡村的声色味，我很熟悉，从前看到、听到、闻到，心里就会想，啊，暑假过了一大半，又要开学了！觉得陌生的是什么呢？鸟鸣更多了一些？河水里的鱼腥少了？艾蒿的苦味重了？村巷里的臭味变淡了？这是被荒野重重包围的田园，它的配方在改变，我其实并不反感。

我这几天消暑的读物是里德利的那本《基因组》，他讲的是人类二十三条染色体所牵挂的数万个基因的故事，基因的开启与闭合，驱动人类的生老病死、喜怒哀乐，基因是由蛋白质构成的，它们去运作的身体，由发肤到器官，由激素到血液，要么是由蛋白质组成的，要么也是由蛋白质造出来的。里德利的基因－蛋白质故事讲得好，所以其实还是蛮有解暑效果的，比如这本书的很多地方，都被我的汗水——一种特别的蛋白质浸染了。在我跑步的河堤之下，多少种，多少数目字的生物，以染色体，以基因，以蛋白质交汇在一起，成住坏空，生生灭灭，互相滋养浸染出不同的形色，不同的声响，不同的气味，我讲到的不同的网，蛋白质才是它们真正的主人吧！鸟虫鸣，是生物在寻找着配偶，草木开花结果，蛋白质即将汇聚成新的生命。一段基因的悄然改变，带来的要么是惊喜，要么是悲伤，乡下人将这个叫作“命”。我们在用文字做文章的时候，土地、河流、阳光、空气，它们在用蛋白质写出田园的诗，织成田园的网。

说到乡村与城市的不同，大概乡村就是蛋白质的，有它们合成的声色味，城市大概是金属的、塑料的、水泥的，一点蛋白质生产出来的花园、行道树、宠物、飞鸟不过是点缀，乡村是生物性的，而城市只是机器，或者是组装着各种机器的机器。

砍柴就砍柴，挑水就挑水，跑步就跑步，为什么总是变成了卢梭般的“跑步遐想录”呢？我牛虻般挣脱掉缠缚在蛋白质网上的胡思乱想，由殷家塆的长坡跑下河堤，沿着我上回报告的“白杨好听，枫杨好看”的乡村路继续往前跑，南风在头顶吹动着朵朵乌云。村道在何家塆被鞭炮锣鼓声打断了，原来是村中有老太太去世，村民请来治丧的乐队，正在作道场办丧事。他们开来的敞篷卡车上，长宽三五米的等离子电视屏已架了起来，披麻戴孝的亲眷们已在候场。绕过卡车，老太太的杉树棺木就停放在十几米之外的路边，新刷的油漆气味冲鼻，再向前十几米的路边，七八个中年男人正在田间挖坑作坟。看样子老太太是没有等到昨天晚上神奇的芭蕉扇雪谷风，在前几天的暑热里，像一片萎黄的白杨“鬼拍手”大叶子，由树上飘落下来了。

接下来的几公里，陪伴我的声音，就不仅仅是稻田间的蟋蟀曲，丛林里的蝉粥与鸟鸣，锣鼓鞭炮一停，乐队请来的道士唱安灵曲，女歌手唱孝歌。多好的嗓子，男的像破铜，女的像花布，悲迓的腔调，粗犷、朴质、深情而又超拔，当然，这是我们这块地方的人，用无数代的时间酝酿出来的最好听的歌，是藏在我们生命中的蜜。说到底，它们也是由基因到蛋白质，缓慢地孕育出来的吧，与蟋蟀、蝉、飞鸟们的鸣唱并没有什么不同，所以它们交织在一起的时候，是真切自然的，超凡脱俗的，听得我双眼潮潮。其中道士有一段唱的是“解冤结”，大意是人离开人世，过奈何桥，就要将在人世的纷扰与纠结放下，轻松愉快地过黄泉下的生活。为了表明冤结已解，道士会要求跪在电视屏前面的白衣孝女，将身前的一堆草绳解开以应景（这个活儿好像不太敢派给儿媳）。不久之后，易篑到堂屋左首的老太太，会躺入她的杉木棺材，回到清凉温厚的土地里，作为蛋白质乡村大网上的一个结，她也终得解脱出来，得到清风明月般的自由与安宁吧！

2017 年 8 月 8 日

散步在故乡的星空之下

去年国庆长假的第二天，重阳节，我带儿子回村里住了一晚。妻子留在孝感打羽毛球，儿子用由他姑姑家取来的钥匙，打开老家大门上锈迹斑斑的铁锁的那一刻，也衷心佩服他老妈的英明神武——将清明节之后，大半年没有沾染人气的房子，收拾成为干净明亮的“农家乐”，“把诅咒变成葡萄园”，恐怕得拿出唐僧扫塔的精神。

扫塔就扫塔，唐僧有悟空帮忙掌灯，我也有沧海同学去压水井里提水不是？由一楼到三楼，用完扫把用拖把，用完拖把用抹布，用掉了沧海由聋子婆婆家的井里打来的十几桶水，洗萝卜一般，由灰堆里救出桌椅板凳、锅碗瓢盆。沧海同学刚要点赞，又被灯下的蠓虫、撞脸的蚊雷和白墙上神出鬼没的大蜘蛛吓得飞奔（这个悟空有点逊），好在我早已在后备箱里放好两罐“枪手”，取来将杀虫剂又由三楼喷到一楼（这个唐僧也不太慈悲），这才算“驱散妖雾乾坤净，换来晴空月儿明”。眼看着一下午过去，红日西沉，晚霞烧到澴河堤上，沧海同学已经能够“啪”的一声，拉开二十年前我姐夫在东莞打工时寄给我的老台灯，在窗下写作业。我下楼淘米做饭去讫。

妹妹家种的早稻持作饭，香，肖港镇卤牛肉也滋味非凡，何况睡柜里还有数年前我送给父亲，父亲未及喝完的白云边九年陈——现在也自动刷新成十五年陈了吧！酒足饭饱，我提议沧海且放作业一马，去村里与田野上散步，他犹豫片刻，答应了。掩上门，父子俩往村巷里走。因为装上了太阳能的电灯，村巷里不再是乌漆麻黑，但几盏明亮的路灯下，也见不到什么人。这要是放在一二十年前，会有多少孩子飞快地扒饭，扔下碗筷涌出来，“伢们的，出来玩，莫在家里打脾寒！”念咒般去呼朋唤侣，玩那些花样无穷的“线下”游戏。走到村子的最南边，才看到几位嫂子，在门前空地上，听着录音机里的歌，扭捏在一起学跳广场舞。大妈们的威力真的是无远弗届，有井水处就有凤凰传奇。

谢绝了大妈们约跳广场舞的邀请，我们走到村外，夜凉如水，星月交辉，初九的月亮轻熟，像一块孝感麻糖贴在群星中间，稻田、棉田与菜园交互的作物的气味扑面而来，一如往昔，村北的大路灰白地浮现在草木中，向西是澴河堤，向东是小澴河堤。我领着沧海往东走，穿过已经废圮的小学校，十几个灯火点点的村庄与连接着村庄的田野展现在我们面前。沧海仰着脸往天上看，激动得要命，说他是平生第二次看到星空。第一次还是几年前，我们去衡山，投宿山间的“农家乐”，晚饭后走出来，看到群山上繁星如雨。

“星星是穷人的钻石”，这话说得真不错，我们这些由乡下长成的人，的确看过太多美丽的银河。春天起早床随父母去金神庙赶集，夏天在稻场上乘凉，秋天一家人割稻回来晚了，冬天由被窝里爬起来去屋外小便，一抬头，就会看到澄澈的银河。浩渺无际，悬挂在我们的头顶上。特别是伏夏里，我们将竹床搬到萤光飞舞的池塘边上，去迎候由枫杨树间吹来的东南风，等到天地回凉，清露滴响，才会移到家里的蚊帐里入睡，之前小半夜，都是躺在星空之下，看着西边的田畈上红霍闪闪，天上流星乍现。有时候爷爷会说点故事给我们听，他还会念一首童谣：“月亮弯弯一只船，梭罗树来做桅杆。”不知道梭罗树到底是什么古怪的树，这时候，万物在田园里生长，钻石般的星星挂在天上，我们也并没有觉得自己是一窝子“穷人”啊！

那时候我已经在村西的何砦中学念初中，一个普通的乡校，供附近的农家子弟读一点“种田书”的地方，我却像被闪电劈到似的，成绩格外好。小学教过我语文的郑金芳老师，特别送了几壶煤油给我。我父亲专门骑车去肖港镇买回来煤油罩灯。每天吃完晚饭，家里人洗了睡，外面的小伙伴也落了屋，只剩下被诅咒要“打脾寒”的我，一个人，点着灯在堂屋的八仙桌上背书，做作业，读由镇上新华书店买回来的《少年文艺》，由春倌家借来的《西游记》。《西游记》的前几回已经被撕去做了厕纸，化生在田垄间，我只好由“我佛造经传极乐，观音奉旨上长安”看起，大闹天宫有待后来我去华中师范大学的图书馆里补课……读书累了，举着煤油灯去灶屋倒水喝，夏天里舀水缸里的凉水，冬天倒开水瓶里母亲准备好的热水，灶台上的蟑螂成群结队，往来如风，跟宫崎骏《龙猫》里的煤煤虫似的，将开水浇上去，就会翻倒一片——那时候，我就已经是一个不太慈悲的少年了。蟑螂的学名又叫蜚蠊，所以后来陈村老师叫我小强，将我与侯小强同学扯到一起晒，实在是“天理昭昭，罪有应得”。我喝完水，举着灯，由灶前的窗口向外看，房前常常是月明星稀，朗朗月色，将榆树、苦楝、臭椿的树影照下来，就像苏轼写的，“庭下如积水空明，水中藻荇交横”。

有一个同学，是隔壁魏家河村的，名字叫魏伟。我们交情好，就是那种在人生道路的开端，遇到的同路少年。夏秋月夜，他会跑过我们村南的棉花地，跑进村巷，站在我家的灶屋前敲窗子，寻我这个“张怀民”。一路穿过田野，没有“空山松子落”，但他会听到被虫子咬掉的小棉桃，扑扑掉到田埂上的声响吧。“未眠”的“幽人”如我辈，听到他敲窗子，会扑地吹灭煤油灯，拉开门闩，陪他一起跑步，对，就是跑步咏凉天。

由我们村向西，在一条河港前折转向北，路边是连绵到澴河堤的稻田，秋季稻正在扬穗灌浆，稻花香里，青蛙打鼓，蟋蟀练琴。我们踩着灰土路，避让路上镜片一样的小水洼，端着由体育老师那里学来的架势，你追我赶，一直跑到三四里之外的匡埠村，看得见蔡家河上祖坟地麻麻的碑影，才调转头，吁吁喘气往回走，一身热汗啪啪掉进路面的浮土里。我们头顶上，是家乡的星空，亘古，深远，盛大，与坟地里平躺的祖先们互相守望。那些星星还闪烁在我的记忆中，魏伟与我谈论的人生理想，却已经模糊。我有一点印象的是，那时候的《少年文艺》，正在连载一篇小说，讲一个城里女孩子借读到乡下的初中，与班长产生了一点未必说得上是初恋的情愫，他们最出格的事情，是相约着晚上出来捉泥鳅。我还记得那个当班长的乡村少年名字叫张志豪。魏伟大步流星走在月光地里，身边就是波光粼粼的河港，他说他自己就是张志豪。我心里酸酸的。

这是三十年前了，魏伟同学现在也跟我一样，成为新一代的大叔，在孝感市的一所中学教书，也如愿以偿地找了一位城里姑娘做老婆。虽然还未到“应该燃烧并对着日暮呼喊”的老年，他也会记得这些与我一道，曾经跑进的故乡的“温柔的良夜”吧，毕竟他就是由这些良夜发愿，要找个城里姑娘一起捉泥鳅的。

我与沧海散步的方向，与当年跑步的路线正好相反，是向东往金神庙集去的田间路。路边有一片桃林，桃林之上，是小澴河堤，堤坡上长满了杉木，堤下与田园接壤，一线都是累累的坟堆，我知道，当年送我煤油的郑金芳老师，十余年前去世，也安息在河堤之下。桃林里有一座小屋，住着人，门窗间隐隐透出来灯光。屋外的院子里，拴着一条狗，黑暗中，看不见它的眉目，只听得到它不间断的狂吠，由它的吠叫里，大概可以判断出来，是一只了不起的中华田园犬……刚开始的时候，我还以为它是闻见了我与沧海这样生番的气味，在践行它的职责。沧海战战兢兢，我也是如履薄冰，在畏狗如虎这一点上，父与子不分伯仲。后来我听出不对，这只狗每吠叫一声，就会由西边二三公里之外的澴河堤上返回一声，听起来，就好像是在那边的村子里，也有一只狗，在应和它似的。平原之上，有商有量。这条田园犬，分明是求其友声，乐在其中，它的夜晚，再也不会寂寞了。又蠢又萌的狗啊，你有一位伟大的朋友，它的名字叫虚无……

我们爬上小澴河堤，看着小澴河在月光下流淌，河边是一排梨树。在我的记忆里，小澴河是深的，堤是高大的，路是宽阔的，杉木如聚，就像童话中小红帽提着裙子小心翼翼走过的森林一般。那天晚上，我却有一点异样的感觉，觉得这些似曾相识的景象，都变得比从前要小，好像微缩在一张邮票上面，被满天的星光映照。沧海同学可不管我这些蠢萌蠢萌的想法，他散步在平生的第二次星空之下，初三学生，“作业狗”，妈妈的乖乖仔，情不自禁地想起他未竟的作业。往回走，狗吠声声，我们的村子展现眼前。路上藜蒿如箭，马鞭草由路两边向中央爬，已被夜露濡湿。我忽然想起鲁迅《故乡》结尾的那句话：“其实地上本没有路，走的人多了，也便成了路。”这条星月下的故乡路，从此后，走的人，会越来越少，终究会掩没在神荒里，重新变回没有路吧！

2015 年 8 月 28 日

后记

送得王孙去，云梦春草生

这几年，周末，寒暑假，不往天南地北海内外的风景区打卡，不打球，不喝酒，也不吃茶去，我自己越来越愿意开车回乡下。两三天像一个逗号，六七天像一个句号，集腋成裘，一年到头，就会有三四个月打发在我出生的村落与周边的集镇里，我省城庸庸碌碌教书匠的生活之外，又加入了一条乡村生活的叙事线条。

可能是最懒散的那种叙事线条吧！我会在肖港镇的超市里买蚊香、矿泉水、馒头，黄鹤楼系列烟中，最便宜的"蓝楼"，杜门不出，在三层楼的旧居里游荡。书桌、草席、躺椅、由武汉运回来的布沙发，抱持着无所事事的我，写点文章，读一点书，画毛笔字，看十余年前由水果湖一家碟屋里收集到的碟片，这些旧碟片已经存放好多年，用新买来的电视机与旧的影碟机合作播放，生涩断续，神鬼莫测，并不能保证让我看到电影的结局。鸡鸣如粥里醒来，鸟儿在窗外的苦楝枫杨上叫，中华田园犬与流浪到乡村的宠物犬交配，生出来的奇奇怪怪的狗狗们，各各地狂吠，其实也大同小异。老人们早中晚三餐端着碗蹲地寒暄，放下碗筷布桌打牌，留守的孩子放学后，野马尘埃一般聚啸村巷，小贩骑着电动三轮来叫卖种种货物，豆腐干子泥千张噢，提醒着上午、中午、下午与夜晚的分界，其准确度，并不比手机上的闹钟标记时间差多少。隔壁槐如大伯、聋子婆婆会拍门叫我去吃饭，孝感城里的姐姐妹妹也会打电话，要我去城里的小酒馆打牙祭，我偶尔会去，多半是不去。这样虚空的生活，能连成故事？在我写作课堂上，听我励志的同学了解到此，也会笑话，也会疑虑吧！

稍稍值得表扬的，可能是早晚的跑步？天亮之前出门，太阳升起回来，或者是太阳落山之前出门，摸黑满天星光里回来，换上运动鞋与衣服，顶着臂包，去田野里跑步。沿着小溳河堤是六公里，沿着大溳河堤是十公里，哪怕是乌龟般的慢跑，也足够让我汗流如浆，湿透重衣。四季轮转，日月星辰交替，犯霜惊露地向前跑，朝晖夕阴里，惊起一群群喜鹊与斑鸠，空荡荡的原野，遇到人不多，踢到鬼没有，经过我们村的坟，别人村的坟，墓碑高高地立成林，新坟上花圈环绕，我也不怕了，汗由头顶往下流，辣眼睛，与身体上的汗水汇合，滴到水泥路与堤面上，好像自己的感官、情绪、漫无边际的思考也与乡土